スター作家傑作選

シンデレラの魅惑の恋人

ダイアナ・パーマー

ルーシー・ゴードン＆アン・マカリスター

Published by Harlequin Japan,
a Division of K.K. HarperCollins Japan, 2025

Contents

P. 5
恋の花に敬礼！
Garden Cop
ダイアナ・パーマー
小山マヤ子 訳

P. 109
華麗なる義兄弟《きょうだい》
Blood Brothers
ルーシー・ゴードン＆アン・マカリスター
藤倉詩音 訳

P. 113
ゲイブ編

P. 195
ランドール編

恋の花に敬礼！

Garden Cop

ダイアナ・パーマー
小山マヤ子 訳

ダイアナ・パーマー

シリーズロマンスの世界でもっとも売れている作家のひとり。各紙のベストセラーリストにもたびたび登場している。かつて新聞記者として締め切りに追われる多忙な毎日を経験したことから、今も精力的に執筆を続ける。大の親日家として知られており、日本の言葉と文化を学んでいる。ジョージア州在住。

主要登場人物

メアリー・ライアン…………地区の検事長代理。
カーティス・ラッセル………ＦＢＩ特別捜査官。愛称カート。
マチルダ・ラッセル…………カートの母親。
ジャック・マロリー…………カートの幼なじみ。町の警察署長。
ハーディ・ヴィックス………カートの上司。ＦＢＩ支局長。
エイブ・ハント………………裁判の証人。

1

　まったく厚かましい女だ。これほど人目にさらされるところはないという場所で、マリファナを栽培しているとは。そこはジョージア州北部の小さな町のメインストリートに面した家の前庭だった。州道にもほど近い。あれでは、警察に挑んでいるようなものだ。

　もちろん、不法な植物を育てているあの厚かましい女は、ＦＢＩ捜査官カーティス・ラッセル――カートが通りの向かい側に住んでいる母親を訪ねてきていることなど知らないはずだ。だが、いくらカートが休暇中だからといって、彼が不法行為に目をつぶるのではないかと、あの小柄な金髪の女に期待されても困る。カートはサンアントニオを騒がせた殺人事件の捜査に尽力し、ＦＢＩの捜査官になったばかりだった。初の事件を解決するのが待ちきれないくらいだった。

　母の家の一枚ガラスの窓から通りの向かい側を見つめながら、カートは茶色の目を細めた。マリファナ・メアリーが、茂った植物にせっせと肥料をやっている。ベージュのショートパンツにシャツを着た彼女がいい女なのはカートも認めざるをえない。肌はきれいに日焼けしているし、腕は美しいカーブを描いている。彼女は小さな賃貸住宅にひとりで住んでいて、サンルーフつきでグリーンの新型フォルクスワーゲンに乗っている。あの女性はどうやって生計を立てているのだろうか、とカートは疑問に思った。母の話では、彼女は三カ月前に引っ越してきたという。ちょうどマリファナを植えて収穫するだけの期間だ。その植物はきちんと一列に植えられていて、背の高い赤い花が並んでいる。

ガーデニングに興味のないカートには、花の名など何もわからない。だが、マリファナはわかる。写真を見たことがあるからだ。

「カート、お向かいの若くてかわいい女性に熱を上げているのね」キッチンでポテトをつぶしている母がおかしそうに声をかけた。

「どうしてそう思うんだい？」カートはぶっきらぼうにきいた。

「だって、あなたはこの三日間というもの、窓から彼女を見てばかりいるもの」からかい口調の返事が飛んできた。

「熱を上げているわけじゃないよ」カートはうんざりした口調で言い返した。彼は座っていた椅子から立ち上がると、百八十センチの体で物憂げに伸びをした。広い胸のしなやかな筋肉が波打った。それからゆっくりとキッチンに入っていった。母はカウンターで手を動かしている。「あの女性の名前を知っている？」

「メアリー・ライアンよ」母は答えた。「それ以外は何も知らないわ」

「あの家の持ち主は？」

「グレッグ・ヘンリーよ。どうして？」

「べつに」カートはつぶやいて、キッチンの椅子を引き寄せると、またがって座った。白いTシャツとジーンズに身を包み、濃い茶色の髪は乱れている。母に向けられた茶色の瞳はほほえんでいた。六歳のときに父親を心臓発作で亡くしたあと、カートはこの母とふたりきりで暮らしてきた。日々の食事を得るために、母はふたつの仕事をこなした。フルタイムで日刊新聞の記者を務めながら、この地方の雑誌の編集者として特集記事を書いてきたのだ。

カートは十歳のときに新聞配達を始めたのを皮切りに、いろいろな仕事をして小遣いを稼いだ。十六歳になると、母の経済的な負担を減らそうと思い、学校が終わったあとにも働くようになった。以前従事していた諜報部《ちょうほう》の仕事でも、ＦＢＩの仕事でも、ただひとついやだと思うのはマチルダ・ラッセルから遠く離れていることだった。とはいえ、ここには母の教会があり、友人たちもいる。それに、マチルダは子供にしがみつく親ではなかった。いまでも古巣の新聞に特集記事を書いているし、ニュース記事は担当していないといっても、新聞には載らないさまざまなことを知っているようだった。あらゆるところにコネを持ち、思ってもみない場所に知り合いがいて、法の裏表に精通している。

「いまも、あの有罪になった銃の密売業者とつき合っているのかい？」カートはふいに尋ねた。

彼の母は小柄で銀髪、茶目っけたっぷりの黒い瞳の持ち主で、どこか妖精《ようせい》を思わせる女性だった。マチルダは曖昧《あいまい》にほほえんだ。「彼は有罪にはならなかったわ」明るい口調で言うと、彼女はつぶしたポテトをボウルに移した。「それに、あの人は更生したの。いまは大学の教授なのよ」

「想像できないね」カートはテーブルに向かって問いかけた。「で、彼は何を教えているんだい？」

マチルダは唇をすぼめた。「倫理学よ」

カートは体を折り曲げて大笑いした。

「冗談よ」できたての熱い料理をテーブルに並べながら、マチルダはつけ加えた。「あの人、刑法を教えているのよ」

「それはまた皮肉だな」

「たいていの若い男性は、一度はトラブルに巻き込まれるものよ」マチルダは皿と銀器、ナプキンをふたり分ずつ並べながら、表情豊かな目を息子に向けた。それからコーヒーポットとカップ、クリームと砂糖の容器を高価なレースのテーブルクロスの上に置いた。

「ぼくは少なくとも、他人の家ではなく、自分の家を壊すだけの分別はあったよ」カートは苦笑しながら言った。

「それに、不法な薬物を使っている友だちはトラブルのもとになるかもしれないと考えるだけの良識もあったわね」マチルダはそこで、ため息をもらした。「あなたが警察の手入れに巻き込まれて、弁護士といっしょに判事の前に出頭したときほど怖かったことはないわ」憂鬱《ゆううつ》な声で、つけ加える。「わたしは十年もドラッグに関する記事を書いていたのよ。それを直接見る羽目になって、心底おびえたわ」

カートは立ち上がって、温かくマチルダを抱きしめた。「もうあんなことには巻き込まれないよ」約束するように母にキスをする。「いまのぼくはそういうことをしている連中を捕まえているんだから」

「あなたは興味半分にドラッグをやる十代の子供たちよりずっと大きなゲームをするわけね」マチルダは息子の両腕をつかんだ。「あなたを誇りに思うわ。サンアントニオで、あなたはすばらしい仕事をしたわね。あのハッカーを追跡して、南米から連れ戻し、テキサス州の裁判にかけたんですもの。州の検察官もあなたをほめていたわ」

カートは肩をすくめた。「たいしたことじゃないよ」

マチルダは息子の腕をたたいて、テーブルに着いた。「でも、気をつけてね」彼女は言った。「あなたがどこかを訪問中の重要人物を守るために、弾丸の前に身を投げ出すかもしれないと思うだけでもいやだったわ」カートがこれまでしていた諜報部の仕事のことだ。「いまのあなたは殺人事件を扱うわけだから、もっといやだわ」

「どうして、もっといやなんだい？」カートは冗談口調できいた。

マチルダが身を乗り出した。「なぜなら、わたしが引退したからよ！　わたしがいまも花形記者だったら、あなたの活躍をスクープ記事にしなかったと思うの？」

カートはにやりとした。「母さんはいつでも復帰して、ニュース記事を書けるはずだよ。だれかが巨大なかぼちゃを作ったなんて記事の代わりにね」

「わたしは朝まで眠れるのが気に入っているの」マチルダは思いにふけるように言った。「犯罪現場を見たり、気まぐれな政策を弁護する政治家の話を聞いたりせずに休日を過ごすのも気に入っているのよ。薔薇《ばら》の花は編集長より気難しくないし、どこに行くにもパソコンとカメラを持っていく必要もないわ」

「確かに」

「それに」マチルダはつけ加えた。「いまやっていることのほうがずっといいお金になるし」

カートはそれにも反論できなかった。

しばらくのあいだ、ふたりは心地よい沈黙のなかで食事をした。

「なぜ、あなたはお向かいの若い女性を見ているの？」突然マチルダがきいた。「わたしの知らないことを何か知っているの？」

「いや、まだわからない」カートは白状した。「でも、もう少し待ってよ」

翌日、カートは不動産屋のグレッグ・ヘンリーを訪ねて、新しい賃貸人について単刀直入に質問した。

「あの女性は、何かまずいことにかかわっているのかい？」グレッグは険しい声でき返した。カートがどんな仕事をしているかは、町のだれもが知っているのだ。

「ぼくが知っているわけがないだろう」カートは両手を上げた。「知らないから、きいているんだよ」

「あの女性はアシュトンの生まれだ。アトランタの南の小さな町だよ」グレッグはファイルに目を通しながら答えた。「信用問題については優秀だ。保証人は、ええと、変わった人たちだが、必要条件は満たしている」

「変わった人って、どういう意味なんだ？」カートはぶっきらぼうにきいた。

「ひとりは第三世界の元革命家で、もうひとりはアトランタの大きなプロテスタント教会の牧師だよ。この牧師は毎週日曜日にテレビに出ている。それから、三人目はかなり有名なニューヨークのテレビ番組のアンカーマンだな。以前はシカゴの新聞の編集長だった人だ」

カートは言葉につまった。ほんのわずかわかっただけだが、あの女性の謎《なぞ》は深まるばかりだった。グレッグはそれ以上何も言わなかった。ただ、カートが彼女の職業について質問すると、返事の代わりにおかしな笑い声をあげた。カートは礼を言うと、ダウンタウンにある警察署に向かった。

町の警察署長、ジャック・マロリーはカートが高校三年生のときのクラスメートだった。握手を交わしてから、カートがどんな仕事についたかを知ると、ジャックはくすくす笑った。

「ＦＢＩだって？」ジャックが首を振り振り言った。「おまえがあんなところに行くとは夢にも思っていなかった。正統派じゃないからな」

「連中は正統じゃない者が好きなんだよ」カートはにっこりして答えた。「だれにでもきいてみるがいいさ」

ジャックは唇をすぼめた。「その前は諜報部の仕事をしていたんだろう？　何かスキャンダルがあって、副大統領の護衛としてオーキフェノーキー湿地に送られたんじゃなかったかな？」

「志願したんだ！」カートは即座に答えた。「湿地が好きなんだよ」

ジャックはにやりと笑った。「ほんとうに？」

「そのことはどうでもいい。聞いてくれ、母の家の向かい側にひとりの女性が住んでいて、不法な植物を育てているんだ。道路際だよ。まったく！」

ジャックは真顔になった。「どんな不法植物なんだ？」

「第三世界の農作物さ」カートは皮肉っぽく答えた。

ジャックは自分の帽子を取り上げた。「見に行こうじゃないか」

カートは署長といっしょに標識をつけていない警察の車に乗り込んだ。車はメアリー・ライアンの私道に入って停《と》まった。彼女は膝立ちの姿勢から体を起こして立ち上がった。草むしりをしていたせいで、膝は泥だらけだし、顔にも土がついている。彼女は不思議そうに警察の車を見つめたが、心配そうな表情は見せなかった。

「遅すぎたわね」メアリーはジャックに言った。「スピード違反をしたのは先週で、警官は警告だけで放免してくれたわ」

「スピード違反のことじゃないんだ」ジャックは花壇を見まわしてから、彼女に物問いたげな目を向けた。「これを引き抜くよう命じなくてはならないかな？　その理由も言うかい？」

「でも、これはただの……？」彼女は言いかけた。

「不法な植物だ。きみも知っているはずだよ」

メアリーはため息をついた。「でも、とてもきれいなんですもの」大きな茶色の目に痛ましい表情を浮かべて、彼女はまたため息をついた。「それに、これは種から育てたのよ」

「法律は法律だ。これを引き抜くために部下たちを送り込むようなことをさせないでくれないか」

「わかったわ」メアリーは敬礼した。「自分で汚れ仕事をするから。でも、わたし、どうやって精製するのか知らないのよ」

「ぼくたち三人とも知らないと思うよ」ジャックは

言った。「しかし、不法なのは変わらない。信じられないと言うのなら、ジャネットにきいてみるといい」ジャックは二軒先の家に向かってうなずいてみせた。「彼女のも引き抜いてもらったんだから」

「そうするわ」メアリーはしぶしぶ言い、カートを見つめて顔をしかめた。「この人があなたをここに引っ張ってきたんでしょう？　お母さんの家の窓からわたしをにらんでいたのは知っていたわ。この人、ガーデニング警官なの？」

ジャックは片手で顔を覆った。カートはおもしろがってはいなかった。

「きみは法律を破っている」カートは短く言った。「しかも、おおっぴらにやっている。ぼくはＦＢＩの捜査官だ」彼は堂々と名乗った。

「そう、フラワー《F》・ビューロー《B》・オブ・インベステイゲーション《I》だものね」彼女は尊大な笑みを浮かべた。

ぼくは赤面などしていない。絶対にしていない。絶対に……。

カートは警察の車に戻って、ばたんとドアを閉めた。メアリーには目もくれなかった。それでも、彼女は動じなかった。ジャックが笑いでむせながら車を発進させたときも、彼女の笑みは消えていなかった。

この出会いの話が口づてに彼の母まで伝わるのに長くはかからなかった。その夜、カートが書斎でテレビを見ていると、マチルダが入ってきて、かたわらのソファに座った。

「今度は麻薬取締局の仕事をしているの？」

カートはじろりと母を見た。「なんだって？」

「女性の育てた花を引き抜かせるなんて。まったく！」

「あれはただの花じゃない。マリファナだよ」

「確かなの？」マチルダは納得しなかった。

「写真を見たんだ」彼は言い返した。

「ジュリー・スミスは前庭に小さな山紅葉の木を植えているの。いまでは、その木はほとんど裸なのよ。どこかのばかな人があれはマリファナだ、と友だちに言ったからよ。十代の子供たちが山紅葉の葉っぱを吸うために、夜になるとジュリーの庭に忍び込んでいるわ」マチルダはにっこりした。「山紅葉の葉を吸ったらどんな効果があるのか、ぜひ知りたいものね」

カートも笑った。「わかったよ。もしかしたら、間違えたかもしれない。でも、彼女は否定しなかったし、ジャックもあれがなんだかわかっていた。ジャックはこれは不法な植物だから、すべて引き抜くようにと彼女に言ったんだよ」

「わたしはメアリーに顔を合わせられないわ」マチルダは首を振りながら、ため息まじりに言った。

「母さんが彼女を追いつめたわけじゃない。ぼくがやったんだよ」カートは言った。「それに、母さんはみんなに好かれているじゃないか」

「それは、わたしにユーモアのセンスがあるからよ」マチルダは息子を意味深長な目で見た。

「ぼくにもユーモアのセンスがあるよ」カートは答えた。

「そうね」マチルダは立ち上がって、部屋から出ていった。

翌朝、朝食を終えたカートは裸足《はだし》にTシャツとジーンズという格好で、新聞を取りに玄関に行った。通りの向こうに目をやったとたん、彼はかっとなった。あのマリファナの列がまだそこにある！

考えるより早く、彼はまっすぐに通りを突っ切って、いちばん手前の苗を地面から引き抜いた。

「やめて！」家のなかから怒りの声が聞こえた。

と思うと、裏のドアから白いバスローブを着た金髪の竜巻が飛び出してきた。彼女も裸足で、地面はでこぼこだったが、すごい勢いでカートめがけて走ってくる。

カートは何か言おうとした。だが、メアリーは襲いかかるように彼の手から苗を奪い取った。そのはずみで、ふたりとも地面に倒れてしまった。苗を奪い合いながら、ふたりは泥のなかを転げまわった。

「それを……返して！」メアリーが叫び、カートのおなかに激しいパンチをお見舞いした。

カートは彼女の腕をつかむと、荒い息をつきながら、彼女を地面に押さえつけた。やはり息を切らしているメアリーを見下ろしたカートは、彼女の肌はとてもきれいだという場違いな思いにとらわれた。それに、彼女の唇はくっきりと美しい……。

メアリーの足がカートを蹴飛《けと》ばした。彼がうめいてひるんだ隙《すき》に、メアリーは彼の手から逃れて苗を取り返し、憤慨した顔で二、三歩離れた。

「わたしの苗に触らないで！　あなたは不法侵入をしたわ。野蛮行為よ。トマトの苗を襲うなんて！　犯罪捜査だなんて言うより早く、あなたを巡回判事の前に立たせてやるから」

「見たいものだね」ようやく立ち上がったカートは、皮肉たっぷりに言い返した。純白だったTシャツは茶色と白の縞《しま》模様になってしまったし、ジーンズも泥だらけだった。昨夜、雨が降ったのだ。

「あら、そう？　だったら、見せてあげるわ！」メアリーはポケットから携帯電話を取り出すと、ボタンを押した。「もしもし、こちらはチェリー通り一二三番地のメアリー・ライアンです。野蛮人がわたしの所有物を破壊したんです！　犯人はわたしが市民逮捕しました。だから、いますぐ警察の車をここによこして、犯人を勾留《こうりゅう》してほしいんです！」

「この女性用にもう一台よこしてくれ。彼女は自宅の前庭でマリファナを育てているんだ！」カートも電話に向かってどなった。

　彼女は携帯電話を閉じて、ショックを受けた顔でカートを見つめた。「とんでもないわ！」

「きみは自分の手に持っているじゃないか！」カートは言い返した。

「これ？」彼女はめちゃくちゃになった苗を持ち上げた。「これはわたしが賞を取ったトマトの苗よ！種から育てたのよ！」彼女は火を噴きそうな目でカートをにらみつけた。「トマトの苗とマリファナの苗の区別もつかないのなら、麻薬捜査は専門家にまかせておくべきね！」

　カートはしゃんと背筋を伸ばした。「ぼくはFBIの捜査官だ」

「まあ、FBIは運がいいわね」彼女はゆっくりと言った。「あの人たちが明日の朝刊の見出しを見るのが待ちきれないわ！」

「昨日、警察署長がこの苗をすべて引き抜くように言ったじゃないか」

「そうよ。そして、わたしはそのとおりにしたわ」彼女はほとんど叫んでいた。「芥子《けし》の花を引き抜いたのよ。芥子よ、優秀なFBI捜査官どの。マリファナじゃないわ！」

　カートはぐっと唇を引き結んだ。メアリーは真実を言っているように聞こえる。彼は花壇に目をやった。赤い花はすべて引き抜かれて、列の端に積み上げてあった。ぼくが抜いたのはトマトの苗だと彼女は言った。そんなことがあるはずない。

「あなたが裁判でどうなるか、見ものだわ」メアリーがなおも言いつのった。折れた苗を腕に抱えている。「わたしのかわいそうなトマト。あなたのバッジを取り上げてやるから！」

「きみが？　どんな権限で？　きみはどういう仕事をしているんだ？　きいてもよければ、だが」カートは言い返した。

「わたしは郡の地区検事長代理よ」彼女は心底うれしそうに答えた。

カートの顔が凍りついた。「冗談だろう？」

「冗談であってほしいでしょうね」彼女は言い返した。「わたしはアシュトンで法律扶助の仕事をしていたのだけれど、新しい仕事を引き受けてここに来たのよ。いままで以上の経験を積めることを期待していたけれど、とんでもない間違いだったわ！　どうやら、愚か者の町に来てしまったようね」

「ぼくは愚か者じゃないぞ！」

「トマト殺しじゃないの！」彼女は非難した。

「トマトの苗らしくは見えなかったんだ！」カートはわめき返した。

近所の人たちが続々と庭に出てきていた。ふたりはそれにも、警察の車が私道に停まったことにも気づかなかった。

通報に応《こた》えてやってきたのは、カートの昔なじみのジャックだった。

「もういいだろう」ジャックはにらみ合うふたりに近づきながら、うめくように言った。

「彼はわたしのトマトの苗を引き抜いたのよ！」メアリーがカートに指を突きつけた。「マリファナだと思ったんですって！　この人、ほんとうにバッジをもらったの？　盗んだに違いないわ！」

「マリファナみたいに見えたんだ！」カートは言い返した。

「この人を逮捕して。家宅侵入と野蛮行為で」メアリーは要求した。

ジャックはふたりに近づくと、近所の人たちに聞こえないように声をひそめて言った。「ふたりとも、この件を巡回裁判に持ち出したら、ウィルズ判事がどんな顔をするか、想像できるかな？　ミズ・ライアン、きみだって、最初の任期に住民の不評を買いたくはないだろう」

メアリーはためらった。

「カート、おまえはほんとうになぜ隣人のトマトの苗を引き抜いたのかを判事に説明したいのか？　正直に言うが、ウィルズ判事はステーキよりトマトのサンドイッチを好む人だよ。トマトの苗の虐殺犯にどういう反応を見せるか想像もつかないな。判事は自分でもトマトを育てているからね」

カートは顔をしかめた。

「だから、この件はひとつの経験だと思って、終わりにしたらどうだろう」ジャックは穏やかに提案した。「そして、それぞれの家に戻って――」彼は咳《せき》払いをした。「――シャワーを浴びれば、気持ちも落ち着くよ」

ふたりは泥だらけだった。メアリーの白いバスローブはいまや茶色に変わっている。カートのほうもジーンズはもちろん、白いTシャツも泥まみれだった。足も泥だらけだが、それはメアリーも同じだった。

カートは細めた目で彼女をにらみつけた。メアリーもにらみ返した。

「この件はこれで終わりにしよう」ジャックが繰り返す。「ぼくはラッセル特別捜査官がその……損害を受けた苗を喜んで弁償すると信じている。そうだろう、カート？」ジャックが正面からカートを見つめた。

カートは咳払いをした。「そのとおりだ」

「あれは種から育てたのよ」メアリーが高飛車に言った。

「じゃあ、ぼくが種をまいて、芽が出るまでその上に座って温めてあげるよ」カートが申し出た。

メアリーはいっそう険悪な目で彼をにらんだ。

「国道二三号線の先にガーデニング・センターがある。そこで、すぐ植えられる苗を売っているよ」ジャックがすばやく口をはさんだ。「あらゆる種類のものがある。交配種から、あのうまいラトガー種のトマトまで。ぼくと妻もいつもラトガー種を植えているんだ」

「ぼくは安上がりにすませようとは思っていない」カートは約束するように言った。「ラトガー・トマトの苗を二本さしあげよう」彼は形式張ったお辞儀をした。「そして、ぼくが自分の手で植えるよ」

「棺《ひつぎ》を埋める二メートルの穴を、それもほかの人の庭に掘るに違いないわね」メアリーがいやみたっぷりに言った。

「それほどトマトにこだわるなら、きみも苗といっしょに泥のなかに座っていたらいい」カートは言い返した。

「あなたこそ、どこに座ることになるか言ってあげるわ！」メアリーも負けずに声を張り上げた。

ジャックが両手を上げた。「おふたりさん、これ以上の騒ぎになったら、近隣騒乱のかどで、ふたりとも逮捕せざるをえなくなる。つまり、現在の状況では、きみたちを勾留する必要が出てくるということだ。毎日、朝いちばんに新聞記者がぼくのオフィスに逮捕記録を見に来るんだが」ジャックはおかしさを隠しきれない顔でつけ加えた。「その記者にとっては願ってもない写真が撮れるチャンスだろうね」

カートとメアリーは相手をにらみつけてから、それぞれ自分の姿を見下ろした。メアリーは唇を嚙《か》んだ。

「ラトガー種のトマトの苗を二本、今日のうちに」彼女はきっぱりと言った。

「二本だね」カートはしぶしぶ答えた。

「その条件をのんで、この人に対する逮捕要求は取り下げるわ」彼女はジャックに言った。

「ぼくも、彼女に対する逮捕要求を取り下げるよ。危険な武器でぼくを襲ったんだが」

「襲った？」メアリーが驚いて言った。「危険な武器ですって？」

「生物兵器だ」カートはメアリーが手にしているぐったりしたトマトの苗を指さした。

「これはトマトの苗よ！」メアリーは悲鳴に近い声をあげた。

カートはぐっと背筋を伸ばした。「どうして、ぼくにそうだとわかる？　そのなかにどんなものがひそんでいるかわからないじゃないか。いまはあらゆるところに遺伝子組み替えの植物が広がっているのは、だれでも知っているよ。その苗の茎のなかにも生物兵器がひそんでいるかもしれないだろう！」

ジャックがカートの肩をたたいた。「有利なうちにやめておけ」彼は早口で促した。

メアリー・ライアンは無言のまま怒り狂っていた。

カートは肩をすくめた。「わかったよ」

メアリーは何も言わなかった。トマトの苗を持ったまま家に入って、ぴしゃりとドアを閉めた。

カートは通りを渡り、ショックを受けた顔で見つめる母の前を通り過ぎて家に入った。

ジャックは警察の車に戻って、そっとドアを閉めた。毎朝の退屈な仕事に戻らなくてはならない。だが、カート・ラッセルが休暇でこの町にいるあいだは、退屈という言葉にはあまり用がなくなるような気がした。

カートはトマトの苗を二本、メアリーの庭へと運んで、自分の手で植えた。それから、シャワーを浴びて、清潔なシャツと清潔なジーンズ、スポーツジャケットを身に着けると、きれいに磨いた黒い靴を履いた。だが、マチルダは黙って通してはくれなかった。

「さあ、聞かせて」マチルダはすかさず言った。

「何があったの？」

カートは内心うめいたが、打ち明けるしかなかった。わかってはもらえないに違いない。

「ぼくがトマトの苗を引き抜いたら、彼女がぼくを攻撃したんだ」

マチルダは注意深い目で息子を見つめた。「なぜトマトの苗を引き抜いたの？」

「マリファナだと思ったんだ」

「トマトの苗を？」

「でも、比べる写真もなしに、どうしてぼくに違いがわかる？」カートはぎこちなく弁解した。「それに、昨日ジャックがいっしょに来て、彼女に不法な植物を引き抜くように命じたんだ。彼女はそうすると言った。ふたりとも、それが阿片《あへん》のできる芥子の花だとは言わなかったんだよ」

カートのうんざりした声に、マチルダは思わず笑ってしまった。「芥子の花？　まったく！　確かにとてもきれいな花だわ」彼女はつけ加えた。「でも、不法なのよ」マチルダは息子を見つめた。「トマトの苗が合法なのと同じくらいにね」

「もうやめてくれよ！」カートはうめいた。

「わかったわ、やめるわよ。それから、どうなったの？」

「ぼくは彼女のためにラトガー種のトマトの苗を二本、買いに行く羽目になった」カートはぶつぶつ言った。「いま、植えてきたところだよ。それで、彼女は野蛮行為の訴えを取り下げ、ぼくも暴行の訴えを取り下げたんだ」

「彼女はあなたに暴行したの？」マチルダが声をあげた。

カートは腹立たしそうに背中をそらした。「彼女はトマトの苗でぼくを襲ったんだ」

マチルダがぱっと顔をそむけた。むせたようだ。

「わたし……委員会の集まりがあるのよ。お昼は外で食べてくれるかしら？」

「いいよ。大丈夫かい？」

「ええ、咳が出ただけよ」マチルダは咳の音をたてた。あまり本物らしくは聞こえなかったが。「いやな咳だわ！」咳というよりは、むせているような声だった。

「じゃ、出かけるよ。ぼくはＦＢＩのオフィスに顔を出さなくちゃならないから」

「そう、じゃ、夕食のときにね」

「うん。いい一日を」

「あなたもね、カート」マチルダはちらりと息子を見たが、すぐに目をそらした。どれほどおもしろがっているか、息子が気づく前に。

カートは外に出て、上品だが地味なグレーのセダンに乗り込んだ。通りの向こうには目を向けなかった。向かいの女コマンドーがこちらを見ているかもしれないので用心したのだ。カートは車をスタートさせて少しバックしてから通りへ出ようとした。

突然、背後でタイヤの軋《きし》む音がしたかと思うと、クラクションの音が響いた。カートはリアウインドウを通して外を見た。あのメアリー・ライアンがグリーンのフォルクスワーゲンの運転席に座って、力をこめてこちらをにらんでいる。カートの車の後部は、彼女のフロントバンパーから二センチほどしか離れていなかった。

カートはウインドウ越しに彼女に手を振って、にっこりとほほえんでみせた。メアリーはまたクラクションを鳴らした。

カートはゆっくりと車を出した。法律を守る側の身である以上、タイヤを焦がすようなまねはできない。幹線道路に入ってからも、制限スピードを守るように注意した。

四車線の分岐点に近づいたとき、メアリーが弾丸のように彼の車を追い越していった。三十キロほど先にある大きな町には、近隣の三つの郡の地方裁判所がある。ミズ・ライアンはそこで働いているのだ。だが、その建物にはこの地方のＦＢＩ支局も入っている。カートはとてもいやな予感を覚えた。あの女性と同じ屋根の下で働くことになりそうだ。

そして、予感は的中した。カートは裁判所の入り口で金属探知機と、爆発物スキャナーをくぐり抜け、さらにポケットのものをトレイにのせなければならなかった。

それから携帯している武器をチェックされ、取り上げられたうえ、ＦＢＩのバッジも見せるように言われた。そうしている間に、流行のグレーのスーツに身を包んだトマトの女帝は、ミニスカートにハイヒールで、高慢そうな笑みを浮かべ、さっと彼のそばを通り過ぎていった。警備係は彼女に笑いかけ、すぐに通した。さっそうと歩いていくメアリーを見ながら、カートは怒りで全身の毛が逆立つ思いだった。

ようやくチェックを終えて、カートは廊下を進み、ＦＢＩのオフィスへと向かった。特別捜査官はいま長距離電話で話しているところだと女性秘書が言い、座って待つよう勧めた。

長く待つ必要はなかった。ほんの二分ほどで、女性秘書がカートにほほえみかけて、お入りくださいと言った。

特別捜査官がにやにや笑いでカートを迎えた。その顔を見たとたん、カートは足の力が抜けた。トマトの苗騒動がここまで伝わっているのかと尋ねるまでもなかった。

2

ハーディ・ヴィックスという名の特別捜査官は、明るい金髪がわずかに残るだけの禿頭《はげあたま》で感じがよかった。彼はカートに椅子を勧めた。カートは休暇が終わったら、彼のもとで働くことになる。ヴィックスは、カートの母が住む郡で起きた捜査中の事件についてざっと説明した。

「まったく厄介な事件でね」ヴィックスは苛立《いらだ》たしげに言った。「この男だが――」彼はデスク越しに一枚の写真をカートのほうにすべらせた。「――エイブ・ハント、アトランタでマスコミが大々的に取り上げている重要な裁判の政府側の証人だ。あるストリップ小屋の持ち主を検察が起訴したんだが、その後、そいつは不法なドラッグの密売人と判明した。もっと悪いことに、その男はマイアミの犯罪組織のボスたちと関係があったんだ」

「どうしてそれが問題なんですか？」写真に映る男を見つめながら、カートはきいた。証人の男は顔幅が広く、カールした黒髪に黒っぽい目をしている。

「彼が消えてしまったんだ」ヴィックスがおどけた口調で答えた。「どこかに身をひそめている。われわれの保護だけでは、組織の報復からは身を守りきれないと思っているからだ。ダニエルズという名前の殺し屋を恐れている。組織でも最高の殺し屋のひとりだからね。とにかく、ハントは組織のすべてを知っている。われわれとしては、彼が組織のボスたちについて話してくれさえすれば、免責と新しい身元を与える用意があるんだ。ハントはドーラヴィルの安全な場所で保護勾留《こうりゅう》されていた。監視していた捜査官たちがテレビのクイズ番組を見ながら答えを言い合っているあいだに、ハントはドアから出ていって消えてしまった」

カートは顔をしかめた。「気の毒な捜査官たちだ」

「連中は立ち直るさ」ヴィックスが言った。「ふたりには、ファーストフード店でハンバーガーを食べる偽札作りの容疑者を見張る任務につけたんだ」

「どうしてそれが罰になるんですか？」

ヴィックスはにやりとした。「連中はどちらもダイエット中なんだよ」

「それはたいへんだ」

「いずれにしても、きみは正式にはまだ休暇中だが、エイブ・ハントのことを頭に入れておいてくれるとありがたい」ヴィックスが言った。「ハントには、いとこがふたりいて、きみのよく知っているあたりに住んでいる。実際、そのひとりはきみのお母さんの家から二軒離れた家にいる」彼はまたにやりとした。

「母の家の向かい側に郡の地区検事長代理が住んでいますよ」カートは冷ややかな目でヴィックスを見返した。「なぜ逃げた証人を見張るよう彼女に頼まないんですか？」

「頼んだよ」簡潔な答えが返ってきた。「喜んで協力するという返事だった。それから、彼女はきみが武器を携帯しているかと尋ねた」

カートは眉を上げた。「なんですって？」

ヴィックスは必死に笑いをこらえている。「彼女は、われわれがきみに銃の弾を持たせているのか、ときいたんだよ」

カートはぐっと唇を引き結んだ。「まったく厄介な女性だ」

今度はヴィックスの眉が上がった。「おや、この三十キロ四方で、そう言うのはきみだけだろうね。彼女はほかの人には好意的だよ」彼はデスクの上のクッキーをつめた小さなビニール袋を指さした。「彼女が焼いて、検察局とわれわれに持ってきてくれたんだ。彼女は実に料理がうまい！」

カートはむせそうになった。「ほかに何かありますか？」彼はきいた。

ヴィックスは肩をすくめた。「きみが休みのあいだはないな。休暇を楽しんでくれ」ドアに向かうカートに、ヴィックスがいたずらっぽい視線を投げかけた。「ところで、もしきみがこの仕事をやめた場合、麻薬取締局に職を求めても、あちらは受けられないと言っているよ」彼は笑いを噛《か》み殺した。「麻薬取締局はトマトの苗をマリファナと間違えるようなな……おや、どこに行くんだね？」

カートはわざとドアを開け放したまま、廊下をどんどん歩いていった。きつく握りしめた写真がちぎれそうになっていた。

「ラッセル！」

カートは金属探知機を通り過ぎたところで足を止めた。保安官代理がカートの銃とホルスターを持ち上げてみせた。「これをぼくにくれるのかい？」彼はのんびりした口調で言った。「なんとも親切だな。ぼくはきみに何もあげていないのに」

カートは銃とホルスターを受け取って、ベルトにつけたバッジの隣に装着した。保安官代理には言葉ではなく、目で返事をした。

早足で裁判所から出ながら、彼は自分の髪から見えない怒りの炎が立ちのぼっているような気分だった。まったく、さんざんな日だ。

母の家に帰り着いたときも、風向きはよくならなかった。私道の真ん中に赤っぽい毛の猟犬らしい大きな犬が座り込んでいたのだ。カートは何度もクラクションを鳴らしたが、犬は動こうともしない。

玄関からマチルダが走り出てきた。唇に人差し指を当ててから、車のウインドウを開けろという仕草をした。

「静かにして！」彼女はうめいた。「お隣は夜に働いているから、昼間できるだけ眠りたいのよ」

「車を停《と》められないんだ」カートは言った。「あの犬が邪魔をしているんだ！」

「うちは犬なんて飼っていないわよ」

カートは大きな犬を指さした。いまではそこに寝そべっている。

「あらまあ、どこから来たのかしら？」マチルダがつぶやいた。

「本人にきいてみたら？」

マチルダは息子をにらんでから、犬にやさしく話しかけて私道からどかせようとした。だが、犬は動かない。彼女はカートに〝ちょっと待って〟と指で合図してから走って家のなかに入った。戻ってきた母は小さく切った肉を持っていた。犬はくんくんと匂《にお》いを嗅《か》いで、まっすぐに彼女についていく。そのあいだに、カートは車を私道に入れて停め、エンジンを切った。

見ると、犬はポーチに座っていた。まるで自分の家にいるかのように落ち着いている。

「町なかで猟犬を飼うことはできないよ」カートは犬をにらみながら、母に言った。

「これは猟犬じゃないわ。ブラッドハウンドよ。耳がとても長いからわかるでしょう？　どうやってここに来たと思う？」

「ヒッチハイクじゃないかな？」

マチルダはまたじろりと息子をにらんだ。「この郡のどこかに政府側の証人が隠れひそんでいるのよ」声を低めて言った。「その人のいとこがこの近くの白い家に住んでいるの」

「どうしてそれを知っているんだ？」カートは声をあげた。「ぼくはさっきＦＢＩの支局で特別捜査官から聞いたばかりだよ。ぼくのボスとなる人から」

　マチルダは両手を腰に当てると、傷ついたような目でじっと息子を見つめた。「わたしは新聞記者をしていたのよ。経験豊かなジャーナリストなの。だから、なんでも知っているのよ」

「母さんは引退したじゃないか」

　マチルダは肩をすくめた。「今朝、食料品店でそのいとこの奥さんに会ったの。彼女は夫のいとこが嫌いだと言っていたけれど、夫のほうはいとこには金持ちの知り合いが多いし、スポーツ界のスターの友だちもひとりふたりいると思っているそうよ」マチルダは背の高い息子を見上げた。「わたし、スポーツは大嫌いよ」

「ぼくもだよ。その奥さんはエイブ・ハントの居場所について、何か知らないかな？」

　マチルダが首を横に振った。「でも、何か耳にはさんだら、わたしに教えてくれると言っていたわ。あの夫婦は休暇旅行で町を離れるそうよ。それ以上のことは教えてくれなかったけれど」

　カートは犬に目を向けた。「だれかに電話したほうがいいと思うよ。迷い犬の引き取り所は知っている？」

「この近くにあるわ。でも、ちょうどいま改装中だから、迷い犬を収容する場所はないでしょうね。それに、この犬は首輪をしているわ」マチルダは犬の首輪を見ようと、かがみ込んだ。彼女が首輪に何か書いてないかとのぞいているあいだ、犬はうれしそうに尻尾《しっぽ》を振っていた。「この犬は刑務所で飼われていたのかも。いえ、矯正施設と言うべきね」マチルダは言い直した。「それにしても、どうやってここまで来たのかしら？　だれか心当たりのある人がいないか、電話できいてみるわ。逃げないように見張っていて」そう息子に指示すると、家のなかに入った。

カートはズボンを引き上げて階段に腰を下ろすと、ジャケットの前を開いて犬に見せた。「これが見えるだろう？」自分の銃を指さしながら、犬に話しかける。「逃げようとしたら、おまえを撃つぞ」

数分後、マチルダが心配そうな顔で戻ってきた。犬はカートの頬をぺろりとなめた。

「ブラッドハウンドに心当たりのある人はいないのよ」声まで心配そうだった。「だれもこの犬のことを知らないの。保安官事務所に電話してみたら、迷い犬の届けは出ていないそうなの。この犬がどこから来たのか、だれも知らないみたい」

「近所のだれかの犬かもしれないよ」カートは言った。

「そう思う？」母はぼんやりときき返した。

カートは通りの向かい側をちらりと見て、顔をしかめた。「たぶん、マリファナ・メアリーの犬だよ」

「メアリーの？　いいえ、違うわ。彼女は犬は飼っていないもの。飼うだけのスペースはあるけれど」マチルダはメアリーの庭の端にある古い納屋を見つめ、うなずいてみせた。

カートは考え深げに、その納屋を見つめた。「逃げた証人はあの納屋に隠れているのかもしれないな。証人はこのブラッドハウンドを飼っていて、他人の目をくらますためにわざと犬を放したんだ」

マチルダはくすくす笑った。「すばらしい推理ね。さて、わたしはラジオ局に電話して、地元のニュースで犬のことを話してもらうわ。だれの犬にしても、飼い主が現れるかもしれないから」

「それまでは？」カートはぎこちなくきいた。

「ここで暮らせばいいじゃないの」マチルダは無造作に答えた。「さあ、おいで、わんちゃん！」

マチルダは犬をなかに入れようと、玄関のドアを開いた。

「家のなかで犬を飼うわけにはいかないよ！」カー

トは声をあげた。「そんな汚くて、蚤《のみ》だらけで、骨と皮だけみたいな犬はだめだよ！　その犬がソファに上がったりしたらどうする？」

マチルダは興味をそそられたようすでカートを見つめた。「あなたが小さいとき、ペットを飼ったことはなかったわね。あなたのお父さんが動物の毛のアレルギーだったから。まったく、ひどい話だわ」

「ぼくはもう犬を飼うほど子供じゃないよ」カートは言い返した。

「あら、それはわからないわよ」そう言って、マチルダは犬をキッチンに入れた。「男の子はみんな、犬を飼うべきよ」

「それなら、ぼくはペットショップに行ってジャーマンシェパードを買うよ」カートは母の背中に向かって叫んだ。

「シェパードは大きすぎるわ。この小さな家には合わないわよ」

「じゃ、その大きな赤い馬なら合っていると思うのかい？」

「これは馬じゃないわ」

キッチンのドアが閉まった。カートはため息をもらして、もっと気楽な服装に着替えるために自分の部屋に入った。彼はジャケットの内ポケットから逃げた証人の写真を取り出し、デスクの上に置いた。

夕食の時間になるころには、〝ビッグ・レッド〟と名づけられたその犬は全身を洗われ、手入れをしてもらっていた。ラジオでこの犬のことが放送されたが、駆けつける人はいなかった。

その夜、ソファに座っていたカートが必死で上がらせまいとしたにもかかわらず、犬は彼の隣に落ち着くと、最近の政治スキャンダルに興味があるかのようにテレビのニュースをじっと見つめていた。

「ぼくは外国にでも行くよ」カートはうんざりした

口調で言った。「そうすれば、この議員の名前を一日に五百回も聞かなくてすむだろうから」

「そうはいかないわよ。アメリカのニュースは世界中で放送されているのよ」

「勘弁してほしいな」カートはかたわらの犬を見下ろした。犬は大きな前足の上に鼻をのせたまま、テレビに見入っている。「これが好きなのか？　犬のスキャンダルはないのかな？」

犬は悲しげな茶色の目でカートを見上げると、尻尾を振って、またテレビに目を戻した。

「この犬はとても知的だわ」マチルダが言った。

「なぜそんな結論に？」カートはきいた。

「家のなかを跳ねまわったり、ものをずたずたにしたりしないもの」

テレビの画面に地元のニュースキャスターが戻ってきて、エイブ・ハントへのインタビューのビデオをごらんください、と言った。カートが持ってきた写真の男、消えた証人だ。ふいに、犬がぴんと耳を立てたかと思うと、大きく、わん、と吠《ほ》えた。

「しいっ」カートは言うと、テレビの音を聞こうと身を乗り出した。

インタビューのビデオは短くて、ほとんど内容もなかった。姿を消した政府側の証人は、何も知らないし、証言もしない、と言っただけだった。ニュースキャスターが、この証人は現在行方不明であり、不正行為が行われたのではないかという疑惑がある、とつけ加えた。

「たぶん、この証人はラニア湖の底に横たわっているんだろうな」カートはつぶやいた。

「もしそうなら、浮かび上がることはないわね」刺《し》繍《しゅう》をしながら、マチルダが無造作に言った。「湖の水はとても冷たくて、春になっても死体が浮かび上がるほど水温が高くならないからよ」

「母さんは死体については、いつもびっくりするようなことを教えてくれるね」カートは言った。「どうしてそんなによく知っているんだい？」

「昔、検死官とデートしていたのよ」

カートは首を振って、テレビのニュースに目を戻した。

突然、犬が顔を上げて、遠吠《とおぼ》えをした。

「やめろ！」カートは叱《しか》った。「なんなんだ？」

犬はカートを見上げて尻尾を振った。

「たぶん、おなかがすいたのよ」マチルダは言い、刺繍を置いた。「残り物のマカロニをあげるわ。おいで、ビッグ・レッド」

犬は新しい名前にたちまち慣れたようだ。ソファからどすんと飛び下りると、新しい女主人のあとを追って走っていった。

カートは犬をにらみつけた。ひどい休暇になりそうだ。最初はマリファナ・メアリーで、今度は母の家に〝地獄の犬〟がいついてしまったのだから。


家族が寝静まったあと、ブラッドハウンドは静かに居間に入っていき、一枚ガラスの窓の前に座った。そして、ものすごい遠吠えの声をあげた。墓地で眠る人々も目覚めるような声だった。

ドアベルがしつこく鳴る音で、カートはシルクのパジャマのズボンだけという姿でベッドから引っ張り出された。母の寝室の前を通ったとき、なかから安らかないびきが聞こえた。

カートは吠える犬をどなりつけてから、玄関の木製のドアを開けた。マリファナ・メアリーがぶかぶかの濃いブルーのTシャツを着て立っていた。足にはピンクのふわふわした寝室用のスリッパを履き、金髪があちこち突っ立っている。半分眠っているような、それでいて怒った顔をしていた。

「あの〝バスカヴィル家の犬〟の口にテープでも貼《は》ってもらえないかしら？　そうすれば、仕事がある人たちも眠れるから」彼女は敵意たっぷりに言った。

「ぼくも仕事があるよ」カートは指摘した。

「あなたは休暇中でしょう」メアリーが言い返した。

彼女は両手を腰に当てていて、Tシャツがくっきりとバストの形を浮き上がらせている。カートの目が好ましそうにその場所を見つめた。メアリーは咳払《せきばら》いをして、慎み深く両手を胸の前で組んだ。

カートは片方の眉を上げて、メアリーの顔をしげしげと見つめた。ふいに、彼女の頬が赤くなった。カートは目を細めた。

「とにかく、どうして急に犬を飼いはじめたの？」

メアリーは出し抜けにきいた。

「母が餌《えさ》をやったら、出ていこうとしないんだ。それに、あの犬はテレビのニュースに興味があるんだよ」

「だから？」

「母の好きな番組なんだ。母は犬に名前をつけた。ぼくの母は自分が名前をつけたものは決して手放さないんだよ」カートはにっこりして、つけ加えた。

「ぼくのことも三十四年も手放していないよ」

「お母さんはメダルをもらって当然ね」

「ところで、なぜきみは真夜中に寝巻き姿で近所をうろついているんだい？」

「これは寝巻きじゃないわ！」

メアリーはカートをにらみつけたが、その目は彼の裸の広い胸に引きつけられていた。どうやら、彼女はそこから目が離せないようだ。

「ぼくに流し目を使うのはやめてくれ」カートは怒った声で言った。「男性に対するセクシャル・ハラスメントは軽犯罪だ。きみを逮捕することもできるんだぞ」

「あなたなんか、くそ……！」

「汚い言葉を使うのも軽犯罪だ」大いに楽しみながら、カートはさらに言った。

「あの犬は――」彼女は窓の前でまたもや遠吠えを始めた犬を指さした。「――公害そのものよ。近所迷惑だし、わたしの安眠を妨害したのよ。こっちのほうこそ、あなたを逮捕できるわ。わたしは裁判所の正式な職員なのよ！」

カートは両手を腰に当てて、これまでなかった興味をこめてメアリーを見下ろした。彼女はかなりの美人だ。それだけではなく、ぼくと同じようにかっとなりやすい性格だ。ぼくもずいぶん長く女性とかかわっていない。この女性とそうなってもいいのではないだろうか。彼女には期待できる何かがある。

「あの犬を黙らせてくれない？」メアリーが哀れっぽく言った。見栄《みえ》も気取りも捨てたその口調に、カートの心もやわらいだ。

「なぜあいつが遠吠えするのかがわかっていれば、黙らせられるだろうけれど」カートも譲歩した。

「なかに入って、コーヒーでも飲まないか？　そして、ふたりで作戦を練ればいい」カートはドアを開きかけた。

それに誘われたのか、犬がドアめがけて走ってきたかと思うと、わんわんと吠えながら弾丸のように外に飛び出した。

「戻ってこい！」カートは叫んだ。新しいペットがいなくなったと母が知ったら、何を言うかわからない。「まったく。捕まえないと！」

カートは自分の格好を考える暇もなく、裸足《はだし》のままドアから飛び出して、犬を追った。

メアリーは一瞬ためらったが、両手を上げると、彼のあとを追った。どのみち、眠れないのだ。手伝ってもかまわないだろう。

カートとメアリーがあられもない姿で吠える犬を追って走りまわっているうちに、あたりの家々で明かりが灯《とも》りはじめた。カートは歩道からメアリーの家の裏手にある林に走り込んだ。メアリーもそのあとに続いた。だが、カートは低い薔薇《ばら》の茂みに足を取られて、わめき声をあげた。

「蛇に注意して！」カートは怒り狂った声でメアリーに呼びかけた。

「蛇ですって？」

メアリーは片足を宙に浮かせた滑稽《こっけい》な格好で凍りついた。

「蛇？」彼女は繰り返して、四方を見まわした。

カートは片足で立ったまま、街灯の明かりを頼りにもう一方の足に刺さった薔薇のとげを抜こうとしていた。簡単ではなかった。いまいましいことに、街灯が気まぐれだからだ。明かりは一分ほどついていたかと思うと、点滅しはじめて、急に消えてしまうのだ。そして二分後にはまた点滅して、ようやく明るくなる。あたりの住人たちは何度となく電力会社に電話をしたが、会社のほうは異状はないと主張して譲らない。結局、住人たちはこの状態を我慢するしかなかった。カートは我慢できなかった。

「銃を持っていたら、撃ってやるところだ！」彼は街灯に向かってどなった。

あちこちで家のドアが開いた。犬はいまも、わんわん吠えていた。メアリーはぶつぶつと独り言を言いながら、片足ずつ飛んで草むらから出ようとしている。カートはうめきながら、街灯を脅していた。

通りの向こうから警察の車が疾走してきた。車はカートの前で、音をたてて急停車した。ドアが開いて、ふたりの若い警官が銃を手にして現れた。

「両手を上げろ！」警官たちが叫んだ。

「足にとげが刺さっているんだ！」カートは叫び返した。「ぼくはFBIの者だぞ！」

「それなら、こっちはプリンセス・ドンだ」からかい口調の返事が返ってきた。「いいから、両手を上げるんだ！」

「じゃあ、撃てよ！」カートはうんざりして声をあげた。「でも、先にこのいまいましい街灯を撃ってくれ。そうしたら、ぼくも喜んで降参するよ！」ちょうどその瞬間、街灯が消えて、あたりは真っ暗闇《くらやみ》になった。ドアの開く音、短く命令する声が聞こえた。すぐにサーチライトがカートを照らし出した。それだけではなく、いつの間にかそばに来ていたメアリーと犬の姿まで明かりのなかに浮かび上がった。

「いまはハロウィンだったかな？」警官のひとりが相棒にきいた。

「いいや」相手は答えた。「でも、応援を呼ぶぞ」警官は肩につけているマイクを押して、応援を要請した。

「いったい何があったんだ？」あたりの家々から遠慮がちな声が飛んできた。

カートはメアリーと顔を見合わせ、ふたりはそろって犬に目を向けた。長い夜になりそうだった。

ふたりは警察署に連行されて、鉄格子のはまった監房に入れられた。そのあいだに夜勤の警官がカートの友人宅に電話を入れた。母親に電話をしても無駄なのはわかっていた。マチルダは一度眠り込んだら爆撃でもないかぎり目を覚まさない。それをカートは長い経験から知っていた。だから、友人であり警察署長のジャック・マロリーに電話して、ふたりの身元を保証してくれるように頼んだのだ。

警官たちは、少なくともメアリーがTシャツを覆い隠せるように毛布を貸してくれた。彼女は細いベッドのカートとは反対側の端に座って、非難の目で彼をにらんでいた。

「だれかが吐いたみたいな悪臭がするわ」メアリーが怒りをこめて言った。

「不思議はないよ」カートは答えた。「ここは、とら箱なんだから」

「わたしは酔っ払いじゃないわ！」

「ぼくだって違う。でも、パジャマ姿で暗いなかを走りまわっていたら酔っ払いだと思われてもしかたないだろう」

「あなたの犬のせいよ！」メアリーは叫んだ。

「ぼくのじゃない。母の犬だ」

「お母さんに警察に来てもらえばいいじゃないの」

「母は死人のように眠っているよ。朝の九時までは起きない。起きたら、ぼくが家にいないので不思議がるだろうな」

「たぶん、あなたの犬が」メアリーはうれしそうに言った。「お母さんの耳元で吠えるかもね」

「あの犬がドアを開けられればね」カートはため息をついて、自分の姿を見下ろした。「これはぼくの経歴の汚点になりそうだ」

メアリーは何か思いついたように目をきらめかせた。「わたし、あなたが空飛ぶ円盤を見た、と言ってあげるわよ」彼女は猫撫《な》で声で言った。「あなたはエイリアンを見て、そのあとを追いかけていたんだって」

「まさか、やめてくれ！」カートは声を張り上げた。

「わたしの身にもなって、ラッセル！」メアリーも声を張り上げた。「まず、あなたはわたしがマリファナを育てていると告発して、次は自分の車を後ろにいたわたしの車にぶつけそうになった。今度はあの犬が夜じゅう吠えたせいで、わたしは眠れなかったのよ。わたしのキャリアでいちばん大事な日の前夜なのに……ああ、そうだ！」彼女は大きく目を見開いて手を口に当てた。「わたしは明日の朝九時に法廷にいなくちゃならないの。麻薬の売人を起訴するのよ。もしわたしが出廷しないと、判事に法廷侮辱罪を科されるわ！　それなのに、わたしはこんなところで座っているのよ。あなたといっしょに」メアリーはいやみたっぷりにつけ加えた。

「これはちょっとした誤解だよ」カートは言った。

「ジャックが来さえすれば、ぼくたちはここから出られるし、すべてうまくいくよ」

「もし彼が来なかったらどうなるの？」

「もう少しの辛抱だ。すぐに来るよ」

ジャックは間もなくやってきた。何やら楽しそうな笑みを浮かべて、見知らぬ男を伴っていた。彼は地元の新聞社の腕ききカメラマンで、皮肉なユーモアの持ち主だった。ジャックは、暗室で夜中も仕事をしていたカメラマンを連れてきたのだ。そして、とらわれたふたりが口を開く暇もないうちに、カメラマンはふたりに向けてシャッターを切った。

「さあ、いいぞ」カメラマンはにやりとして、言った。「これで、後世に残す記録ができた。どういう見出しにしようかな？　そうだな、〝FBIの敏腕捜査官と将来有望な地区検事長代理、真夜中に謎《なぞ》の赤い犬とともに大騒ぎ〟とか！」

「〝古代ケルトのドルイド教の儀式をしていたに違いない〟というのはどうかな」ジャックが口を添えた。「カルトの一種で――」

「ここから出してくれ！」カートが大声で言った。

彼の隣に立ったメアリーは髪はぼさぼさで、目には怒りの炎が燃えていた。「わたしにはダブルパンチなのよ！　明日の朝九時にはラニアの郡裁判所にいなくちゃならないんだから！　とても重要な裁判なの！」

警察署長はメアリーのむき出しの脚とふわふわしたスリッパをつくづくと眺めた。「いやはや、その姿は、ウィルズ判事にどういう印象を与えるだろうね？」

「バスケットいっぱいのトマトをあげると判事に約束するわ」メアリーは尊大な態度で言った。

「きみがその格好で裁判に現れたら、ウィルズ判事はトマトのバスケットを投げ返すだろうね」ジャックはくすくす笑いながら言った。「いいだろう、ハリー」ジャックはカメラマンに声をかけた。「もう充分楽しんだ。ふたりにきみのカメラを見せてやっていいよ」

カメラマンは自分のカメラの裏側を開いた。フィルムは入っていなかった。係の警官がにやにや笑いを浮かべて監房の扉を開け、カートとメアリーは険悪な目つきでカメラマンをにらみながら外に出た。

「だが、夜の大騒ぎはこれきりにしてほしい」ジャックが忠告した。「ぼくはほんの二時間眠っただけでベッドから引きずり出されるのが大嫌いなんだ」

「すまない」カートはつぶやいた。「犬が吠えたものだから、彼女が来て――」カートは非難をこめてメアリーを指さした。「――自分の体をぼくに見せつけたんだ。ぼくが見つめているあいだに、犬が逃げ出してしまい、ぼくたちは犬を追いかけて――」

警察署長は片手を上げた。「そういう話は前にも聞いたよ」いかにもうんざりした顔だった。「もう二度としないでくれればいい」彼はメアリーに目を向けた。「また自分の体をＦＢＩの捜査官に見せつけたんだって、メアリー？」

彼女はジャックの向こうずねを蹴飛《けと》ばして、早足でオフィスから出ていった。外のオフィスでは数人の警官がコーヒーを飲んでいた。全員が振り返って、メアリーを見つめた。

「これはＴシャツよ！」彼女はどなった。

警官たちは肩をすくめただけだった。

警察署を出たとたん、メアリーは車がないことに気づいた。家まで歩くには遠いし、こんな格好で歩いていたら、たいして行かないうちに面倒に巻き込まれるに違いない。

カートも同じことを考えて、早足で警官たちのあいだを通り抜けた。優越感を抑えきれない笑顔で。

彼はみごとな体の持ち主だったし、自分でもそれを知っていた。まわりに立っている警官たちのなかには結婚生活が長く、〝腹ズボン病《ダンラップ》〟——〝腹がズボンにすっかり折り重なっている《ダーン・ラップ》〟という言葉を南部らしい発音で言って省略するとこうなる——と愛情をこめて呼ばれる状況にある者もいた。そしてカートはコンテストにでも優勝したかのような足取りで、ジャックより先に玄関に着いた。

「目的地があるのかい？」カートはメアリーにきいた。

「家に帰るのよ。ヒッチハイクできたらね」彼女はカートに険しい目を向けた。「少なくとも、わたしは毛布をもらったわ」そうつけ加えると、巻いていた毛布をきつく引き寄せた。

カートはくすっと笑った。「ぼくには毛布は必要ないね」彼はできるだけ背筋を伸ばした。「こういう体なのに、明白な財産を隠す理由があるかな？」

メアリーが片足を上げたので、カートはさっと離れた。苦痛は、薔薇のとげだけで充分だ。このうえ、向こうずねを蹴られるのはごめんだった。だが、彼女をからかうのは楽しくてやめられない。

「あなたはまだ犬という財産を見つけなくちゃならないわよ」メアリーが意地悪く言った。

「ぼくが家に帰るころには、犬は帰っているかもしれないな」

「ふたりとも送ってほしいなら急いでくれ」ジャックが彼の車のなかから声をかけた。「ぼくは眠いんだから！」

ふたりは車に乗ったが、例のカメラマンも乗っているのに気づいてげんなりした。だが、助手席に座ったカメラマンは家に帰るまでひとことも発しなかった。

「さあ、着いたぞ」ジャックがカートとメアリーの家にはさまれた通りに車を停めて言った。「これからは、真夜中に通りに出ないように。ぼくの部下たちは規則に従ってきみたちを逮捕したんだ」彼はふたりをしげしげと見て首を振った。「ここは静かな小さな町だったんだが」嘆かわしげに言うと、彼はふたりが答える前に車を発車させた。

ふたりはジャックの車が走り去るのを見送った。地平線の上が明るくなっている。警察署で数時間を過ごしたのだ。

「いまから眠ろうとしても、無駄だと思うわ」メアリーはため息をもらして、カートをにらんだ。「あなたのおかげで、わたしは最終弁論の途中で眠ってしまいそう」

「その手の裁判をきみが一日で終わりにできたら、ぼくはその毛布を食べてみせるよ」カートは請け合った。

メアリーは顔をしかめた。「三日か四日はかかるでしょうね」彼女はしばらくカートを見つめ、思わず笑い出した。「わたしたち、ひどい格好ね」

カートもにやりとした。「ドルイド教の儀式だ」彼はつぶやいた。「この言葉を覚えておいて、同僚たちに話してやらなくちゃ」

「必要ないわ。ハーディ・ヴィックスがこの話を耳にしたとたんに、みんなにしゃべるから」メアリーは眉をひそめた。「どうしてあなたは犬を飼ったの？　これまで一度もペットを飼ったことはないって、お母さんは言っていたのに。あなた、アレルギーなの？」

「いや、ぼくの父がアレルギーだった。あの犬はうちの私道に座り込んで、動こうとしなかったんだ。それで、母が引き取ったんだよ」

「そう。でも、あの犬はどこから来たの？」

カートは首を振った。「まったくわからないよ」

彼は自分の家に目を向けた。明かりがついている。カートは眉をひそめた。

なぜ明かりがついているのか、と思ったちょうどそのとき、玄関のドアが開いて、立っている母の姿が浮かび上がった。かたわらにはあの犬がいた。

「カート、そこにいたのね！」マチルダは叫んだ。「パジャマのまま、通りの真ん中でメアリーといっしょに何をしているの？　それにメアリー、あなたはなぜ毛布なんか巻きつけているの？」

　メアリーは無言でくるりと向きを変えると、走って通りを渡って自分の家に入った。出たときに玄関の鍵《かぎ》はかけなかったようだ。カートはため息をついて、自宅へ続く私道を歩きはじめた。母に夜の冒険のことを説明しなければならない。犬は尻尾を振りながら、近づいてくるカートをじっと見つめていた。

3

　翌日の夕方カートは、メアリーが帰宅して少しくつろぐだけの時間を置いたあと、母を——犬とともに——家に残して、メアリーに会いに行った。

　玄関のベルを鳴らすと、メアリーはすぐにドアを開いたが、どことなく落ち着かないようすだった。

「どうかしたのかい？　あの件以外のこと？」カートはきいた。

「入って」メアリーは彼をキッチンに通して、コーヒーを注《つ》いでくれた。「あなたはブラックが好きだとお母さんは言っていたわ」カートの前にブラックコーヒーを置くと、彼女は自分のクリーム入りのコーヒーの前に腰を下ろした。「ゆうべ、家に戻ったとき、だれかがこのキッチンに入ってパンとランチョンミートを盗んでいったのに気づいたの」

「ドアに鍵《かぎ》をかけなかったのかい？」

メアリーは彼をにらんだ。

カートは片手を上げて、おずおずと笑みを浮かべた。

「とにかく」メアリーは言葉を続けた。「わたしは疲れていて、また警察に電話する気力がなかったの。だから、家のなかを見まわって、鍵をかけて、二時間ほど眠ったのよ。そして、いま裏のほうを調べに行こうと思っていたときにあなたが来たの」

「ぼくもいっしょに行くよ」カートは言って、コーヒーを飲んだ。「諜報部《ちようほう》にいたとき、連邦政府の仕事で、ほかの州政府の捜査官と協力したことがある。そのうちのひとりがラコタだった。彼はぼくに追跡術と、手の動きで話す方法を教えてくれたんだ。おもしろかったよ」

「ラコタ？」メアリーはけげんそうにきいた。

「スー族だよ」

「そうなの」メアリーはカートの引きしまった顔をしげしげと見た。「あなたはチェロキーの血を引いているんじゃない？」

カートはうなずいた。「ぼくの祖父の名前はノースカロライナの居留地にいたチェロキー族全員を記したドーズ・ロールと呼ばれる記録簿に記載されているんだ」

「じゃ、あなたは四分の一はチェロキーなのね」

「そんなところだよ」カートは片方の眉を上げた。

「きみは？」

彼女はほほえんで、首を振った。「わたしはデンマークとスコットランドの血を引いているの」

「だから、きみは金髪なんだね」

「わたしの父を見せたいわ」メアリーは言った。

「身長は百九十センチで、金髪にブルーの目なのよ！」メアリーは横目でカートを見た。「あなたのお父さんが亡くなって、どれくらいになるの？」彼女が唐突にきいた。

「ぼくが六歳のときだ。ある朝、母は目を覚まして、ベッドの隣の父が死んでいるのに気づいたんだ」カートは淡々とした口調で言った。「ぼくは父のことをあまり覚えていないんだよ」

「お母さんはたいへんだったでしょうね。ひとりであなたを育てたわけだから」

カートはコーヒーカップをもてあそんだ。「そうだね。でも、母はよくやったよ。母は新聞記者だった。ぼくはいつも、どんな悪いやつがどこに住んでいるか、何をしているか、聞かされていた。母は情報の泉だった。母の知らない人はいないようだったし、まわりにはいつも法を執行する人たちがいた。ぼくが大学で刑法を専攻した理由もそれだろうと思うよ」

「お母さんはたいした女性ね」

「そうなんだよ」

メアリーはコーヒーを飲み干した。「じゃ、あなたがどれくらい追跡がうまいか見てみましょう」

カートはおもしろそうに彼女を見た。メアリーは彼の能力を信じていないようすだ。カートは自分の力を証明しようと心を決めた。

ふたりで敷地の裏手にまわると、カートは別人のようになった。じっと立ったまま、地形とキッチンに至る道筋、それに雨が少ないために乾いた地面を観察した。自分がどこを歩き、警察署長がどこを歩いたかを、そして芥子《けし》の花を抜いたときにメアリーがどこを歩いたかを思い浮かべた。

「わたし、あの……新しいトマトの苗に気がついたわ」カートの集中ぶりにとまどったのか、メアリーが言った。「ありがとう」

「たいしたことじゃない。そこにいて」

カートはゆっくりと前に歩き出したが、あちこちで目を細めて足を止め、前かがみになったり、しゃがみ込んだりして地面と草木を調べた。彼は敷地の奥にある古い納屋に近づいていくとふいに立ち止まり、ぱっと通りのほうに向き直った。

「だれかがここを通ったんだ！」彼はメアリーに呼びかけた。「通りのほうに戻っているよ！」

メアリーも彼のそばに行った。ふたりは歩道を歩いてメアリーの家のほうに戻りはじめたが、カートは歩道の両側に生えている草から目を離さなかった。

カートはメアリーに止まるように合図しながら、地面を指さした。

「それは蟻《あり》よ」メアリーは言った。「あなた、蟻と話しているの？」

「大きな声を出さないで。ぼくの話を聞いているふりをして、うなずくんだ。だれかがぼくたちを見ているかもしれないから」

メアリーはうなずいた。

「きみの納屋にだれかがいたんだ」カートは押し殺した声でささやいた。「それも、何日もだよ。歩いた跡がはっきり残っている。例のカメラマンでも追いかけられるほどだ」

「それで、キッチンの侵入にも説明がつくわね」メアリーも同じくらい声を落として言った。「警察を呼ぶべきだわ！」

カートはじろりと彼女を見た。「ぼくは警官だよ、連邦政府の」

「ええ、でも、ここはあなたの管轄じゃないわ」メアリーは言い返した。

「ぼくはこの地域で任務に着いた」カートも言い返した。「そもそも、ぼくがラニア郡の支局に出頭したのはなぜだと思うんだい？　休暇が終わり次第、ぼくはあの支局で働くんだよ」

メアリーは低く口笛を吹いた。「テキサスのオースティンからここへとは、なんという転落ぶりかしらね」

「気にしないでくれ」カートはつぶやいた。「ジャックに会わなければならないな。きみもいっしょに来たらいいよ」あの納屋に隠れている人物がだれか、カートにはわかっていた。連邦政府の証人だ。危険があるとは思えないが、メアリーをこのまま家に置いておかないほうがいい。

「わたしは仕事をしなくちゃならないのよ。裁判の真っ最中だもの、準備をしなくちゃ」メアリーが言った。

「逃亡者がうろついているところに、きみをひとりにしてはおけないよ！」カートはきっぱりと言った。

茶色の目がきらめいた。「たとえ、きみが気に入らなくてもね！」

メアリーは自分の面倒は自分で見られると言い返したかったが、法律を破った人物と対決する装備がないのも確かだった。銃さえ持っていないのだ。

「ぼくがきみの立場だったら、メアリー」カートは初めて彼女の名前を呼んだ。「反対しないだろうね。検事は法律を代弁するけれど、法律の執行者ではないんだから」

メアリーはあっさりと受け入れた。「いいわ。あなたの勝ちよ。でも、ブリーフケースとパソコンは必要だわ」

「家に入って、取ってこよう」カートは立ち上がって、来た道を戻りはじめた。

「先に納屋に行って、手がかりを探したほうがいいんじゃないの？」

「いや」少し考えてから、カートは答えた。「もしあの男がいま納屋にいたとしても、ぼくは彼を取り押さえる立場にない。それに、現場を汚して手がかりをだめにしたくはないしね。足跡は通りまで続いているから、彼は行ってしまったと思うよ。さあ、行こう。きみはぼくの車に乗っていけばいい。ぼくは警察といっしょに手がかりを調べに戻ってくる」

ふたりはメアリーの家に戻った。彼女は仕事に必要なものをまとめ、グレーのスラックスと袖《そで》なしの白いタートルネックのニットに着替えた。カートは居間で待っていた。

「彼が逃げてしまったとしたら、わたしたちが非難されると思うわ」メアリーは言った。

カートは首を振った。「あの男はどこかからぼくたちを見張っていると思うね。ぼくたちのことを間抜けで、警察が来る前に手がかりを消してしまうと考えているだろう。もう安全だと思ったら、戻ってくるはずだ」

「それが正しいことを祈ったほうがいいわよ」

「ぼくが何を祈りたいか、きみにはわからないさ」

カートはほほえんで答えた。

その笑みに、メアリーははっとした。頭がくらくらするような気がした。自分でもばかみたいと思いながら、彼女はほほえみ返した。

「きみは何歳なのかな？」カートがきいた。

「二十七歳よ」メアリーは好奇心に駆られて彼を見た。「あなた、結婚したことは？」

カートは首を横に振った。「忙しすぎた。きみは？」

「あるわ」意外な答えが返ってきた。「十八歳のときに。家族は大反対で、わたしを説得しようとしたけれど、無駄だったのであきらめたの。彼も十八歳だったわ。年のわりには大人だったけれど。わたしは甘やかされていたし、頑固だったから、絶対に譲らなかった。彼は我慢できなくなったのね。結婚してから六カ月もしないうちに、彼が離婚を申請したわ。でも、わたしたち、いまでも友だち同士なのよ」メアリーは早口につけ加えた。「彼は再婚して、すばらしい家庭を持っているわ」

「彼はどんな仕事をしているんだい？」カートはきいた。奇妙にも、嫉妬《しっと》を感じていた。

メアリーは照れたような表情になった。「地元の高校のフットボールコーチなの」

「ぼくはフットボールは嫌いなんだ」

メアリーは声をあげて笑った。「実は、わたしもなの。それが問題のひとつだったのよ。彼のほうは、フットボールが全人生だったから」

カートはかぶりを振った。「ウィンタースポーツはどう？」玄関へと歩きながら、彼はきいた。

「アイススケートとスキーの滑降は好きよ」

「すごい！　ぼくもウィンタースポーツは好きなんだよ」

メアリーはにっこりと彼にほほえみかけた。何かが始まったようだった。


ふたりはジャックに、メアリーの家で発見したことを話した。

「その逃亡者はどういう人間なのか、何か考えはあるか？」ジャックがカートにきいた。

「そうだな。考えてみよう」カートはふざけて答えた。「このあたりに連邦政府側の証人が隠れている。そのいとこがメアリーの家の二軒先に住んでいる。そして、だれかがメアリーの納屋にひそんでいた。それはいったい、だれだろう？」

ジャックはうんざりした顔でカートを見た。

「この人はＦＢＩの一員よ」メアリーがジャックに言った。「少しは大目に見てやって」

「問題は、ぼくがその人物を追いつめなかったということだ」カートは言葉を続けた。「その男が武器を持っているかどうかは知らないが、どういう連中と関係を持って、どんな後ろ暗い経歴があるかはわかっている。メアリーがいたからね」

カートにメアリーを危険な目に遭わせるつもりがないことはジャックにも充分伝わった。

「われわれは一般市民を危険にさらしたりはしないよ。ミズ・ライアン」ジャックはメアリーに向かって強調した。

「わたしは一般市民とは言えないわ」メアリーが指摘する。

「ぼくに言わせてもらえば、きみは一般市民だ」カートが口をはさんだ。「きみは裁判の仕事をしたほうがいいんじゃないか？」彼はジャックに向き直った。「彼女がパソコンを使えるような場所はないかな？」

「あるとも。おい、ベン！」

警官のひとりがドアから顔をのぞかせた。「なんですか、署長？」

「ミズ・ライアンをドンのオフィスに案内して、デスクを使わせてあげてくれ。ドンは今日、休みだから」

「了解、署長。こちらにどうぞ、ミズ・ライアン」

ライアンというのは別れた夫の姓なのか、とカートはきいてみたかった。だが、その機会がなかった。メアリーは警官とパソコンについて話しながら、ドアから出ていった。

カートはベンがドアを閉めるのを待って、ジャックのほうへ身を乗り出した。

「その男の名前はエイブ・ハントだ」彼は言った。「ぼくの腕ほども長い前科の記録があるやつだ。メアリーは勇気があるけれど、相手が悪すぎる。ハントのような男は何をするかわからないし、プロレスラーのような体格なんだ。実際、以前にレスリングをやっていたそうだ。だから、この男を納屋から追い出さないと」

「問題は、もしわれわれに追い出されたとしたら、その男はどこに行くか、だ。いとこの家には行かないな。そこまでばかじゃないんだろう？」

カートはかぶりを振った。「彼のいとこは、いま町にいないんだ。しかしながら、いとこの家にだれもいないとしても、そこに行くほどハントはばかじゃない。とはいえ、追いつめられてはいる。組織に見つかるのが怖いんだ。ぼくたちに見つかるのも。これは猫とねずみのゲームになりそうだな」

「張り込みのために、ジョージア州警察の応援を頼むことはできるよ」ジャックが言った。

カートはうなずいた。「それがいいかもしれない。ぼくも応援を頼むことはできるが、このあたりではFBIの捜査官は怪我《けが》をした親指のように目立ってしまう。ぼくには理由がある。母に会いに来ているんだから、あたりをぶらぶらしたり、メアリーの家を訪ねたりしても怪しまれない」

「とにかく、現場に行って納屋を調べてみよう」ジャックは言った。「それで、われわれが何も見つけなければ、ハントはもう安全だと思うだろう」

「さすがだ。ぼくもそう思っていたんだ」

ジャックは立ち上がった。「ぼくが行って、よく調べてみるよ。ぼくが帰ってくるまで、きみとメアリーはドンのオフィスで待っていてくれ」

「ありがとう、ジャック」

彼は肩をすくめた。「これがぼくの仕事だよ。ところで、その男をとらえたとして、その先はどうなるか、考えたかい？　証言を強制することはできないんだよ」

「殺人の共犯で無期懲役になると言われれば、証言するさ」カートは答えた。「きみに話さなかったかな？　この件で証人になりそうだった別の人間がチヤタフーチー川に浮かんでいたんだ。頭の後ろに銃弾を撃ち込まれて」

「ハントは殺人の罪で服役するよりは、友人を裏切るだろうな」ジャックは言った。

「友人のひとりは犯罪組織のボスだ。ハントが知っていることをしゃべったら、ボスは電気椅子に送られる。メアリーの納屋に隠れていても、ハントのためにはならない」カートは静かに言った。「われわれは少なくとも、ハントを見つけたとたんに撃ったりはしない。組織の連中はそうするだろう」

「まるで、その男を気の毒に思っているような言い方だな」

「それに近い気持ちだよ」カートはくすっと笑った。

「できるだけ早く帰るよ。コーヒーメーカーにコーヒーができている。箱に二十五セント入れて、好きなだけ飲んでいてくれ」

「ありがとう。でも、ここに来る前に、メアリーがたっぷりとコーヒーを飲ませてくれたんだ」

ジャックは唇をすぼめた。「これはこれは、きみは敵と親しくなりつつあるのか？」

カートは肩をすくめた。「美人の敵だからね」

「それには異議はないな。じゃ、あとで」

カートはデスクで仕事をしているメアリーの正面の椅子に腰を下ろした。彼女はパソコンのモニターから顔を上げた。

「あなた、ずいぶん静かね」

「きみの仕事の邪魔をしたくないから」

「わたし、メモを見直して、裁判の順番どおりに並べているの」

「きみが起訴した男は何をしたんだい？」カートはきいた。

「トラックに積んだ大量の干し草のあいだにマリファナを隠して、この郡に持ち込んだのよ」メアリーは言った。「わたしたちが麻薬取締局に知らせたときには、十人以上の高校生たちに売りさばいていたわ。それで、麻薬取締局がこの男を捕まえたというわけ」

「高校生が」カートはつぶやいた。「麻薬を売り、クラスメートを撃つ……ぼくたちは狂気の世界に生きているんだな」

「なぜなのかは、だれだって言えるわ」メアリーは淡々と言った。「子供たちは放《ほう》っておかれる時間が長すぎる。親とのコミュニケーションがない。太陽のもとにいる時間が短すぎるし、コンピューターや暴力的なビデオゲームに費やす時間が長すぎる。ほかにも、まだまだあるわ。でも、だれも解決方法がわからないのよ」

カートは椅子の背にもたれて、メアリーを見た。

「子供がいる場所をすべてはっきりさせること」彼は言った。「子供が学校から帰る時間には家にいること。子供の友だちを知っておくこと」

「あなた、子供が何人いるの？」メアリーは皮肉っぽくきいた。

「これはぼくの母のやり方だよ」カートはにっこり笑った。

「明らかにうまくいったのね」メアリーも認めた。

「そうでもないさ。ぼくもしたいことをするために、母を出し抜く方法を見つけたものだよ。母は熟睡する質《たち》なんだ。だから、母が眠ってしまったら、ぼくは窓から抜け出せた。一度も見つからなかったよ。ぼくが逮捕されるまでは。ぼくはまずいときに、まずい場所にいたんだ――麻薬をやっていたグループといっしょに」カートは顔をしかめた。「逮捕されたよりもつらかったのはなんだか、わかるかい？母に保釈金を払いに来てもらったことだ。ぼくを迎えに来た母の目には失望感があふれていた。ぼくは母の期待を裏切った。ほんとうに傷つけてしまったんだ。ぼくはこれからもあのことから完全には立ち直れないだろうな」カートはほほえんだ。「言うまでもないけれど、それ以来ずっと、ぼくは品行方正にしてきたよ」

「そうでしょうね。あなたのお母さんはほんとうにいい人ですもの」メアリーはゆっくりと言った。

「じゃ、きみは悪い子は悪い両親のもとで育ったと思うんだね？」

「いいえ、違うわ」彼女はためらわずに答えた。「それは単純な考えというものよ。最悪の犯罪者のなかにも最高の両親が、それも生きている両親がいる者もいるわ。子供に犯罪傾向があれば、母親にも父親にもそれを止める術《すべ》はないのよ。ただ、その結果を目の前にしたとき、たいていの子供は死ぬほど怖い思いをして、模範的な市民になるものよ」

「ぼくはまさにそのとおりの生きた証拠だよ」カートはくすくす笑いながら言った。

メアリーもにっこりした。「わたしは一度、スピード違反で捕まったことがあるの」

「きみは悪い子だったんだね」

「法律を破ったのはそのとき一度だけよ。父に二カ月も外出禁止にされたわ。それで、高校の卒業パーティにも、食べることより大切だったデートにも行けなかったの。あれは身にしみたわ」

「きみはお母さんのことを話さないね」カートは指摘した。

メアリーの表情が硬くなった。「母とは話をしないの」

「どうして？」

メアリーはパソコンのモニターを見つめた。「母は父とわたしを捨てて、エアロビクスのインストラクターと逃げたのよ」

「それはひどい」

「そのインストラクターはちゃんとした食事もしないで、暇さえあればエクササイズをしている健康マニアなの。母はその人と暮らして、気が変になったらしいわ。二カ月後にはその人と別れて、父のもとに戻ってこようとしたのよ」メアリーの顔が険しくなった。「でも、父は母を家には入れようとしなかった。わたしも同じよ。結局、母はカリフォルニアに引っ越したの。最後に聞いた噂《うわさ》では、武術の先生と暮らしているそうよ」

「残念だね」

「母は昔から母親らしいことはしてくれなかったの。学校のダンスパーティとか陸上競技会に連れていってくれたのは、いつも父だった。母はわたしのそばにいたことはなかった。友だちとブリッジをしているか、エクササイズをしているか、どこかに旅行に行っていたわ」

「お母さんは仕事をしていなかったのかい？」

「必要なかったの。母の両親がちょっとした資産を残してくれたから」彼女は冷ややかに言った。「父はお金に関心を持ったことはなかったわ。でも、とても勤勉な人なのよ」メアリーは見るからに誇らしげにつけ加えた。

「きみはお父さんに似ているのかな？」

「そうね。わたしは背は高くないけれど、髪の色は父と同じだわ」

「お父さんは大学で勉強したの？」

メアリーはにっこりした。「ええ、そうよ。父は七年ほど前に大学を卒業したの。わたしは父をとても誇らしく思ったわ！」

「そうだろうね」カートもほほえんだ。

「母は高校も出なかった」メアリーはそっけない口調でつけ加えた。

「たぶん、お母さんにとっては教育は重要ではなかったんだよ。そういう人もいるからね」

メアリーは小首をかしげた。「あなたには重要だったのね」

カートはうなずいた。「ぼくの母は、ぼくを学校に通わせて、きちんとした服を着せ、友だちを呼んでも恥ずかしくない家に住まわせるために懸命に働いた。ぼくが大学に入ったときも、母はできるだけ助けてくれた。でも、授業料の大半はぼくが自分で稼いだよ。それに、ひとつの講座も落とさなかったんだ」彼は誇らしげにつけ加えた。「金を稼ぐのはたいへんだったな」

「わたしもそう思ったわ」メアリーが言った。「もちろん、父は援助してくれたけれど、わたしは卒業するまで奨学金を受けていたし、夜はファーストフードの店でアシスタントマネージャーとして働いていたの」

「苦労したんだね」

「そうね」メアリーはカートと同じ気持ちを分かち合った。「でも、わたしは学科のトップから十パーセント以内の成績で卒業したのよ。父はとても喜んでくれたわ。母は卒業式に来もしなかった」

「きみはお母さんを招待したのかい？」

メアリーは目をそらした。「いいえ。だって、どうせ来ないとわかっていたもの」彼女はけんか腰でつけ加えた。

「きみの別れた夫は？」

メアリーはくすっと笑った。「わたしたち、そこまで友だちじゃないの。それに、彼のいまの奥さんは喜ばなかったと思うわ。とてもいい奥さんだけれど」

「彼は運がいいね」

「わたしもいい妻になれるわよ」メアリーは言った。「料理はできるし、お裁縫だって少しはできるわ」

カートは片方の眉を吊《つ》り上げた。「オーディションを受けているつもりかい？」

メアリーの目がカートの胸に落ちた。「シャツを着ていなかったあなたはすてきだったわ」彼女はびっくりするようなことを口にした。「それに、あなたは最初に思ったほど、規則一点張りのもったいぶった人じゃないわね。あなたには隠れた何かがあるかもしれないわ」

「たとえば、どんな？」カートは身構えてきいた。

「それは考えてみなくちゃ」メアリーは秘密めかした笑みを浮かべて、仕事に戻った。

ＦＢＩ捜査官カート・ラッセルは、両手を胸の前で組んで、ある意味のスリルを感じていた。もちろん、いい意味でのスリルだった。

一時間後、ジャックが戻ってきた。オフィスに入ってきた彼の表情は冴《さ》えなかった。

「きみの納屋にだれかが入ったとか、占拠していたという形跡はまったくなかったよ」ジャックが言った。「浮浪者の痕跡《こんせき》を見たのは確かなのか？」彼はカートにきいた。

カートはその質問に抗議をせずにうなずいた。

「部下たちに拡大鏡であのあたりを調べさせたんだが、何も見つからなかった。証拠がない以上、どういう理由で張り込みをさせればいいんだ？」

「いい質問だ」カートはジャックの言い分を認め、ため息をもらして立ち上がった。「それはぼくの仕事らしいな。物置から軍事作戦用の装備を取り出して、今夜は虫といっしょに林のなかに座ることにするよ」

「きみの見間違いかもしれないよ」ジャックはなおも言った。

「かもしれない。でも、そうじゃないんだ」カートは短く答えた。この何日か、自分の言ったことが大騒ぎを引き起こしてきたので用心したのだ。一度間違いを犯すと、それが墓まで追いかけてくる！　彼は胸のなかでそうつぶやいていた。

ジャックはカートを見つめていたが、ややあってきっぱりと言った。「わかった、ラッセル。きみにそこまで確信があるのなら、ぼくもきみの言うとおりにするよ」

「携帯電話を持っていくから、ぼくが電話をしたら急いで来てほしいんだ」カートはさらに続けた。「頼みたいのはそれだけだ。ああ、そうだ。もうひとつあった」彼は悲しげな笑みを浮かべた。「近所のだれかがぼくが外にいるのを見て通報したとしても、ぼくに手錠をかけて連行しないようにきみの部下たちに言っておいてほしいな。そうしてもらえるかい？」

ジャックは笑いを噛《か》み殺した。「いいよ」

「わたしはどうするの？」メアリーがきいた。

「きみはベッドに行って、すばらしい最終弁論をしている夢を見るんだね」カートが言った。「ＦＢＩがきみを守っているんだから」

「まあ、わたしは運がいいわね」メアリーはゆっくりと言った。

「また逆らうのはやめてくれ。さもないと、蜂蜜《はちみつ》をきみの寝室まで垂らしていって、足の上にたっぷりかけてやるぞ。蟻を見たのを覚えているだろう？」

「あなたには女性を脅す権利はないのよ」メアリーは言った。「それは法律違反だもの」

「だれが女性を脅しているんだい？　ぼくはただ、蟻に餌《えさ》をやるだけなのに」

メアリーはカートをにらみつけた。だが、彼女がパソコンのスイッチを切ろうとしているあいだに、カートはジャックといっしょにドアから出ていってしまった。

雨は降っていなかったが、夜の林のなかは湿っぽかった。カートは携帯電話をポケットに入れて、木の葉のベッドに座っていたが、居心地がいいとは言えなかった。片方の耳には盗聴器をセットしているのだが、聞こえるのはこおろぎの鳴く声だけだ。母の家の居間にいるビッグ・レッドも吠《ほ》えようとはしない。昨夜から、あの犬は奇妙なほど静かなのだ。

逮捕騒動のあと、家に戻ったカートは、犬の引き取り所に電話してこの毛の生えた厄介者を引き取ってもらいたいと母に懇願した。だが、母はすでにビッグ・レッドに情が移っていた。息子の頼みを無視して、母はその日のうちにビッグ・レッドのために最高級のドッグフードを買ってきたのだ。

カートはしかたなく自分であちこちの獣医に電話をしてきいてみたが、迷い犬に心当たりのある人はいなかった。たぶん、もとの飼い主はゆっくり眠れるようになったのを喜んで、あの迷惑な犬を返してほしくはないのだろう。

そういうわけでビッグ・レッドとソファに座る場所を争って夕方を過ごしたあと、カートは長いため息をついて、夜の仕事の支度をした。彼が部屋から出たとき、ビッグ・レッドも母といっしょに母の寝室へと向かった。カートは静かに暗い裏口を抜けて、スパイごっこをするべく外に出た。

彼は林からそっと納屋を見張った。納屋にはだれもいなかったし、その後もだれも来なかった。だが、形跡を見たのは確かだ。だれかがあの納屋のまわりを歩きまわった。とはいえ、証拠はない。警察が調べに来るとカートが言ったのを聞いて、そのだれかが残っていた跡を巧みに消したのだ。

そうなると、疑問がわいてくる。連邦政府側の証人になるはずだったエイブ・ハントはマイアミで生まれ育った都会の人間だ。少年時代のボーイスカウトのような活動も含めても、野外生活の経験はない。どうして、そういう人間が納屋を占拠していた形跡をきれいに消せたのだろう？

ほかにも不思議な点がある。この通りの先に住んでいるエイブ・ハントのいとこは、突然妻と子供たちを連れて町を出てしまった。今夜、カートはその家のまわりをそっと調べてみた。家族が不在なのをこれ幸いと、いとこのハントが入り込んでいるかもしれない。だが、一家が急いで出かけたあとに、だれかがいた形跡もなければ、不審なものも見当たらなかった。

納屋にはだれもいなかったし、その後もだれも来なかった。奇妙なことに、ビッグ・レッドも窓の前で遠吠《とおぼ》えをしなかった。すべてが平和そのものだった。カートは木に寄りかかって、そっとため息をもらすと、更けていく夜空を見つめた。

4

朝の光のなか、カートは疲れた体を引きずるようにして裏口から母の家に入った。ビッグ・レッドが尻尾《しっぽ》を振りながら、ひと声吠《ほ》えて彼を迎えた。

「この子、かわいいでしょう？」マチルダがパンケーキを焼きながら、声をかけた。「座って、朝食を食べなさい。あなたも疲れたでしょう」

「疲れたし、無駄骨だった」カートは黒い帽子を脱ぐと、ペーパータオルを取って顔につけた迷彩ペイントをふいた。「だれひとり現れなかったよ」

「わたしにもわかっていたわ。ビッグ・レッドが吠えなかったから」

カートは顔をしかめた。「なぜだと思う？」

「あなたとメアリーが逮捕された夜、それに、メアリーのキッチンから食べ物が盗まれたとあなたが言ったあの夜、この犬は狂ったように吠えたり遠吠《とおぼ》えしたりしたわ。わたしまで目が覚めたのよ。ちょうど、あなたを乗せた警察の車が走り去るところだったわ」

「この犬は外にいたんだな」カートは言った。

「わたしの寝室の窓の真下にいたのよ、カート。そこには地下室へのドアがあるのよ」母は言った。

「すごい声で吠えていたわ」

「そうだね。おかしいな、あんなところで吠えていたとは」カートは独り言のように言った。

「手を洗って、カート」

カートは流しで手を洗ったが、上の空だった。

「まさか、例の逃亡者がうちの地下に隠れようとしたんじゃないだろうな？　ぼくたちがその男の行方を追いかけていたときに」カートは自分自身に問いかけていた。

「あのドアに鍵《かぎ》をかけたことはないわ」マチルダが答えた。

「今日のうちに、南京錠《なんきんじょう》を買ってきて、ドアに取りつけるよ」テーブルに着きながら、カートは言った。「もしあの男が地下室に隠れていたとしても、もう二度と隠れられないようにする」

「その逃亡者がＦＢＩの捜査官の家に隠れようとしたなんて、おかしいわね」マチルダは朝食を並べながらつぶやいた。

「ぼくも同じことを考えていたんだよ。それに、彼のいとこは通りの先に住んでいる――いや、急に旅行に出るまでは住んでいた――でも、安全な場所はほかにいくらでもあるのに」

「わたしもそれを考えていたのよ」

朝食のあと、金物屋で用事をすませてから、カートはハーディ・ヴィックスに会うためにFBIのラニア郡支局に行った。ちょうど昼食の時間の前に着いた。

「実はとっぴな考えがあるんです」カートは上司に言った。

「なんだね?」

カートは椅子の背にもたれた。「確信が持てるまではっきり言わないことにします。でも、二十四時間体制で監視をするために捜査官をふたり手配してもらえませんか?」

その返事は、ヴィックスの秘書がドアから顔をのぞかせるほどの大きな笑い声だった。彼女は自分のボスがなぜそんなに笑っているのか見に来たのだ。

「わかりました」カートはつぶやいた。「では、地元の警察か、ジョージア州捜査局《GBI》か、保安官事務所に頼みます。その結果、とらえられるかもしれないとぼくが思っている人物をとらえたら、どの新聞もその手柄をほめそやすでしょうよ!」

「ラッセル、きみはいつも自信たっぷりだな。自分がことの成り行きをわかっていると確信を持っている」ヴィックスが思い出させる。「ところが、たいていの場合、きみは糸口すらつかめていない。テキサスで騒がれた殺人事件のときもそうだった。州副知事の夫人が殺人で起訴されたが、そのころきみはまだサンアントニオでブロンドの女性を追いかけていた」

「彼女は決め手となる証人でした。そして、ぼくは彼女を捕まえたんです」カートはすかさず指摘した。「彼女を南米から引き渡してもらって、裁判に出させたのもぼくですよ」

ヴィックスは片方の眉を吊《つ》り上げた。「そう、きみがそうしたんだっけな」しばらく彼は考えをめぐらせた。「わかった。監視チームの件はできるだけのことをしよう。これは連邦政府の仕事だから。監視する場所はどこかね？」

「ぼくの家の地下です」カートは答えた。

「蛇と蜘蛛《くも》といっしょに、首まで土に埋まるってことかね？」ヴィックスが声をあげた。

カートは上司をにらんだ。「歩いて入れる地下室です。もしその気があれば、ビリヤードテーブルだって置いてありますよ」

ヴィックスはにっこりした。「それなら、わたしが自分でこの仕事を引き受けてもいいね。わたしはビリヤードが大好きなんだよ」

カートは自分の立場を忘れ、それは上司の目立つ禿頭《はげあたま》がビリヤードのボールそっくりだからではないかと言いそうになった。

「連絡するよ。ただし、二日ほどかかるかもしれない」

「わかりました」カートは答えた。「そのあいだに、逃亡者がびっくりして、あわてて逃げ出さないことを期待しましょう」

「そのためにきみに給料を払っているんじゃないか、ラッセル」上司は陽気に答えた。

カートが裁判所を出たとき、メアリー・ライアンが後ろから追いついた。彼女はグレーのパンツスーツ姿で、有能そうに見えた。

「何かわかったの？」

「わかったよ。ぼくのボスはビリヤードをするのが好きなんだ」カートは苛立《いらだ》たしげな口調で答えた。

メアリーはくすっと笑った。「わたしのボスもよ」

「監視チームを組織するのに二日ほどかかるそうだ」カートはじれったそうに言った。「その前に逃亡者は消えてしまうかもしれない。ぼくたちが警察に連行されたとき、うちの犬は母の寝室の窓の真下で吠えていた。つまり、地下室へのドアのそばでね」

メアリーは口笛を吹いた。「逃亡者はあなたの家の地下に隠れていたかもしれないと思うの？」

カートはうなずいた。「今朝、朝食のあとで地下室を調べてみたんだ。はっきりした形跡はなかったけれど、本が二冊とビリヤードのボールの置き場所が変わっていた。ぼくはいつもボールをテーブルのポケットに入れておくんだよ」

メアリーは目を細めた。「逃亡者にしては厚かましい人ね。そう思わない？」

カートは両手をポケットに入れて、ゆっくりとうなずいた。「ぼくもまさにそれを考えていた。彼は被害者というよりもむしろ略奪者のような行動をとっている」

「エイブ・ハントにしゃべらせたくない人たちがいるのよね」メアリーが言った。「ハントは犯罪組織のボスを刑務所に送るのに充分なことを知っているから」

「ボスたちのひとりを死刑にすることもできる。そして、ハントはわれわれから隠れているわけではないとも考えられる」カートはメアリーのために説明した。「殺し屋がハントを追っているかもしれないんだ。だから、ハントは逃げまわっているんだよ。ダニエルズという名前の殺し屋におびえている」

メアリーはまた口笛を吹いた。「まあ、すばらしいわ。うちの納屋か、あなたの地下室に殺し屋が住みついているとわかって、どんなに安らかに眠れるかしら！」

「ぼくだって、いい気分じゃないよ」カートは言った。「しかも、ぼくの母まで巻き込まれているんだからね」

「あなたには少なくとも犬がいるじゃないの」

カートは唇をすぼめた。「それもパズルの奇妙なピースのひとつなんだ。あの犬はどこから来たのか？　飼い主はどこにいるのか？　なぜ、あの犬はぼくの母になついて居座ったのか？」

「お母さんが犬好きだからじゃないの？」メアリーは言ってみた。

「あの犬はおかしなときに現れた」

メアリーは通りを見まわした。「わたしはサラダを食べに行くんだけれど、いっしょにどう？」

カートは腕時計に目をやった。「行ってもいいよ。家に帰るころには、ぼくに取っておくと母が約束したスープは犬のおなかのなかだろうから」

メアリーは声をあげて笑った。「あなたのお母さんはほんとうに個性的ね」

「きみには想像もつかないくらいにね。ぼくが子供のころ、母が遅くなると伝えるために、どんなところから電話をかけてくるのか予想もつかなかった。一度は警察の車の列の後ろで、狙撃《そげき》犯人が逮捕されるのを待っているところだった。麻薬関連の爆発現場に駆けつける途中のときもあったな」

「スリル満点の人生って感じね」

ふたりは近くのカフェに向かった。カートは茶色の瞳を輝かせて答えた。「そうだったよ。母は年じゅう法律を施行する人たちとつき合っていた。男性も女性もいたな。だから、ほかの新聞記者たちの鼻先で、母があれほどスクープを勝ち取ったのも不思議じゃない」

「でも、お母さんは引退したんでしょう」

「十代のなかばになり、ぼくは母に声を荒らげるようになった」カートは打ち明けた。「それで、母は収入が減るのを承知で特集記事を手がけるようになった。必要なときに、ぼくのそばにいられるから。よかったと思うよ。あのころのぼくは、地獄に向かう道を突っ走っていたからね。どんなにいい母親だって、男の子にとっては父親の代わりにはならないんだよ。これは差別的表現に当たるかもしれないが」カートはメアリーに視線を据えてつけ加えた。

「ぼくの個人的な意見だ」

メアリーは悲しげにほほえんだ。「わたしは父のいない人生なんて想像もできないわ」

「きみのお父さんに会ってみたいな」

「そう思う？」メアリーの目がきらめいた。

活気づいたときの彼女は美しかった。カートはメアリーにほほえみかけ、彼女の頬がピンク色に染まるのを見つめた。それからメアリーはトレイを取って前に進んだ。グラスに氷を入れたとき、彼女の長い指がかすかに震えていた。カートはいい気分だった。

テーブルに着いて、ベジタブルチップスを分け合いながら、ふたりはアトランタの犯罪組織のことを話し合った。

「もし、ほんとうに殺し屋がこのあたりに腰を据えているのなら」メアリーが言った。「例の逃亡者はそれを知っているはずよ。それなら、なぜ彼もここにいるの？」

「ぼくもその答えを知りたいね。ぼくのボスには、その疑問を話さなかったけれど」カートは顔をしかめた。「この前の事件でちょっとしたトラブルがあってからというもの、厄介なことばかりだから」

「裁判所で聞いた話では、あなたを擁護してくれた人もいたんでしょう」メアリーは言った。

「そうなんだ。マーク・ブラナンだよ。彼も二年間FBIで働いて、いまはテキサス州騎馬警官《テキサス・レンジャー》なんだ。ぼくは、テキサスの殺人事件で、彼といっしょに……仕事をしたんだ。実は、マークは州の司法長官と、それに副大統領とも血のつながりがあるんだよ」

「あなたはコネを使ったというわけね」メアリーが言った。

「刑務所に入らずに、FBIに入るにはそれしか方法がなかったんだ」カートはくすっと笑った。「それで、ＦＢＩもぼくが適正な捜査をしたと認めざるをえなくなった。ただし、罰として、活躍の場を与えないために、ぼくをここジョージア北部に送り込んだというわけさ」

「あなたは活躍の場の真っただ中にいるように見えるわ。あなたの考えていることが当たっているのなら」メアリーは言った。

「ぼくもそう思う。だから、ぼくたちはこの件をうまく処理しなくてはならないよ」

「ぼくたち？」メアリーは持ち上げたアイスティーのグラスを宙で止めて、きき返した。

「いままでの任務で、きみより協力的でないパートナーは何人もいたよ」カートは言い、ぐっと唇を引き結んだ。「それに、きみにはコネもあるしね。きみは警察の連中に好かれているよ」

メアリーはにっこりした。「父がどんな仕事をしているか、話していなかったわね？」

カートは魅入られたようにかぶりを振った。

「父は警官なの」

カートは笑った。「そうか、なぜ気づかなかったんだろう」

「学位を取って、いまは管理職にあるけれど、父はずっと優秀な警官だったのよ。父のすることを見たり、聞いたりしただけで、ずいぶんいろいろと学んだわ」

「みな、そうやって学ぶものだよ」

「それで、次はどうするつもりなの？」

「うちの地下室に盗聴装置をつける」

メアリーは笑顔になった。「スリル満点ね！うちの納屋にも？」

「その必要があると思うね。だれにせよ、ぼくたちの手で捕まえるつもりなら。お偉方はだれもぼくの仮説を信じてくれないから」

メアリーは指の長い手をテーブルの上で伸ばして、

カートの手に触れた。「あなたなら、彼らに証明できるわ」

カートの心ははずんだ。メアリーの言葉で、なんでもできるような気がしてきた。目を輝かせて、彼は言った。「ありがとう」

メアリーは肩をすくめた。「だれかひとり信じてくれる人がいるだけで充分なときもあるのよ」メアリーはあっさり言うと、カートの手を放した。「わたしもできるかぎり手伝うわ」

「ぼくも考えてみるよ」カートは約束した。

仕事がはかどらないことに苛立ちながら、カートは家に帰った。

彼の母親はソファでパソコンを膝に置いていた。一方、ビッグ・レッドはカーペットの上に寝そべって、寝息をたてている。犬は垂れ下がったまぶたを片方だけ開けて、ちらりとカートを見るなりまた目を閉じた。

「たいした番犬だな」カートはつぶやいて、母の向かい側の椅子に腰を下ろした。

「どこに行っていたの？」

「他人に、ぼくはばかじゃないことをわからせようとしていたんだよ」

「あなたはばかじゃないわよ、カート」

「ありがとう」

「わたしにできることがあるかしら？」

カートはじっと母を見つめた。「うん。母さんは殺人や脅迫事件の記事を書いた経験も豊富だからね。メアリー・ライアンの納屋に隠れているのはだれだと思う？」

「エイブ・ハント、連邦政府側の証人よ。でも、証言はしたくないのよ」マチルダはそう答えてにっこりした。「あなたのボスは、それを信じようとしないの？」

カートはみじめな顔でうなずいた。

マチルダは肩をすくめて、キーボードに目を戻した。「不運なボスね。あなたがその証人を捕まえたらいいわ、カート。そして、ほかの人たちには言い訳をさせるのね」

「ずいぶん自信がありそうな言い方だね」

「わたしは、自分の行動につねにベストを尽くすよう、あなたを育てたつもりよ。そして、あなたはそうしているわ」マチルダはいたずらっぽい笑みを浮かべて、ちらりと息子を見た。「それで、そこに座り込んで何をしているの？」

カートはくすっと笑って立ち上がった。「地下室にこもって、電線と電池と豆電球で監視装置を作るよ」そう言うと、彼は体を伸ばした。「エレクトロニクスの知識があってよかった」

「専門学校には行きたがらなかったくせに」マチルダは冷やかし口調で言った。

「一年通ったよ」カートは言い返した。「自分がテレビの修理には向いていないとわかるのに充分な期間だけは。でも、盗聴装置の作り方は習ったんだ」カートは皮肉っぽくつけ加えた。

母はカートをにらんだ。「そうだったわね」

「ぼくが探り出したことは、母さん以外のだれにも話していないよ」

「それでも、法律違反よ。まったく、警察署長のオフィスを盗聴するなんて！」

カートはにやりと笑った。

マチルダはそれ以上何も言わずに、手を振って息子を追い払った。

実のところ、カートは盗聴装置の作り方や使い方をその方面に詳しい先輩に教えてもらったのだが、それについては当時もいまも母親には打ち明けなかった。だが、彼は全神経を集中させて学べるだけ学んだ。というのも、そのころから自分が連邦法を執行することを将来のキャリアとして思い描いていたからだ。

電線を張りめぐらせるだけで、午後の大部分を費やしてしまった。小さな電池で動く高級な盗聴装置など持っていない。だが、ボール紙を使って手作りした、重さで反応するセンサー装置も、電線もテープも、これで充分なはずだ。二十キロ以上の重さを感知したら知らせる装置だから、近所の犬はまず引っかからない。カートはそれを配電盤につなげ、豆電球を取りつけてから、母にメアリーの家の庭を歩きまわってラディッシュを引き抜くふりをするように頼んだ。センサーのテストをしてみるためだ。

もし殺し屋がほんとうにこのあたりにいるのなら、当然こちらを監視しているだろうから、カートの計画も見破られてしまう。だが、殺し屋はいま、どこかで眠っているとカートは思いたかった。ハントの監視を続けるためには、夜にしっかりと目覚めている必要があるからだ。殺し屋もまた、ハントが夜に行動すると考えているに違いない。

ただ、そもそもハントがこのあたりをうろついて何をしているのか、それがわからない。

もしも殺し屋がここに来ているのなら、わけがわからない。

いや、殺し屋がほんとうにいるのなら、だ。

カートの胸に、初めて自分の仮説に対する疑問がわき上がった。ぼくはいろいろと愚かなミスを犯してきた。たとえば、大統領のテキサスにある夏の別荘でのことがある。あのロシアの首相がブラーマ種の牛に襲われないように、もっとすばやく動くべきだった。オーキフェノーキー湿地で一週間過ごし、注意散漫というミスから立ち直ったが、その後もふたたび間違いを犯した。もしも、いまのぼくの仮説が誤りであったら？　隠れているのが連邦政府側の証人ではないと判明すれば、ぼくの面目は丸つぶれだ。法律を執行する人たちの世界で笑い物になるだろう。そう思って、カートは青ざめた。

　そのとき、彼の頭に浮かんだのは、メアリー・ライアンの言葉だった。彼を信じていると明かしたときのメアリーのやさしいまなざしも思い出した。ちょうどそのとき、マチルダがメアリーの庭を歩いていくのが見えた。ラディッシュを引き抜く動作をしながら、母が足を動かすたびに、配電盤の明かりが灯《とも》ってクリスマスツリーのようになる。やった！ ぼくの腕は確かだ。そして、ぼくは間違ってはいない。支局のもったいぶった石頭たちにもそれを見せてやる！

　その日の夕方、メアリーが帰宅するのを待って、カートはTシャツとジーンズ姿で彼女の家を訪問した。

　ふたりはキッチンに入ったが、メアリーが何か言うより早く、カートは片手を上げて、ポケットから機械を取り出した。古いものだが、五年前に買ったとき同様にちゃんと動く。カートはその機械で部屋に盗聴装置が仕掛けられていないか調べ、結局ひとつも見つからなかった。

「念のためだよ」カートはメアリーに言って、ほほえみながら機械をポケットに入れた。「外に出るときは注意してほしい。きみの庭に電線を張ったからね」

　メアリーはカートを見つめた。「何をしたですって？」

「電線を張ったんだ。納屋から通りまで、重さを感知する装置を埋め込んで――」

「トマトの苗のところに？」メアリーはぞっとしたようすで叫んだ。

　カートは彼女をにらんだ。「きみの苗じゃなくて、雑草の下だよ。黄色の花の」

「わたしのマリーゴールド！」メアリーは嘆いた。

「あれは害虫を駆除してくれるのよ！」

「ちょっと聞いてくれないかな」カートはうんざりした顔で言った。「いまは何本かの花のことで、けんかをしている時間はないんだ。これはきみの命を救うための装置なんだよ！」

メアリーは深く息を吸い込んだ。庭の花のことではカートだけを責められない。警官たちも足跡を捜して庭じゅうを歩きまわったのだ。「いいわ」メアリーは歯ぎしりしながら言った。

「これが終わったら、ふたりで園芸店に行こう。きみに十箱の花を買ってあげるよ」カートは約束した。

「あれは種から育てたのに……」

「もう、それを言うのはやめてくれ！」

メアリーは両手を腰に当てて、カートをにらみつけた。「庭がどんな意味を持っているか、あなたにはわからないのね？」彼女は怒りに駆られて言い放った。

カートは一歩前に出ると、メアリーのウエストをつかんで引き寄せ、激しくキスをした。

メアリーは一瞬もがいたが、すぐに抵抗をやめて、少しずつ彼に寄り添っていった。カートのベルトに触れたメアリーの両手がしだいに上がっていき、彼の背中を撫《な》でている。重なり合ったメアリーの唇が開き、カートの腕にさらに力がこもった。

彼にとって、女性とのキスをこれほど楽しんだのは久しぶりのことだった。どれほど時間がたったのかはわからないが、やがてメアリーがきつく締めつける彼の腕にあらがいはじめた。

顔を上げたカートは、めまいを感じながらメアリーの霧のかかったような目を見下ろした。

「あなたはとても上手だわ」息を切らして、メアリーが言う。

「ありがとう。きみもだよ」

メアリーは彼の茶色の瞳をじっと見つめた。カートも情熱を抑えきれないまなざしで彼女を見つめ返した。

「きみには子供がいないから、庭がその代わりなんだね」カートはささやいた。メアリーの目に衝撃が走ったが、カートは彼女の唇を見つめていた。「きみは何かを育てずにはいられない。だから、子供の代わりに野菜や花なんだ」カートはもう一度、メアリーの唇をむさぼるように求めた。「ぼくを育ててみたらどうかな」唇をわずかに離して言った。「ぼくの母は、寝室の床に放《ほう》ってある汚れたソックスにも、流しの下の濡《ぬ》れたタオルにもうんざりしているんだよ」

メアリーはかすれた声で笑った。「うちの流しの下に濡れたタオルがあるのを、わたしが気に入ると思うの？」

「そうじゃない理由があるかい？」カートはもう一度メアリーにキスをした。「ぼくたちは同じような仕事をしているし、どちらもいい人間だよ。いっしょに、レタスか何かを育てることもできるだろう」

メアリーはカートの下唇をそっと嚙《か》んだ。「考えてみるわ」

「そうしてほしいな。そのあいだに」カートはしぶしぶながら、やさしく彼女の体を引き離した。「ぼくたちは事件を解決できるかもしれない。きみの納屋と母の家の地下室に盗聴装置をつけたし、きみの庭には電線を埋め込んだ。だれかがちょっとでも歩きまわったらすぐにわかるようにしてあるんだ」

「犬とか猫とか……ねずみはどうなの？」メアリーは生意気そうに尋ねた。

カートは彼女の鼻を人指し指でたたいた。「ぼくが念入りに作り上げた装置をばかにしないでほしいね。今夜こそ、隠れている人間を捕まえるよ。のぞき見をしただけのだれかでもだ。ぼくの評判は危機に瀕《ひん》しているんだから」

「わたしだったら、そんなことは言わないわ」メアリーは控えめにほほえみながら言った。

カートは満面に笑みを浮かべた。


ところが、カートが夜明けまで地下室に座っていても、明かりはつかなかった。あたりでは何も起きなかった。ビッグ・レッドはマチルダのベッドのかたわらで死んだように眠っていた。

夜が明けると、カートは自分のベッドに倒れ込んだ。疲労困憊《こんぱい》のあまり目を開いていられなかった。目が覚めたのは昼過ぎだった。

カートが目を開けたとき、裸の腕に濡れた跡がついていた。寝返りを打ったカートの目に入ったのは、ビッグ・レッドだった。犬はベッドの横に座って、カートの体を鼻で押していた。

「ああ、まったく」カートは濡れた腕をシーツにこすりつけてふいた。「どうしたんだ?」彼は犬にきいた。

ビッグ・レッドは、はあはあと息をしながら大きな尻尾を振っている。まるで笑顔を作ろうと務めているようにも見える。尻尾が床に当たるリズミカルな音が不思議に気持ちをやわらげた。

カートはため息をついて、ビッグ・レッドの頭を撫でてやった。「おまえはそう悪い犬じゃないらしいな……おや、これはなんだ?」

ビッグ・レッドの首輪のとめ金の上に、小さなふくらみがある。これまでは気づかなかった。カートは急にはっきり目が覚めて起き上がると、犬の首輪のとめ金をはずした。何かがテープでとめてある。その黒いテープをはがしてみると、薄い小さな管が出てきた。カートはそれをひねって開けた。

「これは驚いた」カートは思わずつぶやいた。管のなかから出てきたのは薄い紙で、何か書きつけてあった。

「カート、昼食ができたわよ！」キッチンから母親が呼びかけた。「起きているの？」

「起きたよ！」

カートは紙を開いた。好奇心をつのらせながら、紙面に目を凝らす。文字と数字が並んでいるが、脈絡がない。暗号のようだ。

カートはベッドから出て、首輪に管をとめ直し、逆らって頭を持ち上げたビッグ・レッドの首に戻した。

「何かを見つけたよ」大股でキッチンに入っていきながら、カートは母親に告げた。キッチンは昨夜のうちに調べて、盗聴器は仕掛けられていないことを確かめてあった。「これを見て」

カートは母親に紙を渡した。マチルダは目を細めて紙面を見つめてから、息子に返した。「暗号？」

カートももう一度数字を見つめた。「そうだね。何か意味があるはずだけれど、解読できないんだ」

「どこでそれを見つけたの？」マチルダがきいた。

「母さんの新しいペットの首輪に、管がテープでとめてあった。そのなかにあったんだよ」カートは答えた。「それに、しばらく前からそこにあったみたいなんだ」カートはそれが心配だった。「もし、政府側の証人がぼくに連絡を取ろうとして、この犬を送り込んだのなら、ぼくは何日も無駄にしてしまったことになる。この犬がなぜここにいるのか、わからなかったんだから！」カートは大声で言った。

「だれもこの犬がメッセージを持っているとは思わなかったわよ」マチルダはいかにも楽しそうに笑いながら言った。「座って、昼食を食べなさい。その暗号はあとでよく見てみましょう。ゆうべは何か聞こえたの？」

カートはかぶりを振った。「月曜日の教会のように静かだったよ」つぶやいて、母から熱いコーヒーのカップを受け取った。「明かりもつかないし、物音ひとつ聞こえず、何もなしだ。こんなないまいましいことはないよ。メアリーの納屋にだれかが隠れていたのはわかっている。うちの地下室にだれかがいたのもまず確かなのに、みんな消えてしまった。ハントのいとこだって、さっさといなくなってしまった」

「いとこは帰ってきたわよ」

「なんだって？」

「今朝、わたしが朝食を食べているときに、あの一家が車で通ったの」マチルダはあっさりと言った。「車から降りるところを見たのよ。いとこにその妻、ふたりの子供。男の子と女の子よ」

「ほかにはだれもいなかった？」カートは疑《うたぐ》り深そうにきいた。

マチルダは首を横に振った。「わたしはあのステーションワゴンから目を離さなかったのよ。でも、だれも見えなかったわね」

「たぶん、あの一家はハントがどこかに行く手助けをして、そのあと別れたんだ」カートは考えたことを口にした。「それなら、なんの動きもないことも説明がつく」

「そうかもしれないけれど、それなら、そのメッセージはどういうことなの？」母はカートが手にしている紙を指さした。

カートは顔をしかめた。「わからない。文字と数字がごちゃまぜになっている。でも、意味があるはずだ。金庫の組み合わせ番号ではないし」カートは紙をにらみながら言った。「ロッカーの番号でもない。ぼくの知っている何かの番号ではないな」

「座標じゃない？」母が言った。

カートはかぶりを振った。「ありえない」

「読んでみて」

「LPST二三LBSDB一二九」つぶやいて、カートは頭を振った。「ほらね。わけがわからないよ」

「管のなかには、ほかに何もなかったの？」マチルダがきいた。

「茶色の紙があったけれど、この白い紙を隠すために入れたのは明らか……いや、待てよ！」

カートは立ち上がって、水を飲んでいた犬に走り寄った。

「ごめんよ」カートはささやいてビッグ・レッドの首の管をひねった。

管を開いて、なかにぴったりおさまった茶色の紙を取り出すには車のキーを使わなければならなかった。管をもとの場所に戻して、カートは立ち上がった。そして、固く巻いてある紙を開いた。

「わかった《ユリーカ》！」彼は叫んだ。

5

カートは何がわかったのかを母に説明するのもそこそこに、服を着て車に飛び乗ると、ラニア郡の裁判所めがけて猛烈なスピードで走らせた。

幸い、メアリーが担当していた裁判はすばやく判決が出て、終わったところだった。カートが法廷に入っていったとき、彼女は書類をまとめていた。

「きみが必要なんだ」カートは言い、メアリーが書類をブリーフケースに入れるのももどかしく、彼女の手を引っ張って裁判所から出た。

「でも、わたしは裁判所の書記官に会わなくちゃならないのよ」メアリーは抗議した。

「きみのアシスタントに電話して、やってもらえばいい。幸運をつかんだよ！」カートは彼女を車に押し込んで、自分も乗り込んだ。車をスタートさせると、彼は巻いた茶色の紙をメアリーに手渡した。

「質屋の札だわ！」メアリーは声をあげた。

「そのとおり！　ほかにもあるんだ」カートはポケットを探って、暗号の紙を彼女に渡した。「きみが手にしているものから、この暗号を解読できるかい？」

「そうね。見てみるわ……これはラニア・ポーン・ショップの札だわ。それから、暗号のほうは文字と数字ね……」彼女は顔を上げた。「わたしが思うに、これは貸し金庫の鍵《かぎ》を預けた質屋の札で、その金庫はラニア・シティ・バンクにあるのよ！」

カートはにっこりした。「きみは頭がいいよ」

「あなたはどう思うの？」メアリーは大声できいた。「わからない。でも、運がよければ、ハントのボスが捜査をやめさせるために殺人を犯した証拠か何かが見つかるかもしれないな」

メアリーもいまや、カートと同じくらい興奮していた。ふたりは札を持って、質屋に駆け込んだ。期待どおり、質屋の店員が持ってきたのは貸し金庫の鍵だった。ふたりは銀行へと向かった。証明書を見せたのだが、貸し金庫を開けるには銀行の頭取の立ち会いが必要だった。

ところが、金庫の箱に鍵を差し込んだとき、意外な結果が待っていた。鍵がまわらなかったのだ。

「どうしてなんだ？」カートはわめいた。「正しい番号で、正しい鍵なのに！」

銀行の頭取が頭をかいたとき、ぎこちなく後ろに控えていた若い女性行員がおずおずと口を開いた。

「わたしのせいじゃありません、頭取」彼女はうめくように言った。「あの人たちも証明書を持っていたんです。司法局から来たと言って、金庫の箱に穴を開けさせて、中身を持っていきました。だから、わたしたちは鍵を変えざるをえなくて……」

頭取の顔は怒りで青ざめていた。「きみはそれについて、何も言わなかったじゃないか、ミス・デイヴィス！」

「直属の上司には報告しました。そのとき、頭取は町にいらっしゃらなかったから」彼女は弁解口調で言った。「三日前のことです！」

カートは口のなかで毒づいた。手がかりはなくなってしまった。

「その箱にまた穴を開けることはできますが」頭取は落ち着かない顔で言った。

「その必要はありませんよ」カートは静かに答えた。「手がかりはひとつ残らず持ち去られたんですから。ものの見事に先手を取られたわけです。でも、ご協力に感謝しますよ」

「なんてついていないんだ！」裁判所へと戻る車のなかでカートは怒りを爆発させた。「三日前にあの犬を調べてさえいたら！」

「迷い犬が犯罪の証拠を運んでいるなんて、だれも思わないわよ」メアリーはカートを慰めた。「あなたはスーパーマンじゃないもの」

カートは顔をしかめた。「自分を蹴飛《けと》ばしてやりたいよ。証拠はなくなった。証人もいなくなった。そして、ぼくはまた面目を失ったんだ」

「あなた以上に優秀な捜査官は見たことがないわ」彼女は言った。「あなたは少なくとも努力したじゃないの！」

「どう見ても、ぼくの負けだよ。夜中寝ないで、あたりを見張っていたというのに、その成果は何もない。マリーゴールドを何本か枯らしてしまっただけだよ」カートは憂鬱《ゆううつ》そうな笑みを浮かべた。

「まだたくさん残っているわよ」メアリーが安心させた。「自分を責めてはだめよ。今夜はわたしが夕食を作ってあげるわ。それから、あなたの家の地下室でビリヤードをやってもいいわね。わたし、ビリヤードが大好きなの」

「そうなのかい？」

メアリーはにっこりした。「大学生のとき、女友だちとふたりでビリヤード場荒らしをしたものよ」

カートはため息をもらした。「おかげで、今日という日もいい終わり方になりそうだ。楽しみだよ」

カートの顔にゆっくりと笑みが浮かんだ。「ありがとう」

メアリーは肩をすくめた。「友だちってそういうものでしょう？」そして、彼女もほほえみ返した。

結局、マチルダ・ラッセルが三人分の夕食を作った。ハムとポテトサラダ、それにマチルダお手製のパンを食べながら、三人は刑法のシステムと二十四時間ニュースを流すテレビ局が多すぎることについて活発に議論した。

そのあとビッグ・レッドと母を残して、カートはメアリーとともに地下室へ下りていき、ビリヤードテーブルの上のボールを三角形の木枠《ラック》でそろえた。

「きみにきいていなかった」カートはつぶやいた。「裁判では勝ったのかい？」

「今日の裁判では勝たなかったわ」メアリーはちらりとほほえんでみせた。「ずいぶんがんばったんだけれど。陪審員たちは、気の毒な被告人が隣人を酔っ払わせて、その土地を盗むなんて不名誉なことをしたとは信じなかったの。でも、麻薬の密売人の裁判では、わたしが勝ったのよ」メアリーは肩をすくめた。「勝つこともあり、負けることもある。それが人生というものよ」

カートはメアリーに先にプレイさせた。彼女がみごとな手際でテーブルのボールを一掃したので、カートは悔しくなった。だが、カートもすべてのボールをクリアし、彼はくすっと笑った。

ふたりの腕はちょうど互角で、遅くまで勝負を続けた。

「とても楽しかったわ」とうとうメアリーが言い出した。「でも、明日の朝九時にミーティングがあるから、そろそろ帰らなくては……カート？」

「うん？」カートは残るボールをポケットに入れようと、そっと突いたところだった。

「あのランプはなんなの？」

カートはなかば上の空で振り向いた。彼女が何を見ているのかに気づいたとき、彼の心臓は一瞬止まり、そしてまた動き出した。彼が作った配電盤だ。貸し金庫の件であまりにも落胆し、すっかり忘れていた。メアリーの庭を示す明かりが灯《とも》って、祝日に港に入る満艦飾の船のようにきらめいている。

「きみの納屋にまただれかがいるんだ！」カートは叫んだ。

「どうしてわかるの？」

カートは手短に配電盤の役割を説明した。「わかるかい？　そのだれかはきみの納屋に入ったばかりだ。そいつを捕まえなくちゃ！」

メアリーはぽかんとカートを見つめている。「あなたひとりで行くつもりなの？」

カートは答えずにコートかけに近づくと、かけてあったショルダー・ホルスターを取った。ホルスターを肩にまわして、四五口径のオートマチックをチェックする。それから真剣なまなざしでメアリーを見た。「きみは階上《うえ》に行って、ジャックに電話を入れてほしい。ジャックからハーディ・ヴィックスに連絡をしてもらうんだ。もしベッドから引きずり出すことになってもかまわない。ぼくには応援が必要だ」

メアリーは唾《つば》をのみ込んだ。「わたし、父に銃の撃ち方を教わったの」

カートはほほえみ、メアリーの腕をつかんで引き寄せると、激しくキスをした。「たとえ中国のお茶を全部もらっても、きみを危険な目に遭わせるわけにはいかないよ、スイートハート」カートはささやいた。メアリーが彼にほほえみかけると、彼はもう一度彼女にキスをした。

「撃たれないでね」メアリーはきっぱりと言った。

カートは片方の眉を吊《つ》り上げた。「危ないまねはしないよ。さあ、行って」

メアリーは階段を上がっていった。カートは明かりを消して、そっとドアから外へ出た。先ほどまでとは打って変わって、カートは長年の危険な状況下での経験と鉄の神経を持つ連邦捜査官の顔になっていた。

幸い、あたりには身を隠せるものが多い。彼は母の裏庭から車庫へと動き、となりの家の車庫の後ろを通って、生け垣の陰にかがんだ。生け垣のすぐ向こうは通りだ。メアリーの納屋の前には、何本かのみずきと柘植《つげ》の木があるので、こちらは見えないはずだ。だから、すばやく動いて通りを走って渡ればいいのだが、足音を聞かれるのはまずい。

数百メートル先に州道が走っている。トラックの轟音《ごうおん》が聞こえたとたん、カートは通りを走って渡り、納屋に近づくと、銃を抜いて安全装置をはずした。そして、耳を澄まして待った。

長く待つ必要はなかった。納屋のなかで物音がした。だれかが壁に寄りかかったような音だった。

カートの心臓は激しく打っていた。近所じゅうに聞こえるかと思うほどの音だったが、だれにも聞こえないことはわかっていた。カートは目を閉じて、耳に神経を集中した。

またもや、かすかな音がした。やっと聞き取れるほどの音だ。

カートは仕事を始めたばかりのときに撃たれたこ

とがある。ニューヨークの犯罪組織との銃撃戦で肩を撃たれたのだ。あの苦痛を思い出すには、いまは最悪のときだった。痛みのことを考えてはだめだ。母のことか、メアリーのことを考えなければ。

二度ほど深呼吸をしたとき、また大きなトラックが近づいてくる音が響いた。いましかないぞ、ラッセル。カートは自分に言い聞かせた。ぐっと唇を結んで、ふたたび深く息を吸い込むと、彼は納屋に走り込んだ。

近くの街灯がちょうどついて、その光のなかに大柄でウエーブした黒髪の男が浮かび上がった。男はびっくりした顔で両手を上げた。

「撃たないでくれ！」男は甲高い声をあげた。

カートは全身の血が逆流しているような気分だった。彼の銃は男の腹部を狙《ねら》っている。「ＦＢＩだ」カートはきびきびと言った。「名前を言え！」

「エイブ……エイブ・ハントだ！」

カートは眉をひそめた。「ハント？」

「そう……そうだよ！　あの、それを下ろしてもらえないかな？」ハントは口ごもって、カートの銃に向かってうなずいてみせた。

カートは毒づきながら、銃を下ろした。「ばかなやつだ！　撃たれるところだったんだぞ！　いったい、ここで何をしているんだ？」

「ダニエルズから逃げようとしていたんだ」ハントはきょろきょろとあたりを見まわしてから、カートに近づいた。「あんた、聖書に出てくる九百六十九歳のメトセラのように遅かったな。伝言を見なかったのか？　犬を送り込んだのに！」

カートはそれには答えなかった。「この何日か、どこにいたんだ？」彼はきいた。「ここにいなかったじゃないか！　あのうるさい犬がわんとも言わなかった。まあ、いままでは」ふいに、ビッグ・レッドが遠吠《とおぼ》えを交えながら激しく吠えはじめた。マチルダの居間の壁を通してもはっきり聞こえるほどの大きな声だった。

「ああ、たいへんだ！」ハントが叫んだ。「あいつだ！　ダニエルズだよ！　レッドボーンはあいつの匂《にお》いがわかるんだ……！」

カートは家のなかにいる犬に外の人間の匂いがわかるのかとはきかなかった。ブラッドハウンドが車に乗った人々を追跡するのを見たことがあるからだ。たいていの人は信じないだろうが、車の窓が開いていれば、犬は人間の匂いを嗅《か》ぎ取ることができるのだ。

「伏せろ！」カートは叫んで、ハントを床に押し倒した。床はほこりと泥で汚れていたが、安全だ。少なくとも、いまのところは。

ハントは何か言いかけたが、カートは彼の腕を軽くたたいて黙らせた。

カートの目はしだいに暗さに慣れてきた。心臓は激しく打っていたが、自分の能力はわかっていた。殺し屋の姿がちらりとでも見えたら、倒す自信はある。カートは射撃の名手なのだ。もちろん、べつの危険もある。たとえば、ダニエルズがこの状況を打破するために納屋に火をつけることだって考えられる。古くて乾ききった納屋は燃えやすい。あっと言う間に、カートもハントも逃げられなくなってしまうだろう。

カートは床に伏せたまま、耳を澄ませた。犬の吠える声を除けば、あたりは静かだ。もしマッチをする音がしたら、きっと聞こえるに違いない。必要となれば、壁越しに撃つこともできる。だが、なんの音も聞こえなかった。

かすかにフットボールの試合中継の音が聞こえ、木の葉のこすれる音がした。カートは目を閉じた。かたわらのハントが荒い息をついているのに気づいて、カートは人差し指を唇に当てた。ハントは呼吸を抑えた。

カートはまた耳を澄ませたが、ふいに大きなトラックの轟音が響いたので、口のなかで毒づいた。おかげで、ほかの音が聞こえなくなってしまう。

ハントはまだ生きている。ハントが犯罪組織のボスを有罪にするために使えたはずの証拠は、殺し屋がさらっていったかもしれない。だが、ハント自身もボスの命取りになる存在なのだ。殺し屋はハントの口を封じるために、とことん彼を狙うだろう。

どんなことがあっても、ハントを守らなくてはならない。

納屋の薄暗がりで、カートは全身を緊張させて、待った。耳をそばだて、反射神経を研ぎ澄ませる。

だが、攻撃はまったく予想外の方向からやってきた。かすかな軋《きし》る音だけが聞こえた。

それで充分だった。カートは仰向けに転がりながら銃を構えると、頭上の真っ暗な干し草置き場めがけて撃った。

「何を撃っている……危ない！」ハントが叫んで、さっと転がってよけた。

その声と同時に、黒い大きなものが上から落ちてきたかと思うと、一瞬の静けさを引き裂いて自動小銃の発射音が響いた。

一瞬、カートは腕に鋭い痛みを感じたが、黒いものを狙って続けざまに撃った。大きなうめき声があがって、黒いものは力なく伸びた。銃声もやんだ。

ほとんど同時にサイレンの音が聞こえてきた。

「大丈夫か？」カートはハントにきいた。ハントは体を引きずるようにして立ち上がると、両手をのどに当てた。

「ああ」ハントはようやく答えた。「あんたは？」

カートは自分でもよくわからなかった。確かめる暇がなかったのだ。彼は倒れた男に近づくと、相手の胸に銃を突きつけながら、横に転がした。男はまだ手に自動小銃を握っている。男のスーツの胸にはどす黒いしみがあった。男はもう動かなかった。

かがもうとしたカートは激しい苦痛を感じて、驚いた。それでも、男の握りしめた指から自動小銃を引き抜くと、念のために手の届かないあたりに放《ほう》り投げた。

「ありがとう、あんたは命の恩人だよ！」ハントが叫んだ。「おい、あんた、出血しているぞ！」

カートは膝から力が抜けるのを感じた。痛いはずなのに、と彼はぼんやりと思った。腕が重い。重すぎる。べつの痛みもあった。脇腹《わきばら》の下のほうだ。

「ラッセル！　ラッセル！　そこにいるのか？」聞き慣れた大きな声が聞こえた。

「ジャック」カートはささやいた。声が出ない。おかしい。

「この人は怪我《けが》をしているんだ！　来てくれ！」ハントがどなりながら、倒れかかったカートを抱きとめた。

大勢の足音が聞こえ、武器の安全装置を動かす音と装備がぶつかり合う音がした。

「カート！」メアリー・ライアンの声が叫んだ。

「ミズ・ライアン、きみは入らないで……」ジャックが制止しようとした。

効果はなかった。メアリーはカートのかたわらにかがみ込むと、震える手で彼の体を調べた。

「撃たれているわ。二発だと思う」メアリーは早口に言った。「救急隊はどこなの？」

「われわれのあとからすぐ来ます」特別機動隊《SWAT》のひとりが答えた。「急いでくれ！」彼は担架を持ったふたりの男に呼びかけた。

「これはアースキン・ダニエルズだ」ハントは倒れている男を指さしながら、警官に話していた。ダニエルズは重傷を負っているようだが、死んではいなかった。「おれは連邦政府の証人のエイブ・ハントだ。アトランタで進行中の裁判のことはよく知っている。犯罪組織のボスがべつの証人を撃ち殺して、チャタフーチー川に沈めたのを見たんだ。おれを安全なところに連れていってくれ！　そうすれば、洗いざらい白状してやるよ！　でも、先にこの人の手当てをしてくれないか？」ハントはカートのほうを見ながらうなずいた。「この人はおれの命を救ってくれたんだよ！」

「われわれが治療する」救急隊員のひとりが警官の差し出す明かりのもとで手を動かしながら、きっぱりと言った。「二発撃たれている。肩と脇腹だ。でも、よくなると思うよ」

「ああ、神さま、感謝します」メアリー・ライアンがうめくように言った。

犬の吠える声とともに、マチルダ・ラッセルが納屋に入ってきた。

警察署長は両手を上げて、大声で言った。「わたしの許可なく犯罪現場に入らないでください！」

マチルダはジャックに向かってほほえんだだけで、まっすぐに息子に近づくとひざまずいた。「かわいそうに、カート」マチルダは息子の冷たい頬に手を触れた。「あなたはよくなるわ。ちゃんとよくなるわよ！　何か欲しいものはある？」マチルダは救急隊員も、ぶつぶつ言っている警察署長も無視して、息子に問いかけた。

だが、カートは吐き気の波に揺られて、ありがたい無意識のなかへと落ちていった。

ビッグ・レッドもカートのそばに来て、彼の顔をなめていた。

「レッドボーン、この間抜けな犬め」ハントがくすくす笑い出した。「助けを求めて、おまえに伝言を託したのに。おまえは何をしていた？　知らない人の家に住み着いて、おれを忘れてしまったな！」

「これはあなたの犬なの？」マチルダが早口に尋ね

た。

　ハントはうなずいた。「かつてはね」彼は渋い顔でつけ加えた。「これから行くところには、犬を連れては行けないと思うな。そうだろう？」彼はあとから入ってきたＦＢＩのハーディ・ヴィックスに問いかけた。

「そのとおりだ」ヴィックスが答えた。「なんと、あれはラッセルじゃないか！」床に倒れているカートを見て、ヴィックスは叫んだ。「死んだのか？」

「もちろん、死んではいませんよ！」マチルダが憤慨して声を荒らげた。「あれはわたしの息子です。ラッセル家の一員ですよ。心臓に杭《くい》でも打ち込まないかぎり死にません。ほんのかすり傷を負っただけです」

「よくご存じのようですな」ヴィックスは皮肉っぽく言い返した。

「わたしは新聞記者でしたから。アトランタで暴動の取材をしているときに、わたし自身も撃たれたんです」マチルダは高飛車に言った。「二発の銃弾が脚の上のほうを貫通したんですよ。骨から五ミリほどの場所でした」

　ヴィックスは感銘を受けたらしく、マチルダに近づいた。「あなたは彼の母親だとおっしゃいましたね？」

「ええ、そうです」

　ヴィックスはマチルダを見まわした。「ラッセルはなかなか優秀ですよ」救急隊員がカートを担架にのせた。メアリー・ライアンがそばに付き添って歩き出した。ヴィックスはちらりと担架に目を向けた。「わたしは感服したと言わざるをえません。警官に聞いたところでは、彼はたったひとりで殺し屋を倒し、連邦政府側の証人を救ったそうですね」

「そうですとも」マチルダはうなずいて、自分より背の高いヴィックスを見上げた。ヴィックスは彼女と同じくらいの年齢だった。禿《は》げてはいるが、それは悪いことではない。マチルダは禿頭《はげあたま》はむしろセクシーだと思っていた。彼女はほほえんだ。「もしかしたら、年老いた女を病院まで送ってくださるかしら？　救急車にはメアリーが乗っていくでしょうから、わたしの席はないので」

「喜んで！」ヴィックスは答えた。「でも、年老いた女などひとりも見当たりませんな」彼は如才なくつけ加えた。「わたしは離婚したんですよ。もしや、あなたはどこかに夫がいらっしゃいますか？」

マチルダは首を振った。「わたしはずっと前から未亡人です」

ヴィックスはにっこりした。「わたしも一度、撃たれたことがあるんですよ」

マチルダもほほえんだが、運ばれていく息子に心配そうな目を向けた。「病院に行かなくては。でも、この犬のことが先だわ」彼女はエイブ・ハントをちらりと見て、つぶやいた。

「飼ってくれていいよ」ハントは笑顔で言った。「こいつがいい人に世話してもらえるとわかって、おれも安心だよ」

「ありがとう、ミスター……？」

「ハント、エイブ・ハントだよ。それから、もしどんなことでも、何か必要になったら、この人に知らせてくれればいい」ハントはヴィックスを指さした。「この人がおれに伝えてくれるから。おれはなんでも片づけられる連中を知っているんだよ」

マチルダの頭に、自宅の玄関に野球のバットを手にした男が現れて、だれの脚を折ればいいのかと尋ねる場面が浮かんだ。彼女は咳払《せきばら》いをした。「ありがとう、ミスター・ハント。あなたの犬はちゃんと世話をしますよ」

「その犬は頭があまりよくないけれど、性格はいいんだよ」ハントはかがんで犬を撫《な》でてから、ヴィックスといっしょに来たふたりの男に連れられて出ていった。

「おいで、ビッグ・レッド」マチルダは大きな犬に声をかけて、ひもを引っ張った。

「わたしにやらせてください。あなたのように繊細で小柄なご婦人には、この犬は大きすぎますよ」ヴィックスが言って、犬のひもを手に取った。「ところで、お宅にはビリヤードテーブルがあるそうですね！」


数時間ののち、カートは痛みで目が覚めた。目を開くと、母とメアリー・ライアンがベッドのそばに座って、熱心に話し合っていた。

「彼、コーディールにいとこがいるんですって」マチルダが言った。「わたしの叔父もそこに住んでいるのよ。なんて偶然かしら！　それに、あの人、ビリヤードが好きなの。わたし、彼を金曜日の夕食に招待したのよ。あなたも来てね、メアリー。ロールパンをいつもより多めに作るわ」

「それは楽しみだわ」メアリーが答えた。

「だれの……いとこがコーディールにいるって？」カートの口から出たのはささやくようなかすれた声だった。

「あら、あなたのボスよ。ＦＢＩの特別捜査官、ハーディ・ヴィックスよ。あの人には強い印象を受けたわ」マチルダは言った。「あなたはいい仕事をした、と言っていたわよ」

「隠れた動機があるからだよ。彼はビリヤードが好きなんだ」カートはかき集められるだけのユーモアをこめて言ったが、すぐにうめいた。「痛い」

「これは自動的に鎮静剤を送り込んでいるのよ」マチルダは点滴を指さした。そのなかの液体は複雑な電子装置によって、カートの体に送り込まれているのだ。「すぐに効きはじめるはずよ」

カートは重いため息をついた。腕がしびれたような感じで、脇腹がずきずき痛む。

「点滴を引っ張らないで」メアリーはカートの腕にそっと手をのせた。「じっとして、少し我慢して。そうすれば、気づかないうちに家に帰っているわよ」

カートは目を開くと、かすかな笑みを浮かべて、メアリーを見上げた。「ぼくは撃たれてしまった」

メアリーは肩をすくめた。「完全な人間はいないわ。あなたはミスター・ハントの命を救ったのよ。あの殺し屋は、少なくともふたつの殺人のかどで指名手配されていたそうよ」メアリーの目が細められた。「あなたの耳がよくなかったら、あなたもミスター・ハントも殺されていたところよ。あの殺し屋は干し草置場でずっと待っていたの。ハントが戻ってくるとわかっていたから。ハントがこの世で愛しているのは、いとこと、あの大きな赤い犬だけなんですって。だから、放っておけなかったとハントが話してくれたの。ハントがうちの納屋に隠れていたのは殺し屋から自分自身を守るためだけではなくて、いとこも守ろうとしたからなの。そして、ダニエルズもそれに賭《か》けたわけよ」メアリーは一瞬、目を閉じた。「あなたも殺されていたところよ」彼女は繰り返した。

カートは彼女のやわらかい手を取って、しっかりと握りしめた。「まだ、そのときじゃなかった」かすれた声で、彼は言った。

「よかったわ」メアリーは答えた。心からの思いが目にあふれていた。

「メアリーは金曜日に夕食に来るのよ」ふたりが明らかに親密なようすなのをうれしげに見ていたマチルダが口をはさんだ。「ヴィックス捜査官もよ」

「わたしたちみんなでビリヤードができるわね」メアリーが言った。

カートは彼女を見上げた。「きみたちがプレイし、ぼくはそれを見る」彼は訂正した。「秘訣《ひけつ》をいくつか教えてあげるよ。あのヴィックスを打ち負かしてもらいたいんだ。ぼくのことを間抜けだと思っているから」

「そうは思っていないわよ」マチルダが訳知り顔で言った。「あの人は、あなたは昇進に値するという報告書を提出するそうよ」

メアリーは何やら心配そうな表情を浮かべた。「そうよ。あなたが大都市のいいポストにつけるように、とか言っていたわ」

カートの頭はぼんやりしていたが、メアリーの声に失望が交じっているのを聞き逃さなかった。「ハニー、国じゅうのどこの大都市でもきみの仕事口はたくさんあるよ」

「そうね。でも、わたしはラニア郡で働いているのよ」メアリーはうめいた。

カートは彼女の手に指をからめて、目を閉じた。「それは、ぼくがここを出てから話そう。とても眠くて……」

カートはメアリーの手を握ったまま、うとうとしはじめた。

マチルダがメアリーを見た。興味津々でありながらも、満足そうな目つきだった。「わたしの息子は何か計画を立てていると思うわ」

メアリーはゆっくりとほほえんだ。「そうだといいわね」

「息子はいい子よ。いい夫になると思うわ」

「彼の計画はそれじゃないかもしれないわ」メアリーは答えた。

マチルダはほほえんだだけだった。

数日後、カートは縫合した傷に包帯を巻いた姿で、母の家の居間をぶらぶらと歩いていた。その後ろから、ビッグ・レッドがついてくる。

「犬に証拠を託して送るなんて、まったく」カートは部屋のなかの人々に言った。

「いい考えだったよ」盛大な夕食のあとのコーヒーを飲みながら、ヴィックスがのんびりと答えた。

「しかし、犬が秘密の伝言を運んでいるとは、だれも考えなかった。ちょうど、第一次世界大戦のときに、管に入れた伝言を伝書鳩《ばと》につけたようなものだな」

「フランス政府はある鳩にメダルを授与したのよ」マチルダが言った。「その鳩は、アメリカ軍が攻撃を開始するまでにいまいる地点から撤退せよ、という伝言をフランス軍に伝えたからなの」

「母さんはそういうちょっとした知識の宝庫だね」カートはからかった。

「本を書くべきだね」ヴィックス捜査官も言った。

「ノンフィクションの分野にはおさまらない、そういう知識を集めて」

「本ね」マチルダはつぶやいた。

「そうだよ！」ヴィックスはコーヒーカップを下に置いた。「わたしは国際警察《インターポール》で働いていた男を知っていてね。その男が西アフリカの海岸地方で盛んだった奴隷売買の話をしてくれたことがある。一九二〇年代には、金髪の白人女性は五十万ドルで売れたそうだよ」

「おや、その話はフィクションとして売れるな」カートが皮肉っぽく言った。

「一九二〇年代と言えば、ルドルフ・ヴァレンチノの映画『シーク』を覚えている？」マチルダが言った。

「あいにく、わたしは生まれていなかった」ヴィックスがのんびりと答えた。

「わたしもよ。ご親切にどうも。でも、あの映画のもとになった本はわくわくするほどおもしろかったのよ」マチルダは物思いにふけるように言った。

「そういう話をもっと聞かせてもらいたいわ」

「喜んで。その……ビリヤードテーブルで」ヴィックスはつけ加えて、立ち上がった。

マチルダはくすっと笑った。「じゃ、行きましょう。ただし、わたしはキューさばきにかけては、かなりのすご腕なのよ」マチルダが警告する。

「棒を使いこなす女性は大好きなんだ」ヴィックスが笑いながら応じた。

ふたりはカートとメアリーを残して、地下室へと下りていった。

カートは笑みも見せず、黙ってメアリーを見つめていた。大きな肘かけ椅子に座ったメアリーは、いま感じている不安を彼に悟られないよう全身を緊張させた。

「これですべてが終わったわね。裁判はべつだけれど」メアリーは口を開いた。「わたしがその裁判を担当することはないと思うわ。これは連邦政府の事件だから。でも、ぜひとも傍聴したいと思ってはいるの――」

「メアリー」カートがやさしく言った。

メアリーはぴたりと口をつぐんで眉を上げた。

「こっちにおいでよ」

6

メアリーはじっとカートを見つめたまま、動かなかった。彼女は現代の女性だ。命令には従わない。言われたとおりにするつもりもなかった。

カートは茶色の目をきらめかせて、ゆっくりと笑みを浮かべた。「おいでよ」

メアリーは気がつかないうちに立ち上がって、彼に近づいていった。

カートはやさしく彼女に両手をまわした。怪我《けが》をしていないほうの肩に彼女の頬を引き寄せようとしたが、傷が痛くてたじろいだ。

「ちょっと時間がかかるけれど」顔を下げながら、カートはささやいた。「すぐにこつをのみ込むよ」

カートの唇がメアリーの唇に重なった。メアリーの手が彼の頬に触れた。カートの温かい唇の下で、メアリーはほほえんでいた。自分の家に帰ったような気持ちだった。気づかれないように努めてはいたけれど、カートが病院にいるあいだ、彼女はずっと心配していた。そしていま、カートがほんとうによくなるとわかって、メアリーは安堵《あんど》のあまり大胆になっていた。

メアリーの熱い反応に、カートの情熱も燃え上がった。こらえきれない気持ちで、彼はメアリーをそっとソファに寝かせた。ひとりの女性をこれほど欲しいと思ったのは、実に久しぶりだった。

だが、傷の痛みが動きを制した。カートはメアリーの服の上からやわらかい胸に唇を押しつけたところで、うめき声をもらしてしまった。顔を押しつけたまま、彼はかすれた笑い声をあげた。

「できない」彼はささやいた。「きみにはわからなかった。」

いくらいしたいのに！　でも、痛みがひどいんだ」

メアリーはため息をついて、カートの下で体を伸ばした。「わたしは急いでいないわ。あなたは？」

彼女はからかった。

カートは心からの情熱をこめてメアリーを見つめ、彼女の唇に手を触れた。「お遊びはごめんだ。母はぼくを厳しく育てたからね」

「わたしの父も、わたしを厳しく育てたのよ」メアリーはほほえんで答えた。「つまり、わたしたちはあなたのお母さんのソファの上ではセックスをしないということね」

カートはうなずいた。

「わたしもソファを持っているわよ」

カートはにっこりした。「きみの言うとおり、ぼくたちは急いではいない」彼はもう一度メアリーにやさしくキスをした。「それに、ぼくはいま病気静養中だしね」

「何が言いたいの？」

「お互いを知る時間があるということだよ」

「それはおもしろいかもしれないわ」

「そのとおり。おもしろいかも」

彼はまたむさぼるようなキスをした。脇腹《わきばら》に体重をかけていることなど考えもしなかった。濡《ぬ》れていることに気づくまでは。

「出血しているのかな？」カートはメアリーの唇の上でささやいた。

カートは上体を起こした。メアリーは彼を見まわした。犬がいる。ビッグ・レッドがカートの腰のあたりによだれを垂らしていたのだ。

「この犬をなんとかしなくちゃならない」カートはつぶやいた。ビッグ・レッドは黙ってカートを見上げている。

「わたし、考えがあるのよ」メアリーは答えたが、どんな考えかは言わなかった。少なくとも、いまのところは。

　三カ月後、アトランタのリチャード・ラッセル連邦ビルのなかにあるＦＢＩアトランタ支局に着任したカートは、任務と任務の合間にルーラヴィルでメアリー・ライアンとささやかな結婚式を挙げた。警察と特別機動隊《SWAT》のメンバー、ラニア郡の裁判所の職員とＦＢＩ支局の人々が参列した。ハーディ・ヴィックスも家族といっしょにマチルダ・ラッセルのすぐそばに座っていた。カートの母はこの何年も見たことがないほど若々しく幸せそうに見えた。

　花で飾りたてられたビッグ・レッドも、花婿の友人のひとりに付き添われて教会の前列に座っていた。そして、式が終わると、マチルダとともにヴィックスのスポーツカーに乗り込んだ。

「ぼくたちもパーティに出てほしいと言われたんだが」カートはかすれた笑い声をあげて、メアリーに言った。「でも、急がないと飛行機に乗り遅れるからって断ったんだよ」

「そうなの？」メアリーはカートの黒い乗用車のドアを閉めながら尋ねた。

「ある意味ではそうさ」カートはそう答えると車のスピードを上げた。

　四十五分後、車はアトランタ中心部の北東に位置する豪華なホテルにすべり込んだ。制服姿のポーターがふたりの荷物を運び、駐車係が車を預かった。

「予約してあるんだが」カートはフロント係に言って、ちらりとメアリーにほほえみかけた。メアリーは目を見開いて彼を見つめている。「カーティス・ラッセル夫妻だ」

「かしこまりました」フロント係は愛想のいい笑みを浮かべ、意味ありげな目をふたりに向けた。「ところで……このたびは、おめでとうございます」

「どうも」カートは答えて、またメアリーをちらりと見た。花嫁は輝くような笑みを浮かべていた。

チェックインがすむと、荷物を丈の高い台車に積んだベルボーイを従えて、ふたりはエレベーターへと向かった。上のバルコニーのほうからだれかが大声で歌っているのが聞こえた。

「ゆうべから海兵隊員が泊まっているんです」ベルボーイが言った。「かれらは歌を歌うのが好きで、エレベーターに居合わせた人はだれでもいっしょに歌わされるんですよ」

メアリーは大声で笑い出した。「冗談でしょう！」

エレベーターのドアが開いた。女性と男性のふたりの海兵隊員が、新しく乗り込んだ彼らを探るように見た。ふたりとも軍曹だった。

ドアが閉まったとき、カートは安心させるようにメアリーの手を握った。

「おれたちは歌うのが好きでね」男性の軍曹が言った。

「とても好きなのよ」女性の軍曹もうなずいた。彼女の身長は百八十センチを優に超えている。

「あら、偶然ね！」メアリーがうなずき返した。「わたしも歌うのが好きなのよ！」そして、メアリーは歌い出した。「山越え、谷越え、山道を越えて――！」

「違うよ」男性軍曹が首を振りながらさえぎった。「違う、違うよ。それは陸軍の歌だ。おれたちの歌を歌わなくちゃだめだよ」

メアリーは軍曹を見上げた。「わたしたち、結婚したばかりなの。代わりに《ウエディングマーチ》を歌ってもいいかしら？」

その言葉が終わらないうちに、エレベーターは次の階で止まり、ドアが開いた。とたんに、四人の海兵隊員がなだれ込んできた。そうでなくても、乗客と台車、ベルボーイでいっぱいだったエレベーターのなかは、息もできないほどになった。

「彼女、結婚したばかりなんですって」女性軍曹が大声で言った。「だから《ウエディングマーチ》を歌いたいと言っているのよ！」

乗ってきた四人は目をぱちくりさせた。それぞれ手にはグラスを持っていて、なかの液体は二センチほどしか残っていない。四人はいっせいに笑みを浮かべた。

「いいとも！」四人のうちのひとりが言った。「行くぞ、海兵隊！　ラ、ラ、ラー、ラ、ラ、ラ、ラー……」急に口をつぐんだかと思うと、彼は仲間を見まわした。「歌詞はなんだっけ？」

「気にしないでくれ」カートがかぶりを振って口をはさんだ。「きみの歌い方のほうがいいよ。さて、スイートハート、ぼくたちは海兵隊の歌を歌おうじゃないか」彼は思いきり声を張り上げた。「モーンテズーマーのー……！」

全員が両手で耳をふさいだ。エレベーターのボタンを押した者もいた。エレベーターが止まり、海兵隊員たちはどっと外に出ていった。

「お願い」女性軍曹が懇願した。「二度とわたしたちの歌を歌わないで……！」

エレベーターのドアが閉まった。カートは大声で笑い出した。すぐにメアリーとベルボーイも声をそろえて笑った。

ベルボーイはカーテンを開き、流しのついたバーとジャグジー風呂、クローゼットを見せて、気前のいいチップをもらって出ていった。

カートはドアを閉めて、鍵《かぎ》をかけた。振り向いて、オフホワイトのスーツを着た新妻を見つめ、唇をぐっと結んだ。

「アトランタで最高のホテルを予約するなんて」メアリーが満面に笑みをたたえてささやいた。「あなたってすてきだわ！」

「ぼくの最高の女性によすぎるものなんかないよ」カートはやさしく言って、彼女に近づいた。「きみはジョージアでいちばん美しい花嫁だし、ぼくはきみを狂わんばかりに愛している」

「わたしもあなたを愛しているわ」メアリーはカートの首に両腕をまわして、ため息をついた。「あなたの怪我があれくらいですんで、ほんとうによかったわ。後遺症もなく回復したことを神さまに感謝しているのよ。そしていま、わたしたちはここにいる。進行中の裁判もなく、捕まえるべき逃亡犯人もいない」メアリーはまたため息をもらしたが、その表情は茶目っけたっぷりだ。「ところで、今日これからのわたしたちの予定は……？」

カートの唇がメアリーの言葉をさえぎった。むさぼるようなキスだった。ふたりは長い婚約期間を、一線を越えないという、いわゆる古風な関係を保って過ごしたのだ。

メアリーも激しく応《こた》えて、ぴったりとカートに寄り添った。今度はゆっくりと何度もキスをする彼の体の反応が伝わってくる。

ふいにカートはメアリーを抱き上げると、キングサイズのベッドへと運んで横たえた。熱いキスを浴びせながら、彼は邪魔になるものを次々に取り去っていった。どこに行くにも忘れず足首につけていた銃もはずした。

「あなた、ハネムーンに銃をつけてきたの？」メアリーが声をあげて起き上がった。

カートは彼女をやさしく押し倒した。「念のためだよ」

「いったい、なんのために？」

「海兵隊の歌を歌いながら侵入してくる人間がここに戻ってきたときのためさ！」

カートはメアリーの体じゅうに唇を押しつけ、秘密の場所を探りながら、彼女の喜びの声を楽しんだ。

唇を胸に受けたときにメアリーがもらしたハスキーな声も、彼女が長い優雅な脚をからめてきたのも、カートの情熱をあおるばかりだった。

永久にこうしていたいほどだったが、カートはもう待てなかった。彼の手はさらに微妙な説得を続け、メアリーがそれに応えた。キスを繰り返しながら、カートは彼女をついに自分のものにした。彼を受け入れるとき、メアリーの体が震えて、一瞬のためらいがあったように感じられた。

「とても……久しぶりなの」メアリーはうめいた。

「きみは結婚していたんだよ」カートはかすれ声でささやいた。

「結婚したとき、わたしは十八歳だったのよ」

「そうだね」

「わたしが離婚したのも十八歳のときよ」

「だから？」

「あなたって、こんなに大きいの？」カートの唇を予想外のところに受けて、メアリーがはっとして背中をそらした。

ふいに、カートの頭にある思いがひらめいた。顔を上げたカートは、メアリーの恥ずかしそうな目を一心にのぞき込んだ。「つまり、きみは十八歳のときからしていないと言いたいのかい？」

「わたしは古風なのよ」メアリーは答えた。

カートは荒い息をついてつぶやいた。「ぼくは古風な女性が大好きなんだよ」メアリーを見つめる彼の目は、新たな情熱で燃えていた。突然彼が動きはじめる。カートはメアリーの表情を見てほほえんだ。

「彼のほうは何歳だった？」

メアリーは唾《つば》をのみ込んだ。「十八歳よ」

カートの動きが止まった。「十八歳か」

「そして、わたしは彼の初めての女性だったの」

カートは枕《まくら》をのみ込んだような表情になった。

「そうか」

メアリーが試すようにそっと動いた。「ふたりともあまり経験がなかったし、わたしはあまり好きじゃなかったのよ。だから、彼と別れたときも、とくに残念に思わなかったわ」メアリーはあえいで、また動いた。「でも、いまは……あなたとはいいわ。あなたとするのはとても好きよ！」メアリーは両手の爪でそっとカートの背中を撫《な》で下ろした。「もう一度してくれる？　わたしがあえいだとき、あなたがしたことを」

「きみはずっとあえいでいるよ」カートは指摘した。「でも、それが不満だと言うわけじゃないよ」不満どころか、もしカートがいま死んだとしても、葬儀屋が彼の顔に残った笑みを消すのに半日はかかるに違いなかった。カートは少しだけ身を引いた。「わかった。きみがしてほしいのは、これかな……？」

メアリーは大きくあえぎ、それから急に手の動きがせわしなくなった。カートに導かれながら新しい衝撃を経験するあいだ、手の届くかぎり、あますところなく彼に触れていた。レッスンの途中から、ふたりのリズムは激しく、切迫したものに変わった。メアリーはカートに身を寄せ、全身が炎となって爆発するのを感じた。すすり泣きながらカートにしがみついていると、間もなく彼が緊張し、大きく震えたのが伝わってきた。耳には荒い息遣いが聞こえた。

数分後、メアリーの目にゆっくりと天井が見えてきた。すっかり満たされて力尽きた感じだったが、同時に自分が誇らしかった。どうやら、メアリーはもともとこれが得意らしい。というのも、カートに喜びを与えたのは間違いないのだから。たいした経験はないけれど、それだけは確かだ。

「わたし、法律はやめて、今後はこれを専門にしてもいいわ」メアリーは目を閉じてささやいた。「わたし、才能があるようだから！」

カートはくすっと笑った。「そう紙に書いて薔薇《ばら》の花をとめてもいいくらいだ」

メアリーは片脚をゆっくりと彼の脚にすりつけた。「あなたも才能があるわよ」彼女はセクシーな声で言った。「わたしたち、ハネムーンをあと四、五カ月延ばしたらどうかしら？」

カートは大声で笑った。「それこそ、ぼくが目標《イン》達成の刺激《センティブ》って呼んでいるものだな」

メアリーは彼の上にかがみ込んで、そっとキスをした。「わたし、あの犬を飼っていたいのよ」

いまこのときに、メアリーからこんな言葉を聞くとは予想もしなかった。カートは目を見開いた。

「なんだって？」

「わたしはビッグ・レッドを飼いたいの。あなたのお母さんの家に、あの犬が暮らす場所はないわ。でも、わたしたちの家なら裏庭にも前庭にもフェンスがあるし、走りまわるスペースも充分にあるでしょう」

「だめだよ。犬はだめだ。あの犬は……！」

「お願い」メアリーはささやいて、カートの胸にキスをした。「もう一度、お願い」彼女はまたキスをして、彼の胸にそっと舌をすべらせた。カートは起き上がった。息がはずんで、あえいでいた。「もう一度お願いしようかしら？」

「わかった。あの犬を飼っていいし、何をしてもいいよ」カートはのどをつまらせて言いながら、メアリーに覆いかぶさった。「なんでもだ！」

「あの犬と」メアリーは腕を伸ばして彼にキスをした。「それに……もうひとつ……あるの……」

「なんだって？」カートは息を切らした。

「二度と、海兵隊の歌を歌わないで」

「二度と……？」

だが、そのときメアリーが夢中で唇を求めてきたので、カートはまず考えるのをやめ、次にしゃべるのもやめた。

三時間後、ふたりは疲れ果て、なかば眠りに落ちたような状態で横たわっていた。「わたしたち、飛行機に遅れそうだって、あなたは言ったわね」メアリーはほほえみながら彼に思い出させた。「なんて速い飛行機かしら！」

「高度もすごいよ」カートはつぶやいて、くすくす笑った。彼は最後の力を振り絞ってメアリーを抱き寄せると、キスをした。「次のときは音速に挑戦しよう」

「次のときね」メアリーはうなずいて、目を閉じた。

カートも眠りに落ちかけたとき、電話が鳴った。

彼は受話器を取ってつぶやいた。「うむむむ……うむ……なんだって？」突然、起き上がった。「冗談だろう！」

メアリーは目を開いた。カートは見るからにショックを受けた表情をしている。彼は短い返事をしていたが、急に笑い声をあげたかと思うと、幸運を祈る、また連絡する、と言って電話を切った。

受話器を置いても、カートは驚きから覚めやらないようすだった。

「どうしたの？」メアリーはカートの胸毛をそっと指でたどりながら、穏やかに声をかけた。

「牧師さんと教会の飾りつけを無駄にしたくなかったと言うんだ」カートはまだ呆然《ぼうぜん》としている。「おまけに招待客もいたし。だから、あのふたりはそれを有効に利用したんだそうだ」

「あのふたりって、だれのこと？」

「ぼくの母とヴィックス捜査官だよ」カートはため息とともに答えた。「ふたりは結婚したんだ！」

「結婚！」メアリーは目を見開いた。

「世の中には、家族にふたりのＦＢＩ捜査官がいるより悪いこともあると思うよ」カートはメアリーに目を向けた。

メアリーはなぜか落ち着かないようすだった。

「なんだい？」カートは促した。

「わたしの父は式には来られなかったでしょう。お祝いのビデオを送ってくれたけれど」

「そうだね」

メアリーは咳《せき》払いをした。「父はいまバージニアにいるのよ」

「バージニアね」

メアリーはうなずいた。

カートは眉をひそめた。「バージニアのどこにいるんだい？」

「クアンティコと呼ばれているところよ」

「FBIアカデミーのある？　まさか。そんな、まさか！」

メアリーは顔をしかめた。「父は法の執行に生涯を捧《ささ》げてきたわ。そしていま、FBI捜査官の義理の息子ができたから、それを家族の伝統にしたいと思ったんですって」

「きみのお父さんもFBIに入るんだね！」カートは叫んだ。

メアリーは彼に寄り添った。「ええ、そうなの。だから、わたしたち、ほんとうに捜査官の一家になるのよ」彼女はほほえんで、カートの唇にキスをした。「それに、わたしも昨日、応募用の書類を手に入れたのよ……！」

カートはメアリーを押し倒して、真剣な顔でつめ寄った。「そんな話は聞きたくない」彼は言った。「ひとことも聞きたくないよ」

「でも、カート」メアリーの大きな茶色の瞳にユーモアがきらめいた。

「ぼくたちが捕まえて、きみたちが起訴する。わかったかい？」カートは言い返した。

メアリーはくすくす笑った。「いまのは冗談よ」

彼女は白状した。「でも、もしそうなったら、世紀の特だねだわ。それは認めるでしょう？」

「いや、もっとすごいことになるよ。見ていてごらん」

そして、そのとおりになったのだ。二十五年後、三人カートとメアリーのふたりの息子たちと娘は、三人そろって同じ日に特別捜査官としてＦＢＩに入った――誇らしげな両親と、祖父母たちの立ち会いのもとに。

華麗なる義兄弟《きょうだい》

Blood Brothers

ルーシー・ゴードン&アン・マカリスター
藤倉詩音 訳

ルーシー・ゴードン

雑誌記者として書くことを学び、ウォーレン・ベイティやリチャード・チェンバレン、ロジャー・ムーア、アレック・ギネス、ジョン・ギールグッドなど、世界の著名な俳優たちにインタビューした経験を持つ。イタリアの水都ヴェネチアでの休暇中、街で出会った地元の男性と、たった2日で婚約して結婚した逸話がある。イングランド中部在住。

アン・マカリスター

カリフォルニア生まれの、RITA賞受賞作家。大学の図書館に勤めていたとき生涯の伴侶と出会って以来、30年以上にわたって幸せな結婚生活を送っている。

親愛なる読者の皆さまへ

ある年の寒くて湿った夜、イングランドのバースにあるレストランで、私たち二人は作家の常で“もしこうだったら……”という空想を語らっていました。

もし二人で一緒に本を書いたら、もしそれぞれにヒーローを描いたら、もしそのヒーローたちのうち一人がイギリス人で、もう一人がアメリカ人だったら……？

言うまでもなく空想が空想を呼び、アンがアメリカへ、ルーシーがノーサンプトンへと帰ったあとも、E メールで“もしこうだったら……”はさらに続き、ついにゲイブとランドール、そして気難し屋の祖父、スタントン伯爵が誕生しました。

かくして私たちは、見た目は瓜二つ、けれど性格は違う二人のヒーローの物語を誕生させました。大西洋をまたいで別々に生きる従兄弟同士が、立場を交換して互いの世界に身を置き、愛情深くて芯の強いヒロインたちの手中に落ちるまでの話です。

プロローグとエピローグは一緒に創作し、そのほかは、アンがゲイブとフレディについて（デボンの“土地柄”についてのアドバイスをルーシーにもらいつつ）、ルーシーはランドールとクレアについて（厳冬のモンタナで現地リサーチをしなくてもいいようにアンの知恵を借りて）書き上げました。

共著は新鮮かつ楽しい経験となり、すばらしい時を過ごしました。皆さまにとっても、すてきな読書時間となりますように。

ルーシー・ゴードン　アン・マカリスター

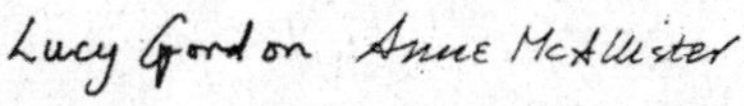

最もデボンらしいデボンへ……

ゲイブ編

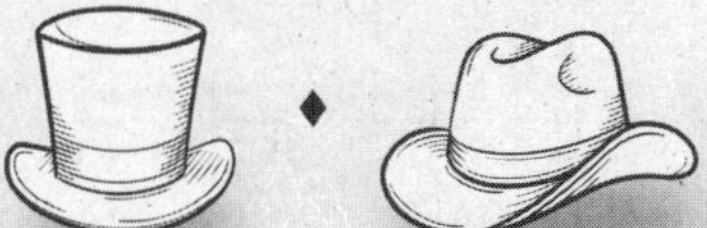

主要登場人物

フレデリカ・クロスマン……スタントン伯爵領の屋敷管理人。愛称フレディ。
チャーリー……フレディの息子。
エマ……フレディの娘。
ミセス・ピーク……屋敷の近所の老婦人。情報通。
セドリック・スタントン……スタントン伯爵。陰の愛称アール。
ガブリエル・マクブライド……スタントン伯爵の孫。牧場主。愛称ゲイブ。
ランドール・スタントン……ゲイブの従兄弟。次期スタントン伯爵。
パーシー……伯爵領の地元新聞社の所長。
ビアトリス……伯爵領の地元新聞社の受付係。

プロローグ

飛行機がイギリスに着陸したとき、ゲイブ・マクブライドは、そこに運命の出会いが待っていようとは思ってもみなかった。

税関の外で待っていた従兄弟《いとこ》のランドール・スタントンは、運命の神には見えなかった。ランドールはこれまでどおり、イギリス版ゲイブだった。長身で肩幅の広い体格も同じ、黒い目と髪も同じで、細面でハンサムな顔立ちもそっくりだ。二人の違いは、容貌よりも雰囲気のほうに強く出ている。

昂然《こうぜん》と構えたランドールは、いかにも英国貴族だ。ゲイブが漂わせる〝空気〟はまったく違う。たいていの場合、その空気は馬と革とロープのすべり止めに使う松やに、あとは上流社会では話題に上らないようなもので占められている。今は精いっぱい努力して、それを全部洗い流してきた。家畜小屋のような臭いをさせて応接間に入るつもりはない。

応接間！　十五年ぶりだ。思わず笑みが浮かぶ。モンタナの飾り気のない住まいとはかけ離れた世界。今は牧場を家《ホーム》と呼んでいる――そこにいるときは。

ほとんどいつもいないのだが。

いつもどこかのロデオ大会に出ている。先月ラスベガスで開かれた全国大会決勝で、あの小さな暴れ牛に引っかかっていなければ、今も出ていただろう。

〝また肩の脱臼だね〟医者《ドク》は眼鏡の上の隙間からゲイブを見た。〝何回目？〟

〝五回目ですよ〟

いまだに考えたくない。手術せざるをえなかったので、回復まで数カ月は安静を強いられた。男は何かで忙しくしていないと問題を起こす生き物なのだ。

トレーシーのような女の子に出会ってしまう……。

出会ったときからトラブルに巻きこまれるとわかっていたが、いつもそういう女性を好きになってしまう。厄介で生意気でセクシーな女性だ。トレーシーにベッドへ誘いこまれ、何の抵抗もしなかった。いろいろねだられたが、それもよかった。

よくなかったのは、怒り狂って乗りこんできた彼女の兄と〝結婚〟〝貞淑な女〟〝きちんとした人間〟という言葉がやたらと連発された話し合いだ。

幼い頃から女性の悪口を言うなと教えられてきたので、自分ならトレーシーの人柄を説明するのに、〝貞淑〟や〝きちんとした〟などという言葉は使わないだろう、とは言わなかった。ただ、トレーシーは猿並みの道徳心しか持ち合わせていない役立たずの牛乗りに縛りつけられたくはないはずだと断言しただけだ。そして、彼女がまともな男に出会えるように、さっさと国を出ていくことを約束させられた。

ゲイブはアメリカ合衆国のまともな男たち全員の幸運を祈り、親戚のいる地球の反対側へ旅立った。

これで危険とトレーシーを避けられるうえに、インフルエンザが治ったばかりで来られない母と、今学期はブラジルで過ごしている妹のマーサを喜ばせることができるというおまけまでついた。

実のところ、束《つか》の間の休暇にイギリスにいる母方の祖父スタントン伯爵のもとを訪ねるのは楽しみだ。

だが、運命？　そんなもの、誰に必要なんだ？

若くて健康で男盛りで、そばにいたがる女性がトレーシー以外に常に複数いて、好きなだけ使える金があれば、運命など自分で作りだせる。それがいかに間違っていたか、証明されることになろうとは！

ランドール・スタントンは税関を出てきた厄介者の従兄弟を見て顔をほころばせ、上品ないでたちに似合わない大声を出した。ゲイブの叫び声がそれにこたえ、二人は子供のように背中を叩《たた》き合った。

「会えて嬉《うれ》しいよ。たとえ来た理由がスキャンダルでもね」ランドールが言った。

「何の話だ？」ゲイブは何食わぬ顔で言った。「来たのはじいさんの八十歳の誕生パーティのためだ」

「出がけに、きみの母上からおじいさんに電話があって、きみの秘密はもう秘密じゃなくなったよ」

ゲイブはうめいた。「まったく、うちの連中ときたら、口を閉じてはいられないんだな」

「車に乗ったら、話を全部聞かせてくれ」

冗談じゃない。絶対にお断りだ。子供の頃はランドールと数えきれないほどの秘密をうちあけ合ったが、女性の話となると限度がある。ゲイブはランドールのあとについて駐車場に出ると、ランドールのシルバーのロールスロイスを見て口笛を吹いた。

「これは代々受け継いだ一族の財産で買ったのか、スタントン出版が金を払ったのか、どっちだ？」

「スタントン出版だよ。領地経営には金がかかる。その金を稼いでいるのは会社なんだ」ランドールは運転席に座った。「おい、ゲイブ、トレーシーっていう尻軽女に関係がある話なんだって？」

ゲイブは首をかしげた。「その口ぶりは、ちょっとうらやましいと思ってるのかな？」

「そんなことはない」ランドールは顔をしかめた。「悪いことじゃないぞ。精力旺盛な男なら、トレーシーみたいな子の一人や二人は知っておくべきだ」

「十人や二十人じゃないのか？　それとも、もっといるのか？」ランドールは皮肉っぽく言った。「知りたいか？　おまえも少しは尻軽女とつき合うべきだよ。人間的に成長できるぞ」

「きみみたいに？」ランドールは鼻で笑った。

ゲイブは無頓着に肩をすくめた。「仕事ばかりしていて遊ばないと、人間はだめになる」

「遊んでばかりで仕事をしないよりはましだ」

ゲイブは片眉を上げた。「ちょっとかりかりしすぎじゃないか？」

「年がら年中アールに監視されていたら、きみだってかりかりするだろう」ランドールが言った。

二人はセドリック・スタントンに面と向かっては〝おじい様〟と呼ぶが、知り合いに話すときは〝伯爵〟と言い、陰では〝伯爵《アール》〟と呼ぶ。それは子供の頃モンタナでひと夏を過ごした際、年老いたキャンプ料理人が、それが本当に名前だと思いこんで、祖父のことをそう呼び続けたからだ。〝アール！　それを持ってきてくれ〟

ゲイブは笑った。「何だよ、相手はアールだろう。うせろと言ってやればいいじゃないか」

ランドールは短く笑った。「いや、ピットブル・テリアにおとなしくしろと言うほうがましだ」

「それなら、自分が消えればいい。おまえの首は、目に見えない紐《ひも》で縛られてるのか？」

ランドールはほとんど無意識のうちに襟を引っぱった。「ときどき、そんな気がするよ」ゲイブに痛いところを突かれた。

ランドールは八歳で両親を自動車事故により失い、伯爵位とそれに伴うすべての権利と責任を継承することになった。厳格な祖父に権利と責任の均衡を保つよう叩きこまれ、先祖代々の領地を運営するために不動産管理を学んだ。領地運営は大好きだが、利益にはならなかった。ランドールには出版帝国を経営するスキルも必要だった。スタントン家が他者よりリードしていられるのは、その事業のおかげだ。

その仕事にこれほど生活を侵食されるとは思っていなかった。甘んじて重荷を受け入れてきたが、ときどき耳元でささやく声が聞こえる。人生にはもっとやるべきことがある。快活で無鉄砲な従兄弟と一緒にいると、そのささやきは怒鳴り声になりそうだ。

「それで、おまえの婚約のニュースはいつ聞けるんだ？」ゲイブが尋ねた。

「何だよ、婚約って？」

「レディ・ホノリアか誰かとだよ。そろそろスタントン家に対する義務を果たしてもらわんとな」

「アールみたいなことを言うのはやめてくれ」

ゲイブは笑った。「それじゃ、今までのところ連中をうまく避けてきたんだな？　だが、狐《きつね》はいつまでつかまらないでいられるかな？」ゲイブは陽気に言って、シートに背を預けた。

アールは年をとったように見えた。

そういえば、前に会ったのは三年前、祖父が一カ月モンタナへ来たときだった。その頃はやたら元気で若く見えた。豊かな白髪が比較的しわのない顔を縁取り、鮮やかな青い目には熱意があふれ、口を開けば新しい計画がとびだした。ゲイブが覚えている限り、その大部分がランドールの仕事だった。

だが、今祖父を見ると、しわが深い。八十歳の誕生パーティで、グラスを掲げる手がかすかに震えているのも見た。アールもいつかいなくなるのだ。

だが、ランドールのほうが先に死んでしまう可能性もある――働きすぎで。

イギリスに来てから二日間、かなりの時間を祖父と過ごしているが、空港から屋敷まで送ってもらったあと、ランドールの姿はほとんど見ていない。

〝グラスゴーでうち合わせがあるんだ。またあとでな〟ランドールはすまなそうに言って出ていった。

それからずっと帰らなかった。あちこちとびまわっていて、電話一回とメールが一通来ただけだ。アールの誕生パーティにも顔を出すのがやっとだった。

少し遅れるという電話のあと、ようやく現れたが、乾杯してケーキをひと切れ食べると、すぐに席をはずして企業買収の件で電話をかけ始めた。

一方、ゲイブは大いに楽しんでいた。祖父のとり巻き二人と馬の話をしながら、すばらしい料理を堪能し、きれいなレディたちと踊った。

パーティが終わっても、ランドールはまだ戻っていなかった。おそらく会社をもっと儲《もう》けさせるために、あるいは先祖代々の金庫から現金が流出するのをとめるために、どこかへ出かけたのだろう。

ゲイブは腕時計を見た。「あいつに休みをあげたら？」アールと二人で書斎の革張り椅子に居心地よく落ち着き、スコッチを味わっている。そんな話を切りだせるほど、祖父はくつろいだ様子だった。

「休み？　わしは今まで一度だって、誰かに休みなどもらったことはないぞ！　伯爵に休みなどない」

ゲイブは薄ら笑いを浮かべた。ランドールのやつ、気の毒に。「それじゃ、卑しい平民でよかった」ゲイブはグラスを掲げた。「いつまでも怠けていられる一般大衆に乾杯」

伯爵は不満げに咳払《せきばら》いした。「そんなに自慢することではないだろう。たいていの人間は、おまえの年には、人生において何か成果を上げているぞ」

「おじい様は？」若い頃、祖父が遊び人だったことはよく知っている。セドリック・デイビッド・フィリップ・スタントンをつかまえてプロポーズさせ、うわついた生き方をやめさせたのは、断固たるレディ・コーネリア・アバクロンビージョーンズだった。

「わしの話をしているんじゃない」伯爵は言った。

「おじい様が昔不良だったのは、いいことだと思うよ。ご承知のとおり、ぼくはワルが好きだからね。ランドールに休みをとらせないなんて言ってないで、少しは羽を伸ばさせてやるべきだと思うよ」

「わしが今にもくたばると思っているのか？」

「それは死ぬっていう意味？　いや、それはないな。でも、いつかはそうなる。そのとき、もしランドールが生きていなかったら、おじい様が背負わせてきた重荷や責任を含めて、スタントン家の遺産をどう処理すべきか、誰にもわからないじゃないか。あいつは全部投げ捨てるつもりかもしれないだろう！」アールの顔が真っ赤になった。「ランドールがそんなことをするわけがない！」

「どうしてわかる？　仕事以外で、あいつに夜十時過ぎまで外出を許したことはあるのかい？」

ゲイブがその問いの答えを聞くことはなかった。次の瞬間、書斎の扉が開いて、ランドールが入ってきたからだ。普段はたいてい冷静な顔が満足そうに輝いている。「やったよ。新聞社を手に入れた！」

「また新聞？」ゲイブはうめいた。「何社目だ？今度はどこを手に入れたんだ？」

スタントン出版は地方紙を専門に、全国の八十社を所有している。

「今度はバックワーシー新聞だよ」ランドールは得意満面で言った。「何年も狙っていたんだ」

「なるほど」ゲイブは納得してうなずいた。一家の田舎の邸宅はデボン州南部の小さな町、バックワーシーの近くにある。スタントン家は地元の新聞が手に入らないことにずっといら立っていたが、ついにランドールが勝利を収めたのだ。

アールはもちろん大喜びだった。若返ったように椅子からとび上がり、孫の背中を叩いた。「ついにやったか！　もう二、三カ月かかっていたら、努力が無駄になるところだった。これであそこを立ち直らせることができるな」腕時計をちらりと見た。「明日の朝早く出れば、昼までに着ける。あれは木曜紙だ。今週の記事に間に合うぞ。立て直すには今やるしかない。売上がよくなかったから、広告キャンペーンも始めるといい。それから毎週何かのコンテストをやるんだ」アールは両手をこすり合わせた。

だが、ゲイブはランドールの熱意が、窒息したかのように消えていくのを見た。おそらく本当にそうだったのだろう――さらなる重圧に首を絞められて。

「うわ、ちょっと待って。こいつ、窒息しちゃうよ！」ゲイブはランドールの襟の内側に指を入れた。ランドールはのろのろと手を上げ、ネクタイをゆるめて口を開いたが、何も言わずに閉じてしまった。

ばかだな！　またこき使われるつもりか？　ゲイブがにらむと、ランドールはにらみ返してきた。

アールが眉をひそめた。「どうしたんだ？」

「何でもないよ」

ランドールがそう言うのと同時に、ゲイブも言った。「大問題だよ！　また仕事を押しつけて。こいつには休みが必要だと言っただろう！」

「やるべき仕事があると言ったはずだ！」

「誰かほかのやつにやらせろよ！」

「誰かほかのやつ？　バックワーシーはうちの新聞だ。我々に権限がある。そして今は倒産寸前だ。スタントン家の人間が立て直しに行かなければ」

「でも、どうしてこのスタントンじゃないとだめなんだ？　ほかにもスタントンはいるだろう！」

「そうだな。おまえがいる。だが、あの新聞社を立て直すのにおまえを送りこむくらいなら、十四歳の子供に銀行を経営してくれと頼むほうがましだ！」

「ぼくにはできないと思ってるんだな？」

「これは仕事だぞ」アールが言った。

「牛を育て、群れをまとめ、治療するのは、仕事じゃないと思っているのか？」

「おまえの父親は、ちゃんと仕事していたな」アールは認めた。

「去年父さんが死んでからは、誰がその仕事をしてきたと思っているんだ？」

「おまえの母さんが現場監督としてフランクを雇ったのは、そのためだろう。あるいはマーサか、あのクレアという孤児の女の子もいるな。あの子は男三人分働くと、おまえの母さんが言っていたぞ。誰がおまえを必要としているんだ？」

ゲイブは歯を食いしばった。「考えてみろよ」

「本当におまえに仕事を任せて大丈夫だというのか?」アールはおもしろそうに言った。

「こいつにできることなら、何だってぼくに任せて大丈夫だ。必要なことは全部やる」ゲイブは挑むように言ってから、ランドールに顔を向けた。「おまえは、その新聞社の詳しい情報をぼくに教えて休みをとれ。おまえなら〝休暇〟と呼ぶんだろうな」

「ぼくなら〝脱線〟と呼ぶよ」ランドールは激しく首を振った。「うちを破産させるつもりか」

「何だって? ぼくにはできないと思ってるのか? 見てろよ。明日の朝いちばんにデボンへ行くぞ!」

沈黙が降りた。

ランドールと伯爵は顔を見合わせてゲイブを見た。

ゲイブが二人をにらみ返す。八秒間の牛乗り競技中は、アドレナリンが体内を駆けめぐり、苦痛や分別を忘れる。それと同じように激怒で感覚が麻痺《まひ》していたが、赤い霧が晴れ、現実が戻ってきた。

〝しまった。何てことを言ってしまったんだ〟

ゲイブは無意識のうちにゆっくりと片手を上げ、自分のシャツの襟の内側に指をすべらせていた。

かなり時間が経《た》ってから、二人はアールを寝かせ、ゲイブの部屋で話を続けた。ゲイブはジャックダニエルのボトルをとりだした。

「冗談抜きで、とんでもないアイデアだよ……」

「確かに」ゲイブは二つのグラスに注《つ》いで、自分のグラスを掲げた。「バックワーシー新聞に!」

「きみが引き受ける必要はない――」

「いや、あるよ」ゲイブはきっぱりと言って、ウィスキーをひと口で飲み干し、音をたててグラスを置いた。そのままベッドにひっくり返り、従兄弟を見上げる。ランドールは酔っているようだ。

「子供の頃、おまえが初めてモンタナへ来たとき、ぼくたちは義兄弟《きょうだい》になって、お互いを守るって誓ったろう。それをやろうとしているだけだよ」

「守ってもらう必要なんかないさ！」

ゲイブはそうは思わなかったが、反論するつもりはなかった。身を起こして再びグラスを満たしながら、ランドールの引き結ばれた口元に気づいた。従兄弟は長年過酷な仕事と決断を強いられてきたのだ。

「理由はもう一つある。スタントンはおまえだけじゃないってことだ。ぼくにだってできる」そう言いながらも、従兄弟に言っているのか、自分に言い聞かせているのかわからなかった。いつもの空威張りが戻ってきてつけ加えた。「おもしろそうだ」

「でも、きみは自分が何に足を踏み入れようとしているか、わかっていないだろう」

ゲイブはグラスを持ち上げ、明かりの中で琥珀《こはく》色の酒がきらめくのを眺めた。

「だからこそ、おもしろそうなんだよ」

1

どれほど難しいというのか？　ゲイブは前向きに考えようと決意した。衝動的な決断を嘆いてみても意味がない。やると言ったからには、やるのだ。

こういうとき、ランドールはいつも白馬――もといシルバーのロールスロイスで駆けつけ、田舎の新聞社の経営を立て直し、広告収入を増強し、社説の内容に活を入れて立ち去っているらしい。

よし、そうしよう。問題は新聞社を探すことだ！

ロンドンからずっと降り続く霧雨の中、狭い道をアールの古いレンジローバーで走っている。

もちろん先祖代々の屋敷を訪れたことはあるが、自分で運転していくのは初めてだし、訪れるのはいつも真夏で、こんな暗い冬の景色は見たことがない。

今朝は夜明け前に出発した。ランドールはいつも〝早朝スタート〟だというアールの言葉に刺激されたのだ。高速道路では、ときおり車線を間違えているのではないかと、ひやりとする瞬間があった。

デボンまで来ると、車線のない狭い道路になり、運転は楽になった。ひやりとするのは対向車が来たときだけだ。ようやく〝バックワーシー五キロ、スタントン・アビー三キロ〟という表示を見つけた。

そちらの方向に走り続け、しまいにはレンジローバーの車幅と大差ないほど細い道になった。食肉処理場への通路を進む牛の気分だった。うまいたとえだ、と苦々しく考える。

道は曲がりくねり、生け垣がそびえ立っている。すれ違える場所はあるのか？

「うわ！」次の見通しの悪いカーブを曲がった瞬間、目の前でよろめく古風な自転車の後輪が見えた。

ハンドルを切った。ブレーキを踏む時間はなかった。幸い、自転車も同時に反対方向へ向きを変えた。

追い越して再び息をつく。乗っていたのは着ぶくれした年配女性だ。色あせた赤いセーターを着ている。とり乱しているのは間違いないが、幸い無傷だ。

地元民を車でひくようなことにならずにすんだ。〝おまえは新聞のネタになるのではなく、新聞社を救いに行ったんだと思っていたよ〟アールの嫌みが聞こえてきそうだ。

ゲイブがこの問題に対処して一週間で戻ると言ったとき、アールはあからさまに冷笑した。〝一週間だと？　十年続いた経営不振とひどい紙面を一週間で変えられると思っているのか？〟

〝ああ、それじゃ、二週間かな〟ゲイブはつぶやいた。わかるわけがない。新聞社を救った経験などないのだから。まともに読んだことさえない――せいぜい牛の相場を調べてスポーツ欄を見るくらいだ。

〝二カ月だ。もしおまえが有能ならな〟

二カ月？　ゲイブは目を丸くした。〝春には牛の分娩《ぶんべん》と焼印を押しに帰らないといけないんだ！〟

〝では、それはランドールに任せるしかないな〟

ありえない！　だが、新聞社を救うと言ったからには、やるしかない。どんなに時間がかかっても。

ランドールも失敗すると思っているようだ。昨夜《ゆうべ》は深夜までかかって助言をくれた。〝とにかく現地に乗りこんで命令を下すんだ。威厳たっぷりにね〟

〝支配者になれってことか？〟ゲイブは冷笑した。

〝そう、穏やかに話しながら強攻策を進めるんだ〟

〝テディ・ルーズベルトの言葉だな〟

ランドールは驚いた。〝本当かい？　それじゃ、我が家の家訓を受け売りしたに違いない〟そしてゲイブの肩を叩《たた》いた。〝きっと万事うまくいくよ。きみが大丈夫ならね。もしだめなら、電話してくれ〟

〝いや、それはできない〟ゲイブはとりすまして言った。〝おまえはモンタナにいるんだから〟

それも、とり決めの一部だ。ランドールが牧場を監督してくれるなら、ゲイブもこの仕事をする。

〝大丈夫、簡単な仕事だよ〟ゲイブは、そんなに楽観してはいない様子のランドールを元気づけた。

そして、この仕事もそうだろう。たとえ簡単でなくても、とにかくやりとげる。何事も八秒以上は続かない人間だと思われることにはうんざりだ。

だがスタントン・アビーに着いて屋敷をひと目見た瞬間、八秒持ちこたえられたら上出来だと思った。

前回来たときは十歳だった。今三十二歳だが、屋敷は何も変わっていない。もちろん二十二年など、屋敷が重ねた年月から見ればほんの一瞬にすぎない。

もともとの建物は築七百年だが、長年の間に増築されてきた。丘の中腹に立つ石造りの館は、ロマネスク彫刻ののろまな石のひきがえるに、ゴシック様式の少し驚いた表情の眉がついているようなものだ。

驚いた表情は、おそらく一方に継ぎ足されたチューダー様式の増築部分と、もう一方につけ加えられた新古典主義建築の翼のせいだろう。ありがたいことに、十八世紀以降は何も建て増しされていない。すでにあるものを維持するだけで、この二百年間スタントン家は十分忙しかった。

ランドールが伯爵領を継ぐのをうらやましいと思ったことはない。大人の目で改めて屋敷を見ても、その考えは変わらない。ランドールがその昔〝ありがたいけど、結構です〟と言わなかったのが驚きだ。

十歳の頃、屋敷は興味深い場所だった。ランドールと二人で長い石の廊下で追いかけっこをしたり、アールの目を盗んで司祭の隠れ家に隠れたり、庭の迷路をどちらが先に抜けられるか競走したりした。

今のいばらや低木の茂みを見た限りでは、庭に分け入るなら、自分の通った跡に目印をつけておかなければ、二度と出てこられなくなりそうだ。

ランドールが警告していた。〝少しばかり伸びすぎているんだよ。家には手を入れているんだ。義務だからね。あれは第一級重要文化財だ。それにフレディが見事に改修工事をしてくれた。それでも、行くたびに木材の交換が必要だったり、湿気が上がってくる場所があったりするんだ〟

湿気が上がってくる？

むしろ、水浸しに近い。骨の髄までしみてくる感じだ。本当にこれから二カ月もここで暮らすのか？

ひと言で言えば、そうだ。しっぽを巻いて逃げだすつもりはない。そんなことをすれば、アールはもう二度と挽回《ばんかい》の機会をくれないだろう。

ランドールにできるなら、自分にもできるはずだ。まずは管理人のフレディを探して入れてもらおう。

フレデリカ・クロスマンは、客が来るとは思っていなかった。スタントン・アビーの離れで月曜の朝十時に、まだ寝間着のままよつんばいになって冷蔵庫の下からうさぎを誘いだそうとしていた。息子のチャーリーが、クリスマス休暇の間、学校から預かっていたうさぎだ。チャーリーは今日うさぎを連れていくはずだったのに、学校へ行く時間までにどうしてもつかまえられなかったのだ。

〝ママ、今日返せなかったら、ぼくはおしまいだ〟

〝ママがつかまえてあげるわよ〟フレディは軽率に約束してしまった。それが八時十分前だ。それからずっとこうしている。

もうちょっとで手が届きそうだ。あと少し指が長ければ。うさぎがこんなにおびえていなければ。

そのとき、ドアを叩く音が聞こえてぎょっとした。その拍子に冷蔵庫の隣の机に頭をぶつけてしまった。

「まったくもう！」

またノックが聞こえた。こたえたくない。誰かはわかっている――村いちばんのゴシップ好き、ミセス・ピークだ。昨日スタントン出版が新聞社を買収したと聞いてから、ミセス・ピークがお茶と最新のニュースを求めて来るに違いないと思っていた。

三度目の横柄なノック。

フレディはいらいらしながらチャーリーの古いレインコートをガウン代わりにはおり、ドアを開けた。

そこにいたのは、ミセス・ピークではなかった。

男の人だった。引きしまった体格で、豊かに波打つ黒髪と情熱的な青い目をした印象的な人だ。

少なくとも、フレディの記憶には残っている。

この人は後継者のランドール・スタントンだ。

いや、そうだろうか？　急に自信がなくなった。ランドール・スタントンが祖父を連れて屋敷を訪れた際に数回会ったことがある。いつも魅力的で礼儀正しい。いかにも名門私立校出身というタイプで、服はすべてオーダーメイドだ。ブルージーンズをはいて人前に出るとは思えない。

　だが、この人がはいているのはブルージーンズだ。しかも色あせて、きわめて興味深い場所がすりきれている。さらに驚いたことに、ベルトの中央に金色の巨大な物体がついている。バックルだろうか？

「やあ」男性はスタントン家特有の笑みを浮かべた。アメリカのアクセントを聞いて、疑問が解決した。これが誰だろうと、ランドール・スタントンではない。「何でしょう？」フレディは用心深くこたえた。

「ゲイブ・マクブライドです。スタントン・アビーの管理人を探しているんだが、彼はいますか？」

「彼？」フレディには、まずいタイミングだった。

　管理人は必ずしも男とは限らない。アメリカ人のミスター・マクブライドも、それは喜んで認めるだろう。だが、管理人が男でも女でも、午前十時には、ちゃんと服を着ていることを期待するはずだ。

　ところが、その点についてうろたえる間もなく、うさぎが冷蔵庫の下からとびだして古いコンロに向かって突進していくのが目に入った。「ちょっと失礼！」フレディは叫んでうさぎを追いかけた。

　ゲイブ・マクブライドという人は、屋敷の肖像画広間にそっくりな顔が並んでいるところから判断して、スタントン家の縁者に違いなく、当然ばかなまねをするフレディをただ見ているだろうと思われた。

　だが驚くことに、彼はうさぎ追跡に加わってきた。

「ねずみ？」ゲイブは熱心に隣にひざまずいた。

　フレディは首を振った。「うさぎよ。ほら、コスモ！　こっちにおいで！　学校に行く時間よ」フレディは床にはいつくばり、コンロの後ろに手を伸ばそうとした。きらきらした左目がこちらを見ている。

「ぼくがつかまえるよ」ゲイブも隣で腹ばいになり、うさぎに手を伸ばした。数で負けていると見たうさぎは二人の間をさっとすり抜け、食堂に駆けこんだ。

　フレディははなはだ女らしくない叫び声をあげて立ち上がり、まだレインコートの前をかき合わせたまま、うさぎを追った。すぐ後ろにゲイブが続く。

「きみはあっちから、ぼくはこっちから行く。挟み撃ちにしよう」ゲイブの浮かべた笑みは必殺技だ。

すでにひざまずいていてよかった。さもなければ、今にも床に大の字になって、この人の好きなようにさせていただろう――。

「ありえない！」フレディは声に出して叫んだ。

「何だって？」

フレディは首を振った。「何でもないわ。あの子をつかまえられるわけないと言おうとしただけ」

「いや、きっとつかまえられるよ。ぼくが言ったとおりにすればね」彼はむこう側へじりじり進んだ。

「じっとしていて。こいつをきみのほうへ走らせるから。いいかい？」

フレディは常軌を逸した、まったく不適切な妄想にまだくらくらしながら、身をかがめた。寝間着とレインコートに身を包んだゴールキーパーの気分だ。

ゲイブは食器棚の下へ手を伸ばした。うさぎは心配そうに見ている。ゲイブの指が近づいていく。

突然、ゲイブは大きな音をたてて手を叩いた。すると、うさぎがフレディめがけてとびだした。

「つかまえた！」フレディは両手で優しくうさぎをつかんで尻もちをついた。心臓が早鐘を打っている。

狩りの興奮のせいだ。ハンサムなアメリカ人が笑顔で見下ろしているからではない！

「やった！」ゲイブも息遣いが荒く、シャツの裾は出ていて、ボタンが一つはずれている。

そこへノックの音がして、ドアが開いた。「ねえ、ちょっと」ミセス・ピークだ。「誰かいる？」

フレディは女の子だった！

まあ、実際は女の子というより、女性――乱れた黒髪と紅潮した頬のれっきとした大人の女性だ。

「わたしが管理人です」フレディはうさぎをケージ

まで運んでいきながら、息を切らして言った。

「きみがフレディ？」

「フレデリカです。夫がスタントン伯爵家で働いていました」ゲイブのいぶかしげな表情を見て、つけ加えた。「マークは四年前に亡くなりましたけど」

これだけの会話が、うさぎを連れてキッチンへ戻るまでの短時間になされ、途中からはキッチンで勝手にくつろぐ赤いセーターの年配女性に意識が向いた。先刻ゲイブが道でひきかけた自転車の女性だ。

彼女は二人の顔を見比べ、目を好奇心で輝かせた。

「こちらはミスター・マクブライド。こちらはミセス・ピークです」管理人のフレディはてきぱきと紹介して、テーブルの上のケージにうさぎを入れた。

ゲイブは礼儀正しく年配女性と握手したが、フレディから関心がそれることはなかった。ドアが開いた瞬間から、寝間着のように見える服の上に小さすぎるレインコートをはおった姿から目が離せない。


紫色の花模様が描かれたフランネルの寝間着で、流行に敏感な妹のマーサなら〝女として終わってるおばあさんしか着ない〟と言うだろう。大間違いだ。

ゲイブはもう一度慎重に息を吸いこんだ。

「お体がどこか痛いんですか、ミスター・マクブライド？」ミセス・ピークが尋ねた。

「何だって？」

「息をするのが苦しそうだから」

ああ、確かにそうかもしれない。だが、もっと苦労しているのは、おそらくアールが〝下等な欲求〟と呼ぶであろう現象を抑えることだ。

管理人がものすごく魅惑的なのだ。とはいえ、屋敷の管理人をキッチンのテーブルに押し倒して好きなようにしてしまったら、祖父は快く思わないだろう。特に、老婦人が熱心に見物している状況では。

数分間話してみてわかったが、ミセス・ピークはその名に違《たが》わぬ人物だ。バックワーシー村で起きている事件で、ミセス・のぞき《ピーク》が知らないことなどない。ゲイブのことも確実に知っている！

「新聞社を経営しに来たんでしょう」老婦人は眼鏡の奥で眉を上げ、乱れ髪で寝間着姿のフレディに視線を移した。「それに、ずいぶん手が早いのね」

「ミスター・マクブライドはお屋敷の鍵をとりに来られただけです」フレディはきっぱりと言った。だがなんとか毅然《きぜん》とした口調を保ったものの、両手は髪をなでつけようか、レインコートをもっときつくかき合わせようか迷っているように動いている。

フレディがどちらもできずにいる間、ゲイブはそこに立ってその光景を楽しんだ。これからデボン州で過ごす二カ月間が、俄然《がぜん》楽しみになってきた。

「お茶にしましょうよ」ミセス・ピークが言った。

フレディはケトルを火にかけた。

ミセス・ピークは晴れやかな笑みを浮かべた。

「あなたは若だんなの従兄弟《いとこ》のアメリカ人ね。〝いかにも領主〟ってところが似てるわよ。あの人もほんとにハンサムだったわね。わたしが言ってるのは、セドリック伯爵のことよ」ミセス・ピークは夢見るように言った。頬は寒さですでに赤かったが、もしそうでなければ、アールが原因だと確信しただろう。

アールが誰かをときめかせている？　驚きだ。

「祖父をご存じなんですね、ミセス・ピーク？」

頬が赤みを増し、彼女は少し動揺しているように見えた。「まあ、その……知り合いだったのよ」

当時はかなり親しかったに違いない。ミセス・ピークはどう見ても七十五は超えていて、アールと恋仲だったと想像するのは少し難しいが、アールがかつては自分に似ていたという話も想像しがたい！

「祖父に会ったら、あなたのことを伝えておきますよ。祖父の誕生日を祝ってきたところなんです」

その後は、もちろん誕生パーティの詳細を話すよう求められた。老婦人は熱心に耳を傾けた。

ゲイブには残念なことに、フレディはお茶をいれたあとで告げた。「すぐ戻ってきます。もっと……まともな服に着替えないと。二、三分で戻ります」

「フレディはいい子なのよ」ミセス・ピークはフレディがいなくなると、すぐに言った。「働きづめでね。お屋敷の維持は、女一人の手には余るけど、そんなこと、あの子には言えないしね。あなたが来てくれてよかったわ。スタントン家が新聞社を手に入れて、セドリックが自分の孫を立て直しに送りこんだのは、正しい選択だわ。ここはあの人の故郷なんだし、領地には領主にふさわしい紳士が必要よ」

ゲイブは後ろを振り返って、紳士というのが自分のことだと気づいた！　ランドールが苦もなく背負っているように見えた責任を、少し意識し始めた。

「頑張ります」

「プランはあるの？」

「まずは現場を見て、状況を判断しないと。それから戦略を立てますよ」追いつめられたランドールが思いつきそうなたわごとだ。「二、三日後には、もっとよくわかっているでしょう」

「それはそうね」ミセス・ピークは微笑《ほほえ》んで立ち上がった。「あなたが来てくれて嬉《うれ》しいわ、ハンサムさん。うまくいくといいわね」青い目がきらめき、その昔アールが惹《ひ》かれたに違いない魅力の片鱗《へんりん》が見えた。それからミセス・ピークは満足そうにうなずいてつけ加えた。「今度こそ」

老婦人が自転車で去るのと同時に、フレディが戻ってきた。髪を頭頂部に結い上げ、ジーンズと青いセーターを着ている。寝間着でよつんばいになってきれいな長い脚を見せていたときに比べれば、明らかにそそられないが、ゲイブは記憶力がいい。

「ミセス・ピークは？」

「帰ったよ。目的は果たしたみたいだ」

フレディは微笑んだ。「悪気はない人なのよ。一人暮らしだから、お茶とおしゃべりが目的でここへ来るの」フレディはキッチンへ行ってカップを取り上げ、シンクに運んだ。ジーンズがヒップとももを包んでいる。悪くない。ゲイブはそれが揺れるのを眺め、視線を上げて意識を本題に戻した。

ゲイブは咳払《せきばら》いした。「あの人はぼくがずっとここにいると思っているようだが、それは違う。ぼくは従兄弟のために来たんだ。新聞社を立て直すと約束したからね。それを果たしたら、立ち去る。これは一時的なとり決めなんだ。ぼくにはモンタナの牧場がある。カウボーイであって、領主じゃない」

「カウボーイ？」フレディは外国語のように自信なさげに言った。曲線を描く唇がキスを誘う。

どんな味だろう？ ミセス・ピークに初めて会ったとき、アールも同じことを考えたのだろうか？彼女も若くてきれいな女性だったのだろうか？

フレディはそれほど若くない。未亡人で、学校に通う年齢の子がいる。かなり年を重ねているはずだ。

「きみはいくつ？」なぜ知る必要があるのか、よくわからないまま尋ねた。四十歳くらいの返事を予想した。母親というのは、そういうものだ。何しろゲイブの母はもうすぐ六十になる。

「三十一よ」

ぼくより若いのか！ ゲイブは愕然《がくぜん》とした。「子供は？」質問というより非難に近い。

「チャーリーが九歳で、エマが七歳よ」

彼女は三十一で、子供たちはもう大きい！

つまり、ぼくにもそれくらいの子供がいてもおかしくないということだ。

ありえない！ 自分自身が子供と大差ないのに。

「人に年齢をきくのは失礼よ。しかも正直に答えているのに、そんなにあきれた顔で見るなんて」

ゲイブは赤面した。「悪かった。そんなつもりじゃないんだ。驚いただけだよ。きみが……あまりに若く見えるから」本当は、信じられないくらい若く見える四十歳くらいだと思っていた。

　ゲイブは首を振って頭を整理しようとした。自分の年齢など考えたことがなかった。確かにアールの年は考えた。声はとどろき、気力は衰えないが、白髪が増え、体は弱々しくなった。

　ランドールも、十八の頃とはずいぶん変わった。だが、ランドールが老けたのは、働きすぎのせいだと思っていた。それも、わからなくなった。

　おそらくみんな年をとっているのだ。少なくともアールには誇りを持って振り返れる実績がある。ランドールも成果を残している。どうやら二人の子供の母親であるフレディもそうだ。

　それに比べて、ガブリエル・フィリップ・マクブライドはどうだ？

　ゲイブはロデオのチャンピオンベルトを見下ろした。急にそれでは物足りなく思えてきた。

2

　あの人を家に泊めるべきだったかもしれない。

　それが礼儀上でも経済的にも賢明だっただろう！　何しろ旅行客をよく離れに受け入れているのだから。

　だが、今は夏ではない。寒く荒涼とした一月だ。一年中でいちばん好きな時期でもある。今だけは家族水入らずで過ごせるから。

　いくら祖父の伯爵に返しきれない恩があるとしても、あの人を家に泊めなければいけない理由はない。

　伯爵に恩を返すよう要求されたこともない。

　だが、恩があるのは確かだ。伯爵は夫マークの死に罪悪感を抱いている。あの晩、伯爵のヨットを帰港させるという危険な決断をしたのはマーク自身で、誰にも、とりわけスタントン伯爵に命令されたわけではない。だが伯爵はそうは思っていない。

〝彼はうちで働いていたのだから、わたしに責任がある〟伯爵は言った。

伯爵の体には封建領主の血が流れているのだ。貧しいながらもフレディが修復士として生計を立てていたことなど関係なかった。伯爵は、フレディと子供たちのことは自分が責任を持つ、と言った。気づくと、カムデンの小さなフラットからスタントン・アビーの離れに引っ越す手はずが整っていた。

〝デボンには知り合いもいないし、仕事も――〟

〝知り合いならすぐできるさ。仕事は山ほどある。屋敷を修復してもらおう〟

〝子供たちは――〟

〝きれいな空気の中で育てられるぞ〟

何を言っても、伯爵は答えを用意していた。伯爵に逆らえる者などいない。

だから孫を泊めてくれと頼まれなくてよかった！　どう断ればいいかわからなかっただろう。

ゲイブ・マクブライドは、マークの死とともに完全に停止していた魅力感知機能を作動させた。四年間、ほかの男性に注目したことなどなかったのに。

この感覚はいやというほど知っている。誘引力が強すぎる。マークのときに感じたのと同じだ。

カウボーイなんて、冗談じゃない！

むこうみずなハンサム男に弱いのはすでに証明ずみだ。マークは無謀で荒っぽい熱血漢だった。あのゲイブ・マクブライドの中に、いくら高貴なスタントン家の血が流れていても、彼もまた危険をかえりみない精力旺盛な男性なのは、容易に想像できる。

あの人のベルトのバックルにサリナス・ロデオチャンピオンと書いてあったではないか。

ロデオチャンピオンがどういうものかはよく知らないが、安全でないことだけは間違いない。

悪いけれどお断りよ。いくら伯爵に恩があっても、そんな人を泊めるわけにはいかない。絶対にだめ。

ゲイブはいつも自分のことを頑丈で強健で過酷な気候にも耐えられる男だと思っていた。何といっても、生まれも育ちもモンタナだ。だが、スタントン・アビーでの一夜で骨の髄まで凍えてしまった！

〝ぐっすりおやすみ〟寝る前に電話した際、アールは陽気に言った。

おやすみ？　一睡もできそうになかった。昼は丸一日かけて屋敷内を見てまわり、夜にはひと晩中あちこちの戸棚をあさって毛布を探しまわった。

〝湿気が上がってくる〟というのがどういう意味か、今ならわかる。起き上がって、もっと毛布を探しに行きたくなる状況のことを言うのだ。

屋敷が建った六百年後に設置された集中暖房は、この難局に対処できなかった。パイプががたがた揺れだしたので、ゲイブは再びスイッチを切った。自分は意気地なしではない。必ず切り抜けてみせる。

暖炉に火をおこしたらどうだろう。だが、屋敷の暖炉はどこも牛一頭を丸焼きできそうな大きさで、これで暖をとるには山ほど薪《まき》が必要だ。結局、持ってきた服を全部重ね着して、見つけた毛布をすべてかぶり、ストーブの隣でうずくまって夜を明かした。

アールなら、身が引きしまるようだと言うだろう。

自分なら、ばかげていると言う。だが真剣にほかの選択肢を考え始めたのは、翌朝新聞社へ行く途中で、暖かく快適そうな離れの前を通ってからだった。

離れの煙突は全部稼働しているようだ。昨日の記憶では、キッチンは活気があり、居間は居心地よく、住人は……実はひと晩中、彼女のことを考えていた。

車で通り過ぎながら切望のまなざしで振り返ると、離れの車道の端に目立たない小さな看板があった。

〝一泊朝食つき十五ポンド。夕食別料金〟

ゲイブは笑みを浮かべた。「どうして教えてくれ
なかったんだろう？」
ゲイブは昼までにある結論に達していた。バック
ワーシー新聞を立て直すにはビルごと爆破するのが
いちばんだ。残念ながら、その解決策は問題外だが。
午後、電話をかけてきたアールに言った。「ここ
にはパソコンが一台もないんだ。印刷機なんか、メ
イフラワー号でやってきたみたいな代物だよ」
「我々はメイフラワー号には乗っていないぞ」アー
ルが釘《くぎ》を刺した。「まだこっちにいる」
「それで、まだ同じものを使っているんだ！　冗談
抜きで羽根ペンを見た。電話があるのが驚きだね」
「なかったよ」アールが愉快そうに言った。「前回
わしが行ったときにはな」
「それ、いつだよ？」ぜひ知りたい。「先週？」
アールは舌打ちしてたしなめた。「皮肉では、そ

この人たちとうまくやっていけないぞ。彼らは会社
の一部で、そこから切り離せない——」
「まさにそのとおりだよ」第一印象が正しければ、
全員石でできている。

到着したとき、全員が大部屋に集まっていた。記
者二名、受付係、印刷係、所長が一列に並んで最敬
礼した。ゲイブは愕然《がくぜん》としたが、ランドールに言わ
れたとおり、きっぱりと宣言した。今こそ変革のと
きだ。この新聞を売れる新聞にしていく、と。
「はい、ミスター・マクブライド」
「仰せのとおりに、ミスター・マクブライド」
「パソコンが必要だ」ゲイブは横柄な所長のパーシ
ー・ポンフレット・マンフリーに言った。
「パソコン？」パーシーはきいきい声で言った。
「データベースに表計算も必要だし、購読リストも
入れたい。広告主も必要だ。オフセット印刷も検討
したい」印刷係のジョンに言った。「それから留守

番電話もいる」受付係のビアトリスは、全員のお茶をいれている間、電話の呼びだし音が十五回鳴るまで放置していた――ゲイブは実際に数えていた。

「オフセット印刷？」ジョンは鼻筋にしわを寄せた。

「留守番電話？」ビアトリスは聞いたこともないような顔をしている。

「それはだめです」パーシーが皆を代表して言った。

「どうして？」

「そんなやり方は、前例がありません」

とんだ名言だ。

従業員らが徹底的に変化に抵抗することについて、ゲイブはあとでアールに愚痴をこぼした。前例がなければ、だめです、できません、ときたもんだ！

留守番電話は客の気分を損ねるとビアトリスは言った。「話したくないのだと思われてしまいます」

「今電話に出ないのも、そう思われないか？」

「わたしが忙しいのは、みんなわかっていますから、またかけてきますよ」

オフセット印刷にすると、フーガ兄弟が気を悪くする、と印刷係のジョンは言った。フーガ兄弟は毎週水曜日に来て、植字を手伝っているそうだ。

「パソコンで誰か気を悪くするのか？」ゲイブはパーシーに尋ねた。

「誰も。でも今までその作業に電力を使っていなかったので、ヒューズがとぶでしょう。すべてが中断します。今そうなっては困るのでは？」

「電動タイプライターと同じくらいしか電気を使わないよ」ゲイブは反論したが、見まわすと、電動タイプライターは一台もない。手動だけだ。

「ここでは昔ながらのやり方で仕事をしています。守るべき歴史があるのです。バックワーシー新聞はこの地方の顔です。いわば、報道の世界のスタントン・アビーなんです！」パーシーが言った。

これにはゲイブも賛成だ。バックワーシー新聞の従業員は、屋敷と同じくらい問題が多い。ランドールなら、どうするだろう？　だが、電話で尋ねて無知を認めるつもりはない。

「とにかく、やり方は変えていく。全員、午後三時にぼくの部屋で会議だ。どうするか話し合おう」

皆、顔を見合わせていたが、首を振り始めた。

「三時ではまずいのか？」ゲイブは静かに尋ねた。

「三時はお茶の時間です」ビアトリスが言うと、全員がうなずいた。

ゲイブは息を吸いこんだ。「ではポットを持ってきてくれ。ぼくにはコーヒーを頼む。ブラックで」

「ここではコーヒーは飲みません」

「では、まずそこから変えていこう」

状況はそこから悪化した。

火曜日に会議はしない、とパーシーが言った。

「今日はする。嫌なら自分の机を片づけるんだな」

皆が息をのんだ。

パーシーは百七十センチ足らずの体で胸を張った。

「わたしを脅すことも解雇することもできません」

ゲイブは片眉を上げた。「そうなのか？」

「そうです」パーシーは自分の部屋に入って机の引きだしから何か書類をとりだした。「会社売却条件です。わたしの雇用は保証されています」

ゲイブは書類に目を通した。そこには、こう記されていた。〝新聞社経営に誰が来ても、パーシー・ポンフレット・マンフリーの雇用は継続する〟

「どうしてパーシーみたいな頭痛の種がいるって教えてくれなかったんだ？」ゲイブはアールに言った。

「ああ、パーシーに会ったか」アールは笑った。

「大丈夫、やつをちゃんと操れるさ。おまえ、何と言ったっけ？　二週間ですべてまとめるんだろう」

「二カ月だ」ゲイブは歯を食いしばり電話を切った。

二カ月で新聞社を救う？　二千年かかるだろう！

ゲイブは自室に閉じこもり、最近の新聞を熟読して感触をつかむことにした。とにかくできることから始めて、どこから状況が悪化したのか解明しよう。

これは群れを再構築するのに似ている。牛を見て、なぜ事態が思いどおりに運ばないのか考えて改善する。だが牛と地形を知らなければ、それはできない。

五時十分前、ゲイブに電話だとビアトリスが言った。またアールか？

「今度は何だよ？」受話器に向かって怒鳴った。

「ゲイブ、どんな状況だ？」ランドールだった。声から判断するに心配しているようだ。「大丈夫か？」

「もちろん大丈夫だ！　どうだと思ったんだよ？」

アールに不平を言ってから一時間も経《た》っていないが、ランドールに愚痴をこぼすつもりはない。

ひと言でも泣き言を聞けば、義務感に支配された従兄弟《いとこ》は次の飛行機で帰ってきてしまうだろう。

「少し精神的な支援が必要かなと思っただけだよ」

「いや、大丈夫だ。問題ないよ」しらじらしい嘘《うそ》だ。

「本当に？」ランドールは半信半疑ながら喜んだ。

「心配ない。子供にもできる仕事だよ」爆薬を入手できる子供なら。「そっちはどうだ？」

「絶好調だよ」ランドールは過剰に明るく言った。

優等生はまったく困っていないのか？　ゲイブは妙ないら立ちを感じた。ここで自分の力を証明しようと今まで以上に決意を固め、首の後ろをさすった。

「それじゃ、薪割りか、牛の餌やりでもしろ。暖炉の前でくつろいでもいい。電話なんかかけるな！」

「様子を聞こうと思っただけだ。大丈夫ならいい」

「大丈夫だ。もう電話してくるなよ。じゃあな」

会社を出たのは六時だった。とうに日が暮れて寒かった。車まで三往復して、ありったけの手紙や台帳、過去五年分の新聞を積んで帰路についた。

もちろん屋敷に帰るつもりはない。途中で離れのほうへ曲がった。丘の上の離れは暖かく快適そうに見える。今のところ、ゲイブの人生で唯一の幸運だ。

そして、そこにはフレディ・クロスマンがいる。

ゲイブは裏に車をとめ、キッチン口のドアを叩《たた》いた。

窓越しにフレディが見える。ドアを開けた彼女に驚いた様子はなかった。ゲイブは笑みを浮かべた。

「一泊朝食つき十五ポンドの看板を見たんだ」

フレディは目を丸くして、ドアを閉めようとした。

「あの、でも――」

「満室ではないよね」それは確かだ。

「ええ、でも――」

「うさぎは好きだよ」少年のような魅力を前面に押しだす。「子供も」子供が二人、食堂のドアの端からこちらをのぞいている。「それに」正直につけ加えた。「きみも好きだ、フレディ・クロスマン」

「まあ」彼女は身を守ろうとするように、胸に手をあてた。

改めてフレディを見た。美人で明るく本人の意志とは関係なく男の気をそそる。思ったとおりだ。

フレディは、しかたなくゲイブを家に入れた。

一日中自分に言い聞かせていた。昨日はうさぎのせいで神経が高ぶっていたから、背中がぞくぞくし、モンタナ訛《なま》りにそそられ、マークに出会ったときと同じ衝撃に心が震えたのだ。きっと長くは続かない。

だが、間違っていた。ゲイブは今夜も同じように、フレディの心の平静と分別に壊滅的な影響を及ぼした。ドアを開けてしまうなんて、本当にばかだった。

でも、しかたなかった。彼の祖父には恩がある。たとえなくても、彼がホルモンをかき乱すからという理由で家に入れなかったら、もう宿泊客を手厚くもてなすよう子供たちに説教できないではないか。

チャーリーとエマは客に興味津々だ。

フレディは子供たちを紹介した。荷物をとりにチャーリーを車まで行かせ、その間に屋根裏を改装した客室へゲイブを案内した。ついてきたエマは明らかにカウボーイブーツとブルージーンズをはいたハーメルンの笛吹き男のとりこになっている。

「あの人、どうして、あれをはいてるの？」階下へ下りてきたフレディは、エマがチャーリーに尋ねるささやき声を聞いた。ゲイブのブーツを見ている。

「カウボーイだからだよ」チャーリーが答えた。

それが聞こえたに違いないゲイブは、チャーリーに笑いかけ、チャーリーも笑みを返した。

フレディは、今自分たちが食べ終わったばかりの夕食を皿に盛ってゲイブに出した。

「いいのかい？　パブで食べてきてもいいんだよ」

「たくさん作ってあったから」フレディは椅子を勧め、そばでゲイブを見ている子供たちには、身振りであっちへ行くよう指示したが、二人は動かない。

「本当にカウボーイなの？」エマが尋ねた。少し心配そうな顔をしている。先週ミセス・ピークがろくな仕事をしないで法外な工賃を吹っかけてきた二人組の配管工を〝荒稼ぎ業者《カウボーイ》〟と呼んでいたからだ。

「そういうカウボーイじゃないわよ」フレディは急いで説明した。

「いろんなカウボーイがいるのか？」ゲイブは興味深げに片眉を上げた。何週間もまともな食事にありつけなかったかのような豪快な食べ方だ。

「テレビで見るタイプと、いいかげんな仕事をするタイプがいるんだ」チャーリーが教えた。

今度は両眉が上がった。

「それが……この辺で言うカウボーイなのよ」フレディが説明した。

「いい意味じゃないんだね。それは何とかしないといけないな。本物のカウボーイを知ってるだろう？」ゲイブはチャーリーに尋ねた。

チャーリーは熱心にうなずいた。「テレビで見たよ。おじさんも先住民を撃つの？」

「いや、彼らと一緒に仕事してるよ」

「ギター弾いてヨーデル歌うの？」エマが尋ねた。

ゲイブは笑ってフレディに言った。「今回の任務は新聞社だけじゃないようだな。きみの子供たちの、カウボーイについての誤解を正さないといけない」

離れは屋敷よりはるかに快適だった。部屋は暖かく、食事はおいしく、ベッドは柔らかい。

たとえそのベッドをフレディと、まだともにできていなくても、一緒にいられる喜びは味わっている。ある程度は。実のところ、フレディとはあまり一緒に過ごせていない。

ゲイブが家にいる時間、フレディはいつも忙しい。料理、皿洗い、掃除で座る暇はほとんどない。

幸い、動いている彼女を見るのも楽しい。柔らかいアクセントも好きだ。妙に懐かしさを感じる。妙ではないのかもしれない。何しろ母はイギリス人なのだから。母のアクセントとよく似ている。

だが、フレディが母を思い起こさせるのは、そこだけだ。そして、フレディに対する気持ちは、彼女の母性とはまったく関係がない。

とはいえ、フレディがいい母親なのは明らかだ。チャーリーとエマは礼儀正しく行儀がいいが、ロボットのような子供ではない。知りたがりで熱意にあふれ、子犬のようにゲイブについてまわる。

ゲイブは二人が大好きだ。チャーリーがクリケットを説明してくれようとするのを聞くのも楽しいし、エマが母親を手伝ってスコーンやケーキを焼いているときは、いつも喜んで試食係を買って出る。カウボーイやロデオの話をしてやると、二人は目を丸くして驚く。居間でチャーリーとレスリングするのも、よつんばいになってエマを背中に乗せるのも好きだ。

子供たちとの触れ合いが好きなのは楽しいからでもあるが、主な理由はフレディをむきにさせることができるからだ。

「チャーリー、しつこくしないの」

「エマ、今はミスター・マクブライドをそっとしておきなさい」

「構わないよ。きみもこっちに来て、座れよ」ゲイブはソファーの隣の席を叩いた。フレディも興味を抱いている。ゲイブの話に――ゲイブに。

ゲイブ・マクブライドは十二歳の頃から蜂を引き寄せる蜜のように、女性を惹《ひ》きつけてきた。女性が示す兆候を見分けられる。たとえ、フレディのように顔に出すまいと決意している女性でも。

「きみはどうして距離を置こうとするんだ？」ゲイブは三日目の夜に尋ねた。子供たちとは、すでに親友になっているが、フレディからはまだ遠ざけられている。ゲイブは精いっぱいユーモアと魅力を振りまき、子供たちと遊んできた。難しくはなかった。二人が好きだからだ。昨夜《ゆうべ》はフレディの反対を押しきって、皆を食事に連れだした。今日の午後はエマに招待されて学校行事を参観した。フレディは、ゲイブなどいないかのようにふるまおうとしていたが。

子供たちが寝た今、ゲイブは階下へ下りてきた。居間でチャーリーのズボンを繕っていたフレディは、警戒するように顔を上げた。ゲイブはフレディが座っている椅子のそばのソファーに腰を下ろした。

「距離を置こうとしている？」

「お堅い道徳家みたいにふるまっている」

ゲイブは笑って両手を頭上に伸ばして疲れた筋肉をほぐした。一日中馬で放牧地を駆けまわるより、デスクワークのほうがはるかに疲れるとは驚きだ。

「まさか！　わたしは道徳家なんかじゃないわ！」

「それじゃ、うまくまねしているんだな。少し肩の力を抜いて楽になれよ。笑顔がきれいなんだから」

フレディは頬を染めてゲイブをにらんだ。

「ほら、その調子」ゲイブが笑うと、フレディの口角も上がった。「それに子供たちと遊ばせてくれ」

「子供たちにあなたの邪魔をさせたくないのよ。あなたは下宿人なんだし――」

「いいもてなしというのは、家にいるようなくつろいだ気分にさせてくれることじゃないのか？」

「そうしようとしているけど――」

「笑って。きみの笑顔に追加料金を払ってもいい」

フレディはしぶしぶ笑った。その笑顔は一日の疲れを吹きとばしてくれた。新聞社での苦労が、とるに足りないことに思えてくる。

「そのほうがいい」ゲイブの指が一本フレディの指に触れた。フレディはもちろん手を引っこめた。

「いいだろう。笑顔を続けることから始めよう」

ゲイブはもうフレディに触らなかった。とりあえずつながりが持てた。大事なのはそこだ。

「下宿人を置いたんですってね」ミセス・ピークがお茶を飲みながらフレディに言った。


ゲイブ・マクブライドが来てから四日経つ。そのニュースは数時間で届いていたに違いないが、ずっと雨が続き、今朝ようやく霧雨になった。霧雨程度ではミセス・ピークを引き止められなかったのだ。

フレディはパイに入れるりんごの皮をむくことに集中した。「あの方は、ほとんどの時間出かけているから、負担にはならないんです」

「それはそうでしょう。ハンサムな男性が食卓にいるのはいいものよ。ベッドをともにできたら、なおいいわ。あなたも、もう再婚していい頃よ」

「再婚するつもりはありません」

「いい若い娘には夫が必要よ。絶対にね」

ミセス・ピークは、スタントン卿《きょう》との情事にふけっていないときには、常に夫がいた。少なくとも四人見送った。最後が昨冬のトーマス・ピークだ。

「チャンスをつかみなさい。いい男は毎日玄関に現れるわけではないのよ」

〝いい男〟とは、もちろんゲイブ・マクブライドだ。確かに、熱心に新聞社の仕事にとり組んでいるし、いい人だと思う。だが、いい人である以上に危険な男だ。少なくともフレディの心の平静にとっては。

ゲイブが来てから、夜ぐっすり眠れない。眠ろうとすると、頭上の足音が気になる。食事時には、むかい側に座った彼を意識してしまう。昨夜わざと手に触れてきたときには心臓がとび出そうになった！

いったいどういうつもりだったのだろう？

ばか言わないで。誘ってきたに決まっているでしょう。口説こうとしていたのだ。一泊十五ポンドの下宿人以上の関係になるのも時間の問題だという目で、こちらを見ていた。

ゲイブ・マクブライドに関しては、〝ベッドと朝食〟を提供すると考えるのも抵抗がある。

〝ベッド〟という部分が親密すぎる気がする。

「大人の男性がそばにいるのは、子供たちにもいいことよ」ミセス・ピークはフレディの動揺に気づかずに続けた。「あの人、子供たちが好きでしょう」

子供たちも、本物のカウボーイに夢中だ。エマは一度〝カウボーイ〟の定義が訂正されると、チャーリーと同じくらいゲイブに魅了された。

困ったことにゲイブはチャーリーにブーツとチャンピオンベルトを身につけさせ、ロデオチャンピオンがどういうものか子供たちに教えてしまった。昨夜フレディは、子供たちがとうに寝ているはずの時間にチャーリーの部屋で話している三人を見つけた。「ハリケーンに乗るようなものさ」ゲイブの声が聞こえる。「ハリケーンを知っているかい、エマ？」

ドア口に立って叱ろうとしたとき、娘が興奮に目を丸くするのが見えた。「おっきい嵐でしょう」

「そのとおり。その嵐にまたがっているのを想像してごらん。角で人を突き刺したくてたまらない暴れ牛が、鼻息荒く地面をかいてにらんでくる――」

「寝る時間よ」フレディは話をさえぎった。

「まだだよ、ママ！」チャーリーが抗議した。

「待ってよ。ゲイブ、教えて！」エマが懇願した。

「ミスター・マクブライドでしょう」フレディは訂正させようとした。

ゲイブが眉をつり上げた。「言っただろう。友達どうしはファーストネームで呼び合うものだよ」

確かにゲイブと子供たちは、どう見ても友達だ。フレディが断固として遠ざけようとしているのに、子供たちは全力でゲイブに近づいていった。

この子たちは、大人の男性にかまってもらうことに飢えていただけだ。だがよりによってロデオとは。

「もう十時よ！」

「お願い、ママ」チャーリーの目が熱意で輝いている。こんな目を二度と見られないのではないかと恐れていた。夫が死んだとき、息子は六歳だった。父親とともにした冒険を覚えていて極度に恋しがった。

「手短にすませるよ。この子たちに徹夜させたくはないだろうからね、フレッド」

そして、これよ！　ゲイブはここへ来た翌日から、そう呼び始め、子供たちを笑わせた。フレッド！

誰もそんな呼び方はしないのに。フレディの知る限りいちばん無謀な男だったマークでさえ。

だが、ゲイブはそう呼ぶ。青い目がからかうように笑っている。人にからかわれるのは久しぶりだ。

フレディは、その目には抵抗したが、話にはあらがえず、口をぎゅっと結んだ。「いいわ。短くね」

「八秒だよ」ゲイブは約束して、ベッドの隣を叩いた。「座って、フレッド。アメリカ文化講座だ」

フレディは、しかたなく座った。

話は八秒より長かった。どうやら八秒というのは、資格を満たすために暴れ牛に乗っていなければいけない時間らしい。いったい、何の資格？

とにかく、ゲイブが上下左右に振りまわされる八秒間を描写するのに少なくとも五分かかった。話を聞いているだけで、ゲートが開いてから、地面に着地し、角を突き立てようとする牛の前を全速力で走って柵を乗り越えるまでの一瞬一瞬が想像できた。

「でも、成功したんでしょう？」エマが尋ねた。

「もちろんだよ。だからここにいるんだろう」チャーリーが言った。

ゲイブはエマの小さな肩に腕をまわした。「まだ無事に生きてるよ、スイートハート」

ゲイブが娘を見る優しいまなざしに、フレディは胸が締めつけられた。あるいは〝スイートハート〟という呼び方を聞いたからかもしれない。エマが深読みしすぎなければいいが。

ゲイブは新聞社を立て直しに来ているだけでモンタナに本来の生活がある。ここにとどまりはしない。

フレディは立ち上がった。「いいお話だったわ。さあ、もう寝る時間よ」

「でも――」チャーリーはまだ話を聞きたそうだ。

ゲイブも立ち上がった。「ママの言うことを聞くんだ。カウボーイやカウガールもボスの言うことを聞くぞ」

「カウガールもいるの？」エマが目を丸くした。

「ああ、うちにも一人いるよ。クレアというんだ」

ゲイブは特別な人を思い浮かべるように微笑《ほほえ》んだ。ゲイブの帰りを待っている恋人かもしれない。

エマはそんなことは気にしなかった。「わたしもカウガールになれる？」

ゲイブはうなずいた。「カウガールになるには、早く寝れば、それだけいいスタートが切れる」

残念ながら、新聞社にはボスの言うことを聞くカウボーイもカウガールもいなかった。

そこでゲイブは全部自分でやった。地元の電気技師を呼んで配線工事を頼み、パソコン三台と関連するソフトウェアを注文し、コーヒーを買った。

それから、指示したやり方で従業員が仕事にとりかかるのを期待して待った。

一週間半経って照明は明るくなった。コンセントはたくさんあるが、パソコンは机に置かれたまま電源が入っていない。イギリス人は話を理解しないだけでなく、あらゆるものを違う名前で呼ぶ——電気コンセントをパワーポイントと呼ぶとか！

コーヒーも封を切っていない。

社説は以前と変わらず尊大で村の関心事には触れていない。ビアトリスに町中の店に電話しろと言ったのに、地元の新しい広告主は一軒もない。

ゲイブは頭を抱えた。威厳たっぷりに命令するのも、支配者になるのも、もはやこれまでだ。

ランドールなら、そのやり方でうまくいくかもしれないが、ゲイブには合わない。

もちろんランドールには勤勉で賢明な決断を下すという評判があるから、皆が信頼する。

ゲイブには何の評判もない。経験も信用もない監督代行として、能力を示さなければならない。問題はそこだ。自分らしいやり方でいくべきだったのに、ランドールになろうとしていた。

ゲイブは立ち上がり、目につくものすべてをブリーフケースに放りこんだ。ブリーフケースだって！何様のつもりだ？　そして家に帰ると宣言した。

「家？　アメリカに？」ビアトリスが驚いた。

パーシーは、ドアへ向かうゲイブに勝ち誇ったように言った。「カウボーイ流も、ここまでですな」

ゲイブは立ち止まって振り向いた。「ミセス・クロスマンの家で計画を立ててるんだよ。月曜の早朝にまた来る」当惑した顔を次々に見まわし、最後にパーシーを見据えてゆっくりと笑みを浮かべた。「カウボーイを迎える覚悟をしておいてくれ」

3

スタントン・アビーには幽霊がいると言われている。ヘンリー八世に追放されたことを恨む修道士の霊だ。フレディはその幽霊を見たことがない。いるはずのないものの存在は信じない性質《たち》だった。

ゲイブ・マクブライドが来るまでは。

今では、彼が新聞社やパブに行っていて不在だとわかっているのに、なぜかそこにいる気がする。

子供たちもゲイブのことばかり話している。

「ゲイブはこれができる……ゲイブなら、こう考える……ゲイブが乗馬を教えてくれる……ママとおばあちゃんとおじいちゃんとゲイブに神のお恵みを」

これでは、彼のことが頭から離れなくても当然だ。

だが、一部は自分のせいでもある。自分の内面には何か致命的な欠陥があって、それが磁石のように作用して、避けたほうがいい男性に惹《ひ》かれてしまう。

毎日外に働きに行ければ、気がまぎれただろう。

だが管理人として、昼間は敷地内で過ごしている。屋敷に行くたびに代々の肖像画に見下ろされるが、その多くがゲイブと同じ黒髪と青い目だ。すでに頭の中に住みついている男の二次元版に囲まれているような気がする。そして夜、家に帰れば本物がいる。

ゲイブは本人が望んだとおり家族の一員になりつつある。子供たちは喜んでいるが、フレディは違う。彼はあまりにもハンサムで精力的で……男性的だ。

ゲイブがいると、求めてはいけないものを求めてしまう。子供たちもそうだ――ゲイブといると、冒険や興奮や危険を求めてしまう。

「少しの冒険は、誰の害にもならないよ。あの子たちは温室育ちだ。わくわくすることが必要だよ」

それなら物語の読み聞かせで十分だ。だが、ゲイブと子供たちの意見は違った。

土曜の朝目覚めると、家の中が妙に静かだった。最初は全員朝寝坊しているのだと思った。ゲイブは大人だから、週末の朝寝を楽しむ権利があるが、子供たちに土曜の朝を無駄にさせてはならない！

何かおかしい。

フレディは急いでベッドから出てガウンをつかみ、子供たちの部屋を見に行った。恐れていたとおり、二人ともいなかった。階段を駆け下りると、調理台の上に洗ったシリアルボウルが重ねて置かれ、きれいに拭いたテーブルに書き置きだけが残されていた。

〝ボルト家の放牧場でカウボーイになってきます〟

カウボーイ？　ボルト家の放牧場で？

ジョサイア・ボルトは羊を育てている！　まさか。

だが三十分後、フレディがようやくボルト家の放牧場の境界壁にやってくると、ゲイブがチャーリーに、とまどう羊の頭をめがけて投げ縄を教えていた。

「羊に投げ縄はできないわよ！」フレディは叫んだ。

ゲイブが顔を上げて笑った。「できるよ」

「ジョサイアが怒り狂うわ！　ただでさえ、近所づき合いが難しい人なのに。きっと羊毛の品質をおびやかしていると文句を言われるわよ！」

ゲイブは笑いだした。

「本当よ。あの人なら、そう言うわ。それに羊によくないのは確かよ。スタントン家はずっと最先端の農業を担う責任者として尊敬されてきたのに――」

ゲイブは言った。「わかった。縄は投げない」

子供たちはがっかりした顔でゲイブを見てから、非難するような目を母に向けた。

「羊には投げない。何かほかのものを探そう」ゲイブは訂正し、子供たちに約束した。「牛を借りられるかもしれない」ゲイブはフレディを見た。「近所で牛を飼っている人は？」

「伯爵よ。受賞したヘレフォード種がいるわ」

「だめだ。アールに怒られる。引退した牛がいい」

数時間のうちに、ステラが手に入った。

ちょうど立ち寄ったミセス・ピークのおかげで、ミスター・ウェアが乳の出が悪くなったステラを売りに出すことがわかった。「あの人も売りたくはないのよ。ステラは家族の一員みたいなものだからね。でもそうは言っても採算重視の人だから。今売らなかったらいずれ解体業者に引き渡すことになるし」

「解体業者？」チャーリーとエマは震え上がった。

「ステラを引きとろう」ゲイブが言った。

午後にはミスター・ウェアがステラを届けに来た。ゲイブはステラを小さな納屋に入れた。

「うちで牛なんて飼わないわ」フレディは反対した。

「これからは、飼うんだ」

どうやら、そうらしい。子供たちは大喜びだ。ゲイブは肩の荷が下りたような顔で、ステラに手押し車で干し草を運んでやりながら口笛を吹いている。

「居心地よくしてやってね」皮肉をこめて言った。

「最先端の農業がどうとか言ったのは、きみだぞ」

「確かに言ったわ」フレディはゲイブが熊手で干し草をならすのを見ていた。「誰が乳をしぼるの？」

まばたきしたゲイブは赤面したように見えた。耳をかいて唇を噛《か》み、やけくそ気味に周囲を見まわす。

「あなた、カウボーイでしょう」

「カウボーイは乳しぼりなんかしない！」

フレディは微笑《ほほえ》んだ。「これからは、するのよ」

ゲイブのことは、評価しなければならない。

明らかに乳しぼりには乗り気でなかったが、フレディがこう言うと、ゲイブは笑みを浮かべた。「あなたがチャーリーとエマに投げ縄を教えられるなら、わたしだってあなたに乳しぼりを教えられるわ」

「そうだね。きみがやってみせてくれるなら」

乳しぼりは十二歳の夏休みをサマセットにある祖父母の農場で過ごしたとき以来だが、フレディは陽気に言った。「もちろん、いいわよ」

珍しく主導権を握れて、いい気分だ。

それからステラの横に並んで座り、彼の手の上に自分の手を重ねて、正しい乳首の引っぱり方を教えようとして、二の足を踏んだ。乳しぼりを前戯だと考えたことはなかったが、ふいにそう思えてきた。ばかげている。ゲイブはセクシーなことなど考えていないはずだ。だが、寄り添ってこの作業にとり組んでいると、ひどく親密な空気になってくる。

手や腿が触れ合い、頭も近いので、お互いの髪が頰をくすぐる。息遣いも聞こえる。初めて出た乳がバケツの底を叩《たた》いた際には、振り向いて笑ったゲイブの吐息を唇で感じた。さらに近づいてくる。

「まあ、いいわ！」さっと立ち上がった拍子にバケツをひっくり返しそうになった。「やっぱり、カウボーイは乳しぼりしなくていいわ。わたしがやる」

ゲイブは笑った。「フレッド、本当か？」

頰が紅潮する。「ええ、ガブリエル、本当よ」

その呼び方で、フレッドと呼ばれるのと同じいら立ちを感じさせて身の程をわきまえさせようとした。

だが、彼は笑みを浮かべただけだった。「母が天使の名前をつけたんだ」

「お母様は七人の先祖にちなんで名づけたんでしょう。お屋敷の壁から毎日わたしをにらんでくるわ」

「それで、ぼくのことを考えるんだね」

「考えないわ！」

「嘘《うそ》だ」静かにからかうような声に、肌が粟立《あわだ》った。

フレディは言い返せなかった。突然、納屋に子供たちが入ってきたからだ。

「乳しぼりした？　もう投げ縄できる？」

「まだだよ。もう少し落ち着かせる時間が必要だ」

ゲイブと目が合い、フレディは赤面した。それかったバケツを持って家に向かって歩きだした。「夕食のしたくをするわ」さりげなく聞こえるように言った。「三人であと一時間カウボーイごっこをしてて」

「ステラがいないとできないよ」チャーリーがむっとした様子で言った。

「ステラに投げ縄できないなら、やることないもん」エマがつけ加えた。

「ゲイブとお屋敷へ行くといいわ。幽霊に投げ縄できるかもしれないわよ」フレディは提案した。

ここでは宿泊客をよく屋敷へ案内して幽霊話で楽しませる。幽霊の家を奪った一族の子孫以上に、このもてなしにふさわしい客はいないではないか。

「幽霊？　何の話だ？」ゲイブは警戒している。

「幽霊の話を聞いたことない？」フレディは尋ねた。

「ランドールがよく話していたが、信じなかった」

「信じるべきだったかもね。チャーリーから聞いて」フレディはちゃめっけたっぷりに目を輝かせた。

チャーリーは喜んで話しだした。「修道士の幽霊だよ。身長二メートルで脇の下に頭を抱えて――」

「チャーリー！」フレディはたしなめた。

「ごめん。頭はまだついてるよ。でも月のない夜にはうめくんだ。ヘンリー八世に追放されて……」

三人が屋敷に向かって遠ざかっていったあと、フレディはほっとひと息ついた。

「キスされるところだったわ」ステラに話しながら、間一髪で危機を脱したことで、まだ震えていた。干し草を頬張ったステラは、関心なさそうに見返した。

完成した夕食をテーブルに並べたところでドアが開き、ゲイブと子供たちがキッチンに入ってきた。

「お屋敷に泊まるよ！」チャーリーが叫んだ。

「幽霊を見るの！」エマが大声で言った。

「それで記事を書くんだ」チャーリーが続けた。

「今夜ね」エマが締めくくる。

フレディは子供たちから後ろに立っている男性へと視線を向けた。「どういうこと？」

「屋敷に泊まって二メートルの顔なし修道士のことを調査するんだ。それを後世に残るように記事にまとめて、新聞に載せる」ゲイブが言った。

「あまりいい考えとは……」反対しかけて、途中でやめた。三人が息をつめて答えを待っている。

「ママ、ぼくたち怖がったりしないよ。約束する」チャーリーが毅然《きぜん》として言った。

「うん、絶対」エマはそう言って唇を噛んだ。フレディは、娘の手がゲイブのたくましい腿につかまろうとしているのを見た。そこへ下りてきたゲイブの手が、エマの小さな手を覆った。

「チャーリーはずっとやりたかったんだ。つき合ってくれる大人が見つかったら、やっていいと約束したんだろう。ぼくが、その大人だ」ゲイブが言った。

フレディはこぶしを握りしめ、つばをのみこんだ。

「心配なら、一緒に来ればいい」

「一緒に？　泊まるってこと？」

ゲイブはウィンクした。「ぼくと一緒にね」

首から顔へと熱が上がってくる。

「みんなで一緒にね」大人の駆け引きなど感知しないエマが無邪気に言った。

「ママはそんなことわかってるよ」チャーリーがばかにするように言った。「どう？　ママも来る？」

三人が再び息をつめ、目を輝かせている。子供たちの目は意気込みで、ゲイブは……何か別のもので。

行くべきではない。だが、息子に約束したのは事実だ。娘も行きたがっている。ゲイブに二人の面倒を見させるわけにはいかない。自分の子なのだから。

たったひと晩だけだ。屋敷は広い。全員で同じ部屋にいなければいけない理由はない。

「わかったわ。いいわよ」

アールがこれを見たら、何と言うだろう？　ゲイブは薄暗い主寝室を見まわして笑みを浮かべた。

何百年もの間、スタントン家の歴代の主《あるじ》が使ってきた古い豪華なベッドの上で、四人は寝袋、懐中電灯、チョコビスケットの小袋二個に囲まれている。アールなら激怒するだろう。

フレディが代わりに怒っていた。

「ここには泊まれないわ！」ゲイブがこの部屋へ皆を連れてきた当初、フレディは反対した。

「やつはここに出るんだろう。この部屋にいないと見られないじゃないか」ゲイブは異論を無視して全員を部屋に入れ、ベッドの上に寝袋を広げ始めた。

「本当にここに泊まるの？」チャーリーは分厚い錦織のカーテンと天蓋がついたベッドに目を丸くした。

「ひ、ひと晩中？」エマはつばをのみこんだ。

「ひと晩中では――」フレディが言いかけた。

「ないよ」ゲイブが言った。「幽霊を見るまでだ。ただし――」子供たちに笑いかける。「きみたちが眠ってしまわなければね」

まさか、というように二人はゲイブを見つめた。

ようやく十二時になったとき、二人は眠る寸前だった。もちろん、何かがきしむ音がするたびにとび上がり、ふくろうの声に震え上がり、窓から入る隙間風が幽霊のように部屋の中をまわるのに息をのんでいたら、さぞ多大なエネルギーを消耗しただろう。疲れるのも無理はない。

幽霊より先に出会ったのはねずみだ。エマの悲鳴で、ねずみのほうもエマと同じくらい怖がっていた。

その後、フレディが落ち着かせて、子供たちはじっと幽霊を待った。フレディは子供たちを見守り、ゲイブはフレディを見ていた。

薄暗い中では見分けるのがやっとだったが、それでもゲイブは見ないではいられなかった。

全員をこの部屋に入れたのは名案だった。フレデイを好きなだけ眺められる。昼間はゲイブ自身が出かけてしまう。食事時はフレディがとびまわっているし、子供たちもゲイブに構ってもらいたがる。

だが今夜、おしゃべりがやんで子供たちが静かになったあと、ついにフレディ・クロスマンをただ眺めていられる機会が訪れた。

眺める以上のことがしたいのに。

イギリス人、寡婦、二児の母！　年上すぎるというのは間違いだった。絶対に避けるべき女性にこれほど執着する自分をいくら責めても、惹かれる気持ちを抑えられない。

ほかに誰もいないからだと毎日自分に言い聞かせていたが、それは真実ではなかった。

昨日、新聞社の前の通りでバックワーシーの二人の美女に出会ったのだ。その二人の祖母が言った。

「閣下の旧友のオーロラ・ポンソンビです」

アールのことを話しているのだと気づくのに、しばらく時間がかかった。それから精いっぱい礼儀正しく立ち話をしたが、パーシーを言い負かすほうがよほどましだと思った。またしても前例がないと文句を言いに、パーシーが外までついてきていたのだ。

当初、二人の孫娘にはほとんど気づきもしなかった。オーロラ・ポンソンビがかなり強引に孫娘たちの長所をほめそやしたのは打算があったからだと、あとになって気づいた。孫の結婚相手として、つかまえたい男だと思ったのか？

冗談じゃない。つかまるつもりなどない。

だが、フレディには惹かれてしまう。

絶対に何も起きるはずがないなら、皆をベッドの上に誘いこんだのは本当に賢明だったのだろうか？

まあ、絶対に何も起きないとは限らないが……。

ゲイブは肩の力を抜いて、フレディに近づいた。

「二人とも寝ちゃったわ。もう帰りましょう」

「え？」

「だって、眠らなければ、と言ったじゃない」

「帰るなら起こさなければいけない。まだいいよ」

「ひと晩中ここにはいられないわ！」

「どうして？」

「だって」フレディは言いかけてやめた。ゲイブを見て、すぐに目をそらす。「もう行かないと」それは自分に言い聞かせているように聞こえた。

「もう少しだけ」ゲイブは微笑んだ。「わからないだろう？　本当に幽霊が現れるかもしれない」

「十歳のときから信じていなかったくせに」

「いや、十歳の頃とはずいぶん変わったよ」十歳の頃には想像もつかなかった欲望で声がかすれる。

フレディは自分とエマを包む寝袋を引き上げ、再びベッドに身を沈めた。ゲイブは少し安心した。

「きみは本当に頑張って、この屋敷を改修しているんだね」しばらくしてから、ゲイブは言った。今でも世界でいちばん寒くてじめじめした家に思えるが、先刻案内してもらい、屋敷の維持がどれほど大変で、フレディがどんなによくやっているかがわかった。

「頑張ってはいるわ。適任かどうかはわからないけど、スタントン卿《きょう》にどうしてもと言われて……」

「改修を始めて、どれくらいになるんだ？」

「伯爵家で働いていた夫のマークが亡くなってから。嵐の中、カレーからヨットを戻そうとして亡くなったの。伯爵は責任を感じているのよ。そんな必要ないのに。無謀だったのはマークなんだから。誰に頼まれたわけでもなく、自分から危険を冒したのよ！」フレディは唐突に黙った。これ以上声を大きくすると子供たちが起きてしまうと気づいたようだ。

「まだ……」ゲイブは言いかけてやめた。なぜか詳しく分析したくない気がする。「まだ恋しい？」ばかな質問をした！　愛して結婚した人だ。恋しいに決まっている！　「その、つまり、すごく？」答えてくれないだろうと思った。無礼で立ち入った質問だ。「ごめん。そんなことをきく権利は――」

「恋しいわ。でも今では、ぽっかり穴が開いたような感じよ。つらくはないの。ときどき腹が立つだけ。命を無駄にしたんだと思うわ。子供たちの成長を見逃しているのよ！」フレディはこぶしを握りしめた。

ゲイブは思わずその手を上から覆った。フレディが手を引っこめると思い、少しだけ手に力をこめた。だが、ほんの一瞬抵抗しただけで、フレディの手から力が抜けた。ゲイブはゆっくりと息を吐きだし、親指で彼女のこぶしをなでた。指を曲げてこぶしを包む。じっと動かさないで、呼吸だけを続けた。

どうしようもなくフレディ・クロスマンがほしい。

急に乾いてきた唇に舌を走らせる。ジーンズの中に少し空間を作ろうと、体の位置をずらした。親指でフレディの手の側面をなでる。肌が柔らかい。働き者の手なのに、今までに触ったことのある誰の手よりも柔らかい気がする。その手を唇に近づけた。

フレディは息をのんだ。手がかすかに震えている。その震えが全身に走るのが感じられたが、そっと唇を押しつけても、フレディは手を引っこめなかった。

「ゲ、ゲイブ」かすれた声には、ほんのかすかな異議と、ゲイブと同じくらい強い渇望が感じられる。

「うーん」ゲイブは指の上に舌をすべらせた。

「ゲイブ！」衝撃を受けながらも渇望している。

「フレッド」唇をゆがめて指をついばみ、眠っているエマをよけてフレディを抱きしめた。

フレディは進んで身を寄せてきたが、その間ずっとささやいていた。「子供たちが――」

「二人とも、ぐっすり眠っているよ」

「だめ。できないわ」フレディは身をこわばらせた。

「何もしないよ。キスして……触れ合うだけだ」

「約束よ」

ゲイブは約束した。本気だ。

フレディとしたいことをするのに、観客はいらない。初めてのときに人目を気にしたり、無理強いしたり、慌てたりしたくない。時間をかけて心ゆくまで愛したい。それに、もう青二才ではない。フレディがほしくてたまらないが、待つことはできる。だが、その間にも満足感は高められる。キスしたり、なでたり、触れたりして。

時間をかけて、この経験を楽しんだ。フレディは息をつめて緊張していたが、やがて腕の中で徐々にリラックスし始めた。頬に唇が触れ、首に鼻を押しつけられ、ゲイブの背筋は抑えがたい欲望に震えた。

ゲイブは唇を噛んで自分に言い聞かせた。〝約束したじゃないか。おまえはタフだ。自制しろ〟

「や、やっぱり、あまりいい考えではなかったな」かすれ声でささやき、ゆっくりと身を引いた。

「そ、そう？」フレディはとまどい、残念そうだ。

「ぼくは――」だが本当の望みは口に出せない。うつむいて息を吸いこんだ。「ちゃんとしたいんだ」

何を伝えたいのか、自分でもよくわからない。ただ、これは違うということだけは確かだ。

困惑したようなフレディの表情が明るくなった。口元に笑みが浮かぶ。「ゲイブ」フレディは身を乗り出してゲイブに口づけをした。舌が触れ合う。

自制も限界だ。

「フレッド！」息をのんで身を引いた。

「え？　幽霊が出た？」チャーリーが目を開けた。

フレディもヘッドボードに寄りかかった。ゲイブは歯を食いしばって答えた。「音がしただけだよ」

それはゲイブ自身の心臓がどろどろ音だ。

「ばかな幽霊だな」チャーリーは目をこすってあくびをすると、母親の膝に頭をのせて眠ってしまった。

ゲイブとフレディは子供たちの上で顔を見合わせた。フレディは苦笑している。

「家に帰ったほうがよさそうだな」ゲイブは言った。

フレディは洗濯物を畳みながら鼻歌を歌い、居間を掃除しながらダンスのステップを踏んでいた。

〝あなたの笑顔が増えてよかったわ〟今朝立ち寄ったミセス・ピークが言っていた。

〝そうですか？〟自分では気づいていなかった。

〝あのハンサムなゲイブ・マクブライドがいれば、女なら誰でも笑顔になるわよ〟

〝どういう意味かしら〟わからないふりをした。

だがミセス・ピークは笑っただけだった。彼女自身ゲイブに心を奪われていた。ハンサムだからではない。月曜の朝ここへ立ち寄った際、出勤前のゲイブに、新聞社で働いてほしいと頼まれたのだ。

ミセス・ピークは生まれて初めて言葉を失い、目を丸くしてゲイブを見つめた。〝あなたの会社で働いてくれというの、ミスター・マクブライド？〟

〝そうです。あなたはもったいぶったパーシーより、はるかにこの地域のことをわかっているでしょう〟


そしてゲイブは彼女の自転車をレンジローバーの後ろに積みこみ、二人で新聞社へ向かったのだ。

あとでゲイブはフレディに語った。〝ミセス・ピークは社員として適任だ。あちこちに首を突っこんでいるし、各家庭の事情にも詳しい。間違いなく州でいちばんの取材記者だ。とにかくスタントン家は彼女がしていることに給料を払ってもいいと思う〟

パーシーはこれにひどく腹を立てた。

パーシーにとっては、終焉《しゅうえん》の始まりだった。

ミセス・ピークがニュースを集め、ゲイブが書く。「今週の社説はぼくが担当する」ミセス・ピークを雇った日、ゲイブはパーシーに告げた。

「でも、前例が――」

「ないだろうが、これから始めるんだ」ゲイブは、なおも騒ぎ立てようとするパーシーに言った。「こういうとき、モンタナではどうやって解決するか知ってるだろう？」両手でこぶしを作る。

パーシーはぶつぶつ言いながらも〝大慌てで〟部屋を出ていった。闘い抜くつもりはないようだ。

　新聞社では、改革が続いた。

　ゲイブは自分でコーヒーをいれ、皆にはティーバッグを買ってきて、ビアトリスを広告担当にした。

「きみはバックワーシーの全員と知り合いだろう」

　ゲイブはビアトリスを連れて戸別訪問し、商店主に自己紹介してまわった。

「みんな、わたしのことは知っています」ビアトリスが異議を唱えた。

「そこが重要なんだ。みんな、きみを知っているけど、ぼくを知らない。きみがかけ橋になって、新聞がどう役に立つか、みんなにわからせてくれ」

　こうしてゲイブとビアトリスは村中をまわって新聞について話し合い、どうすれば町や近隣の村に最良のサービスを提供できるか尋ねた。皆の記憶では、尋ねられるのはこれが初めてだそうだ。商店主たちはゲイブとビアトリスにいろいろな話をしてくれた。もちろん、いつものようにミセス・ピークにも。

「ミセス・ピークのような人がもっと必要だ。村ごとに一人か二人」ゲイブはフレディに言った。

「婦人会にきいてみるといいわ」ジーンズにブーツのモンタナ・カウボーイが、物静かで貞淑な婦人たちの集まりに現れたら何と言われるか想像がつく。

　ゲイブは行かないだろうとフレディは思っていたが、すぐに彼を甘く見てはいけないとわかった。

「名案だったよ」あとになってゲイブは語った。「みんなが今日の新聞でぼくの社説を読んでいたことも役に立った。ぼくが誰だかわかったみたいだ」

　ゲイブがこの州に足を踏み入れた瞬間から、皆誰だかわかっていたはずだが、彼の思いどおりに成功するとは、フレディにも予測できなかった。

「あの人は新鮮な息吹ね」ミセス・ピークが言った。

　むしろ、つむじ風に近い、とフレディは思った。

突然静かな生活に舞いこんできて、根底から覆した。胸の鼓動を速め、再び生きている実感をくれた。

気持ちが浮き立つけれど、同時に怖い。

鼻歌を歌ったり踊ったりしている場合ではない。

ゲイブ・マクブライドと自分に未来はない。

彼は数週間か、早ければ数日でモンタナへ帰ってしまう。独身生活を続けるつもりだと公言していた。

一度話に出たクレアが恋人かと疑ったが、慎重に質問した結果、クレアにもほかの誰にも興味がないと確信した。多くの女性と気軽に遊んでいるらしい。

とはいえ、屋敷のベッドでともに過ごした夜には、無理に求めてこなかった。当然だ。エマやチャーリーがいたのだから。けれどキスはしたし、目が本気だった。〝ちゃんとしたいんだ〟とも言っていた。

まるで、二人の仲がいつかそうなるというように。

それを強く望んでいる。ゲイブがほしい。

愚かだけれど、求めずにはいられない。

4

パーシーは簡単には降参しなかったが、ゲイブは気にしなかった。健闘が楽しいからばかりではない。

牛乗りや牧場の仕事を始めたときと同じ決断力が新聞社でも役に立つとわかり、成功するためにランドールになる必要はないと気づき、気が楽になった。

もしパーシーが毎日〝そんなことは許さない〟と言ったとしても、いっこうに構わない。フレディや子供たちと一緒にいられる時間が長くなるからだ。

ほんの数週間でフレディ一家とこれほど深く関わるようになったとは驚きだ。羊に投げ縄しようとして乳牛を飼うことになった。子供たちに毎晩西部の暮らしについて話して聞かせるうちに、カウボーイやロデオが出てくる映画を探すようになった。二人ともロデオを見たことがなかったので、ランドールに全国大会決勝戦の動画を送ってもらった。

新聞社の話はしないと決めて電話したが、尋ねられもせず、ゲイブも牧場のことをきき忘れた。

子供たちに動画を見せたのは大成功だった。はねまわる牛に八秒間乗り続けようと挑むカウボーイの姿は二人を驚かせ、それを見るゲイブを喜ばせた。

そして子供たちは何かに乗ってみたくなった。

「絶対にだめよ！　子供たちに牛乗りなんか教えないで！」フレディは言った。

「馬だよ。馬に乗れないとカウボーイにはなれないからね」そしてフレディの沈黙をしぶしぶの了解と解釈して、馬を貸してくれる人を探した。ありがたいことに、ミセス・ピークが連絡先を知っていて、翌日には全員に馬が借りられた。フレディの分も。

フレディは最初拒否していたが、ゲイブは説得した。我が子の大成功を現場で見届けたいだろう？

結局フレディも来た。実のところ、彼女は乗馬の名手で、落馬したのはゲイブのほうだった！

まったくもってばつが悪い。しかしゲイブのせいではない。いまいましい雉《きじ》と臆病な馬と妙に小さい英国式の鞍《くら》のせいだ。腰を落ち着かせる場所もない。

「大丈夫？」三人が心配そうにかがみこんだ。

プライドが傷ついた。尻も。

「大丈夫だ」ゲイブは慌てて立ち上がり、ジーンズにこびりついた泥をはたいた。

「ヤッホー！」遠くの道端に自転車をとめていたミセス・ピークが手を振った。赤いセーターをはためかせながら、メモ帳をとりだして走り書きを始める。

ゲイブはうめいた。

フレディは喜んだ。「明日の大見出しが楽しみ」

「〝編集長、新人記者を解雇〟」ゲイブはぼやいた。

だが、フレディは笑ったまま首を振った。「彼女、仕事には真剣にとり組んでいるでしょう」

ゲイブも笑った。残念ながら、そのひたむきさは認めなければならない。老婦人は活字になることにわくわくしている。パーシーの反対を押しきって彼女の初めての記事が世に出たのは、先週の木曜日だった。それ以来ずっと老婦人は有頂天だ。

今はどこにいても、婦人会から加わった二人の新人を凌《しの》ごうと猛烈な勢いで自転車をこぐ赤いセーター姿のミセス・ピークが見える。落馬の記事がほかの重大ニュースのある週に出ることを祈るばかりだ。

ゲイブはここでの暮らしに満足しているようだ。

フレディは、彼が子供たちに投げ縄や乗馬を教えるのを見守った。ミセス・ピークを励まし、新聞を絶滅から救うような成果が上がるたびに喜ぶのも見たし、居間で〝タイミング〟を狙っているのも見た。

そして、つい考えてしまう――ゲイブ・マクブライドと愛し合うのは、どんな感じだろう？

ゲイブは、いずれいなくなる人だ。それは間違いない。いつも子供たちに牧場の話をしている。

「帰ったら……牧場には……」

すばらしいところのようだ。雪を頂く山々と渓谷の前に広がる大地。フレディには想像もつかない。

そこでゲイブはまたランドールに電話して、牧場や家族やロデオの写真を送ってもらった。

子供たちもフレディもすっかり魅せられた。

「うわ、すごい」チャーリーが息をのんだ。

「これが牧童小屋？」エマが尋ねた。居間のテーブルに写真が広げられ、エマはゲイブの膝の上、チャーリーは隣に立っている。

「牛がいっぱい」エマが一枚の写真を指差した。

「カウボーイもいっぱいいるね。ぼくもカウボーイになれたらいいのに」チャーリーが言った。

ゲイブはその頭をなでた。「いつかなれるよ」

フレディはゲイブを英雄崇拝している息子を見て〝間違った希望を抱かせないで〟と言いそうになって唇を噛《か》んだ。近頃チャーリーの目は輝き、足取りも軽くなっているが、フレディは何も言えない。マークの死後、チャーリーはこういう目の輝きや熱意を失っていた。カウボーイを目指すようけしかけてはいけないとわかっているが、息子の夢をつぶすこともできない。今はまだ。

どのみちチャーリーは不可能に近いとわかっている。もう小さな赤ちゃんではないのだから。ゲイブが去ることも知っている。ゲイブ本人が、期限つきの滞在だと公言していた。だから実際にその日が来ても、息子はうちのめされはしない。

思い出はずっとあとまで残る。

フレディは毎日自分にそう言い聞かせている。それで十分だと思えるといいけれど。

それは、息子だけの話ではない。

「今夜はそれくらいにしなさい。もう寝る時間よ」写真に夢中になっている子供たちに言った。

「でもロデオの写真も見ないと！」

「お願い。ゲイブが牛に乗ってる写真が見たい！」

「動画で見たでしょう」フレディも見た。恐怖で目をつぶるまでは。

「でも――」

ゲイブはエマを膝から下ろした。「本物のカウボーイなら命令に従うんだ。さあ早く」

ゲイブのひと言で子供たちは二階へ駆け上がった。

「わたしの言うことを聞こうとしていたのに」

「わかってる。ちょっと急いでほしかっただけだ」

ゲイブの笑みに背筋が震えた。

「どうして？」フレディは聞きとがめて尋ねた。

「こうしたかったからさ」ゲイブはそっとフレディを抱き寄せてキスをした。

ゲイブが長い間しようと考えていたことを物語る、

濃厚で激しいキスだった。それはすばらしく温かく、フレディは考える間もなくキスを返していた。

長かった。とても長い間、孤独だった。

ゲイブが来て初めて、どれほど寂しい生活だったかに気づいた。もちろん子供たちがいる。二人を愛しているし、愛されてもいる。刺激をくれる二人の成長についていこうと努力もしている。

だがゲイブが来るまで、一対一で向き合ってくれる男性は一人もいなかった。それでも構わない。寂しいと感じる暇もない。そう思っていた。

それは間違いだった。

ゲイブの手、ぬくもり、たくましさ、すべてに大きな間違いだったと思い知らされた。

ゲイブはフレディを膝にのせて椅子に座り直したが、唇は離さなかった。

フレディのズボンからシャツの裾が引きだされ、ほてった肌を指がはい上がっていく。声をもらした唇を押し分けて舌が入ってくる。ヒップにゲイブの欲求のあかしを感じ、フレディは腕の中で体の向きを変え、腰を押しつけた。

ゲイブがうめいた。

「ママ、階下《した》に忘れ――あ！」階段を下りてきたエマが目を見開き、母親と同じくらい真っ赤になった。

フレディがゲイブの腕からとびだし、あまりの勢いで椅子が倒れそうになった。片手で髪をなでつけ、もう片方の手でシャツの裾を元に戻そうとする。

「どうしたの、エマ？」何てこと。声までかすれて、まともに出ない！

「さ、算数の教科書を忘れちゃった」エマは階段の途中から、母親とゲイブの顔を見比べている。

「じゃあ、早くかばんにしまいなさい。明日の朝、忘れるといけないから」フレディはシャツを直すのをあきらめて、写真をかき集め始めた。まるでずっと前から掃除をしていて、そのせいで顔が紅潮しているかのように。ゲイブの顔をまともに見られない。

エマは違った。ゆっくりと階段を下りながら、大人二人の顔をじっと見ている。エマはだまされていない。目を輝かせ、笑いをこらえるように口を引き結んで教科書をとると、大急ぎで戻っていった。

「チャーリー！　ねえ聞いて！」ささやき声が聞こえ、今度はフレディがうめいた。ゲイブは笑った。

「笑えないわよ！」フレディはうちひしがれた。

「確かに、ある意味ではそうだな」ゲイブはジーンズを直しながら顔をしかめた。「でも、起きてしまったことは、しかたがない」

「二度と起きないわ」フレディはゲイブのほうを見ないで、すばやく写真を片づけた。手が震える。

ゲイブが後ろに近づき、息が首にかかると、フレディは両手を握りしめた。「もっと気をつけよう」

ゲイブは首筋にキスしてウエストに両手をまわした。

フレディはその腕の中からとびだした。首を振り、向きを変えて腕組みをする。「だめよ」

「どういう意味だ？　何がだめなんだ？」

「こういう……」口には出せない！　事態をここまでに至らせてしまった自分に腹が立つ。「だめよ」

「キスが？」ゲイブはおもしろがるような口調だ。

フレディは歯を食いしばった。「そうよ」

「触れるのも？」

「だめよ」

ゲイブは首をかしげた。「どうして？」

まともな理由をあげられるとでもいうの？「それは……よくないことだからよ！」

「よせよ、封建時代じゃあるまいし。どうしてよくない？　お互い求め合ってるじゃないか！」

幸い〝そうよ〟と口走る前に、何とか考え直した。

「肉体がすべてではないでしょう。体が親密な触れ合いを望んでいても、心の望みは違うわ」

「ぼくは違わないよ」ゲイブは澄んだ青い目でまっ

すぐにフレディを見つめた。
フレディは顔をそむけた。「わたしは違うの」
ゲイブを愛しているはずがない！　それでは心が
体と同じ反応をしていることになってしまう。
それにゲイブだって、わたしを愛してはいない。
たまたま、ほかに誰もいなかっただけだ。彼には
一夜の気晴らしでも、わたしの心には大打撃になる。
フレディは再び断固として首を振った。「だめよ。
これは間違いだったわ」
「本当に？」彼は両手を下ろしたままフレディを見
ていたが、そうせずにはいられないというように手
を伸ばした。「フレディ」小さいが差し迫った声だ。
フレディは頭《こうべ》を垂れたまま、決然と首を振った。
「ゲイブ、お願いだから、もうやめて」
ゲイブは両手を下ろしたが、その場を動かない。
フレディはついに目を合わせた。「カウボーイは
指示に従って、するべきことをするんでしょう」

「触れ合うべきではないというのか？」
二人の視線は絡み合った。息をつめて見つめ合う。
断固抵抗する強さがほしい。負けない。くじけない。
フレディは必死でうなずいた。「そうよ。魅力的
だけど、やっぱりだめよ。危険……すぎるわ」
「危険」ゲイブは感触を確かめるようにその言葉を
繰り返し、口角を曲げた。「それが結論？」
これが最後のチャンスだ。〝チャンスをつかむの、
フレディ？〟自分に問いかける。「これが結論よ」
「仰せのままに、フレッド」ゲイブは向きを変え、
部屋から立ち去った。

翌朝、ゲイブはアールに電話した。「もう出るよ」
祖父は咳《せ》きこんだ。「ゲイブ？　そっちは、どう
なっている？　いつ電話しても、おまえは忙しくて
電話に出られないと、横柄な女の子が言うんだ！」
ビアトリスも学習したな。これは喜んでいい。

そのために来たんだろう？　事態を変えるために。

「何だって？　何を出るって？」アールが言った。

「ここだよ。六週間いた。もう十分だ」

アールはとがめるように舌打ちした。「がっかりするべきではないな。思ったより長くもったんだから。たとえ仕事が終わっていなくても」

「仕事なら、終わったよ！」

ゲイブは、地元に関する記事不足を改善したこと、婦人会から新たな派遣記者を雇ったこと、地元の店をまわって広告主を少し呼び戻せたことを祖父に伝えた。自信をつけたビアトリスは大いに力になった。

「今では地元の店が広告を出してくれるようになって、収益は六倍に増えたんだ」

「六倍？」アールは息をのんでいる。

「まだ、リスクがあるのは確かだ。広告で売上が増えなければ、半年後にはうちきる店も出るかもしれない。でも、ほとんどの広告主と半年契約を交わしてある。誰にあの新聞社を任せるにしても、半年あれば足場固めができるだろう」

「あのパーシーでは――」

「ちゃんとやっていきたいならパーシーはだめだ」

「本当か？　では、誰がいいと思う？」

「ビアトリスだ。話にも出てこなかったけどね」

「あの秘書か？」アールは大声で言った。

「彼女が会社を動かしているんだ。のみこみが速いし、利害に敏感だ。それに、うまいコーヒーをいれてくれる」いれ方を教えてくれと言われたのだ。

「ほう、コーヒーか。ビアトリスだな？　考えてみよう。提案をすべて書面にしてくれ。それから、おまえが行ってから今までの概要が知りたい」

「ファックスで送るよ」

「持ってきてくれ。どうせ帰る前に寄るだろう？」

おそらく寄るだろう。本当はアールの調査を受けずにさっさと帰国したいが、あの老人に生きて再び会えるという保証はない。それに祖父の予想をはるかに上まわる成果を見せてやりたい。

だが、いちばんの望みは立ち去ることだ。

体ではぼくを求めていても、心では求めていないというフレディと、これ以上食卓で向かい合っていたくない。顔を合わせるのも、話をするのもつらい。

「いつ来る？」アールが尋ねた。

「すぐだよ。週末までには必ず」ゲイブは約束した。

ゲイブが帰国すると聞いても、驚かないはずだったのに。颯爽《さっそう》と駆けつけて新聞社を救い、夕日の中を去っていく。まさにカウボーイのやり方だ。

それでもやはり、金曜日に出ていくと聞かされ、フレディはみぞおちに一撃を受けたような気がした。

チャーリーとエマは確実にうちのめされたようだ。

チャーリーは期待をこめて言った。「ロンドンに行くだけだよね？　おじいさんに会いに」

「ロンドンに寄って、そのあとモンタナへ帰る」口調は断固たる決意に満ちていたが、ゲイブは誰とも目を合わせようとしなかった。

フレディもゲイブのほうを見なかった。チャーリーがごくりとつばをのみ、エマが唇を噛んだ。フレディは、自分も唇を噛みそうになるのを必死でこらえ、かえってよかったのだと自分に言い聞かせた。

ゲイブがそばをうろうろして、微笑《ほほえ》みかけ、からかい、誘惑してくるよりはいい。

それが毎日続いたら、いつまで抵抗できるかわからない。ゲイブとベッドをともにすれば最高の思い出になるだろうが、彼は何の約束もしてくれない。二人に未来はない。わたしが求めるような未来は。

ゲイブはマイクのように――危険を冒す人だ。

わたしは二度と危険を冒せない。彼を愛し、いい思い出にすることさえできない。それではきっと満足できないからだ。

「でも、帰ってほしくない」その晩、ベッドでエマが言った。訴えかけるように母を見る。

「ゲイブはいつかいなくなるとわかっていたでしょう。新聞社を立て直しに来ただけなんだから」フレディはきっぱりと言った。

「そんなことないよ」チャーリーがドア口に立っていた。「ママが頼めば、ここに残ってくれるはずだ」

「ママがそんなことするはずがないでしょう！」

「してよ。きっといいパパになってくれるから」

否定したいが、できない。それでもフレディは言った。「ゲイブはパパになる気はないわよ」もしあったとしても、彼のような人はこちらが選ばない。

「ゲイブはわたしたちのことが好きよ。子供好きだと言ってたもん」エマが断言した。

「確かにそうね。そして、きっといつか自分の子供のパパになるわ」フレディはそう考えるのがあまりにつらくて、驚いた。

「でも、ぼくたちのパパにはならないんだね」チャーリーは最後にもう一度非難するような視線を母に向け、うなだれて部屋に戻っていった。

フレディは息子の後ろ姿を見つめ、失望と無力感に襲われた。理解しろというのは無理な話だ。チャーリーはまだ子供で、父親を求めている。ゲイブは楽しくて身近にいる、少年が抱く理想の男性だ。それでも、事態は変わらない。

三人は、それから毎日牛が目をまわすまで投げ縄をして、ゲイブが知っている限りのカウボーイ・ソングを歌い、西部劇の映画を見た。すべて子供たちの要望だったが、ゲイブは喜んでそれにこたえた。

一方で、ゲイブはフレディに拒絶されて腹を立て、実のところ傷ついていた。少なくとも、胸のあたりが痛むのは、そういうことなのだろう。

フレディは臆病者だ。ぼくに対する自分の気持ちを恐れている。

ぼくは彼女に対する自分の気持ちを恐れたりはしない。実際よく考えてみたこともなかった。気持ちを分析するのは、あまり得意ではないが、とにかく何かを感じていたら、フレディのようにそれに背を向けたりはしない。絶対に！

フレディなんか、もうどうでもいい。

だが、子供たちは別だ。一緒にいられるあと数日の間に、人生には生きる価値があり、危険も冒す価値があることをわからせてやろう。

「二人とも、上達したな。きみ以上のカウガールはいないぞ、エマ。クレアでもかなわない」エマのこの笑顔を見れば、クレアも許してくれるはずだ。

「努力を続ければ、名手になれるぞ、チャーリー」

「名手？」

「立派なカウボーイのことだ」

チャーリーは笑った。「ゲイブみたいな？」


子供たちも、ビアトリスも信頼してくれている。しぶしぶながら、あのパーシーの信頼も勝ちとった。今はアールでさえ、信じてくれているようだ。

皆の信頼を手に入れた――フレディ以外の。

「そうだよ。ぼくみたいなカウボーイになれる」

「牛乗りもできる？」チャーリーが言った。

「もちろん」この子が母親のような臆病者ではないのが嬉《うれ》しかった。

「カウボーイはみんな牛乗りをするの？」

「いや、最高のロデオ・カウボーイだけだ」ゲイブはウィンクして言った。「でも、みんなが牛に乗るわけではない。ぼくも最初は羊から始めたんだよ」

「羊？」子供たちは驚いた。

「そう、子供の頃はね。羊乗りって言うんだ」

チャーリーは放牧場を見渡して唇をなめた。「やってみたいな。ミスター・ボルトは怒ると思う？」

怒らないだろう。ゲイブはビアトリスと地元の商店まわりをした際、工具店でジョサイア・ボルトに会った。ゲイブがボルト家の羊に投げ縄をした話をしたら、ジョサイアは笑っていた。

「よし、行こう」ゲイブはそのアイデアにとびついた。最後のスリルだ。

道路から近いボルト家の放牧場に羊がいた。ゲイブが大きな雌羊を生け垣の横で押さえている間に、チャーリーがその背中によじ登った。

「準備はいいか？」ゲイブは自分の頭からカウボーイハットをとってチャーリーにかぶせた。

チャーリーは畏敬のまなざしを向けてきた。

ゲイブは笑みを浮かべた。「幸運のお守りだ」

チャーリーも笑みを返した。口を引き結び、こぶしが白くなるほど握りしめて、うなずいた。

「行け！」ゲイブは羊を軽く叩《たた》いた。羊は必死でしがみつくチャーリーを乗せて駆けだした。

フレディが町へ行っていてよかった。長男が突進する羊に乗っているのを見たら、卒倒するだろう。

「いいぞ、カウボーイ！」ゲイブは大声で励ました。

チャーリーはしっかりしがみついていたが、猛スピードで走る羊は突如右に曲がって急斜面を駆け下り、チャーリーは地面に叩きつけられた。

「チャーリー！」

ゲイブが振り返ると、フレディが車から降りるところだった。境界壁をよじ登って髪を振り乱し、恐怖で顔面蒼白《そうはく》になって走ってくる。「チャーリー！」

ゲイブはチャーリーのそばへ行って肩越しに叫んだ。「大丈夫！　一瞬息ができなくなっただけだ」

チャーリーはあえぎながら起き上がろうとしている。唇に血がにじみ、顔が青白い。ゲイブはそばにひざまずき、チャーリーの脇腹をさすった。

「痛いところはあるか？」

「な、ないよ。ゲイブ、ぼく、うまかった？」

だが、答える前にゲイブはフレディに押しのけられた。「まあ、チャーリー！　大丈夫？」

チャーリーは答えようとしたが言葉につまり、ただうなずいた。唇の血を急いで袖で拭く。

フレディは息子を抱き寄せようとしたが、チャーリーは身をよじって離れた。「大丈夫だよ、ママ」

「チャーリーは大丈夫だ」ゲイブも言った。

フレディが振り返った。「いったいどういうつもり？　この子を殺す気？」

「殺す？　チャーリーは羊に乗っていただけだよ」

「羊に振り落とされていたようだけど！」フレディはゲイブをにらみつけた。普段は薔薇《ばら》色の頬が青白い。

それから大きく息をついてチャーリーのほうを向いた。「もう羊に乗るのは、おしまいよ」

「でも――」

「いらっしゃい。帰るわよ」

「怪我《けが》はしていない」ゲイブは口を挟んだ。「それに羊に乗った子はチャーリーが初めてじゃない。ほかにも大勢いる。チャーリーが乗りたがったんだ」

「この子が何をしたがったかなんて関係ないわ。わたしは母親よ！　この子が何をするか決めるのは、わたしよ。この子でも、あなたでもないわ」フレディはチャーリーを立たせ、車に向かって歩かせた。

ゲイブもそれについていった。「いろいろなことに挑戦させるべきだよ、フレッド。一生真綿でくるんでおくわけにはいかないんだ！」

「わたしのしたいようにするわ。母親だもの。あなたはカウボーイでしょう。今日はここにいるけど、明日にはいなくなる。ただの通りすがりじゃない！」目がきらきらしていて髪は乱れ、ジャケットの下で胸が上下している。美しく、魅惑的だ。

そして、フレディが言っていることは正しい。

確かに、ぼくはただの通りすがりだ。

発言権はない。ぼくの息子ではないのだから。

「そうか」しばらくしてゲイブは肩をすくめ、できる限りの無関心を装って言った。手を伸ばして地面に落ちた帽子を拾う。「好きにしろ。子供たちに危険は悪いことだ、常に安全第一だと教えればいい」

ゲイブは帽子をかぶり、つばをぐいっと引いた。

「ぼくは、そうはしない。もしぼくの子供なら、カウボーイになることを学ばせるよ」

バックワーシー新聞の売渡証書には、どうやらパーシーの辞職を防ぐとは明記されていなかったらしく、ゲイブが最終日にビアトリスを所長に昇進させると、パーシーは自分から会社を辞めた。

「わたしですか？」ビアトリスは驚いた。

「彼女ですか？」パーシーは愕然《がくぜん》として息をのんだ。

「そうだよ。そうすれば、この新聞社は安泰だ」

それがゲイブの望みだった。この新聞社は、彼の唯一の成果で、唯一満足のいく結果が残せたものだ。

大事なのは新聞社だけだ、と自分に言い聞かせる。

何といっても、そのために来たのだから。

フレディは……フレディは気晴らしだった。きれいで明るく、魅力的で楽しかった。

悩ましく、腹立たしく、本当に癪《しゃく》に障る。

帰国するのは大正解だ。フレディも同感だろう。

あれ以来、お互いに避けている。

フレディは夕食を出してくれるが、後片づけの手伝いは辞退する。ゲイブが子供たちに話をしていても、決して加わろうとしない。子供たちが寝たあとは、居間でゲイブと一緒に過ごすこともない。決して二人きりになろうとはしない。

フレディは臆病者だからだ。

そうしたいなら、それでいい。

まる一週間ろくに口をきいていない。このまま何も話さずに終わるのかもしれない。

だが最終日の午後、仕事から戻ると、きれいに畳んだ洗濯物を渡された。「これで全部だと思うわ」

これで全部。

この数週間に二人の間で交わされた喜び、笑い、まなざし、触れ合い、キス――そのすべての行き着いた先が洗濯物の山にすぎないというのか。

ゲイブが顔を上げると、フレディはすでに背を向けてキッチンへ戻るところだった。

「ありがとう」ゲイブはそれを持って部屋へ行き、わざとゆっくり荷造りを始めた。実は作業しながら子供たちとしゃべれるように、荷造りを先延ばしにしていたのだ。今日の午後は子供たちが仕事から帰ってくる自分を待っているものと期待していたが、家にはフレディしかいなかった。

〝子供たちは？〟さっき玄関を入りながらきいた。

フレディは肩をすくめて、そっけなく言った。

〝さあ、どこかへ遊びに行ったんじゃないかしら〟

フレディは子供たちがまとわりついて別れの時を長引かせる事態にならなくてよかったと思っている。これでゲイブが子供たちにとってたいした存在ではなかったことがわかった。フレディは満足そうだ。

ゲイブはうなずいた。自分の出発までには、子供たちも帰ってくるだろう。

だが、荷造りは十分で終わってしまった。

ゲイブはシーツを洗濯かごに入れ、羽毛布団を畳み、荷物をつめ直した。これ以上は待てない。

祖父には今夜遅くに戻ると言ったので、もう出なければいけない。しぶしぶかばんのファスナーを閉じ、上着を持ってドアへ向かった。振り返って最後にもう一度部屋を見まわして記憶に刻みつける。

〝なぜだ？　ここで過ごした夜のことや、うち砕かれた夢や希望を孤独なベッドで思い出せるように？　フレディや子供たちを思って寂しがれるように？〟

「そうさ。名案じゃないか」自分を嘲る。

そんな思い出などいらない。誰のことも必要ない。ぼくを求めていながら求めていないと言い張るフレディも、カウボーイになると言ったくせに、別れの時になったら姿を消して気にもとめない子供たちも。

上着を着てかばんをつかみ、階下へ向かう。フレディはキッチンでポテトの皮をむいていた。こわばった肩からすると、足音を聞いて待っていたようだ。

「もう行くよ。子供たちによろしく」無愛想に言う。

「わかったわ」振り向いたフレディは、目をしばたたき、つばをのみこんで引きつった笑みを浮かべた。

ゲイブは小さな満足感を得て微笑み返し、玄関へ向かった。「うさぎを逃がさないよう気をつけて」

「え？　ああ」フレディは外まで見送りに出てきた。

二人は再び見つめ合った。もう間に洗濯物はない。

もう〝これで全部〟と集約されることのない思い出や過ぎ去った夢が次々によみがえって積み重なる。

ふいに、砂利の私道を走る足音が聞こえた。

「ママ！　ゲイブ！」エマだ。「来て！　チャーリーがドーズ家の放牧場に牛乗りに行っちゃった」

5

フレディにとってはまさに悪夢だった。

これほどの災難は想像もしなかった！

「さあ早く！」ゲイブがフレディの手をつかんで車のほうへ引っぱっていく。「どこにいるのか教えてくれ」エマに命じた。「いったい何があった？」

「チャーリーは……いい考えだと思ったの。できるってわかれば、ゲイブが連れていってくれるって」

「何だって？　ママにだめだと言われただろ――」

「でも、できるってわかれば、ママももう心配する必要なくなるからって」エマが話をさえぎり、緊張と反抗心の入りまじった視線を母親に向けた。

そうはいかない、とフレディは言いたかった。母親というのは心配するものだ。マークの死後は心配するのが仕事になった。それほど心配していたのに。

〝どうかチャーリーに何も起きませんように〟

ドーズ家の放牧場に近づいた。ミセス・ピークの自転車が生け垣に立てかけられている。

「どうしてミセス・ピークがいるんだ？」

「塀に座ってチャーリーを待ってたら、ミセス・ピークが来て、わたしに何してるのってきいたから、思ったの――チャーリーが勇敢だったって新聞に載れば、それをゲイブに送れるから、戻ってきてくれるかもしれないって。だけど、ミセス・ピークはチャーリーが牛乗りする前に見つけるから、早くゲイブに知らせに行きなさいってわたしに言ったの」

ゲイブは車からとびだした。「待っててくれ！」

「わたしも行くわ！」フレディはすぐ後ろに続いたが、ふいに立ち止まったゲイブの背中にぶつかった。

「だめだ！　ほかの人にそばでうろうろされるのが、いちばん困るんだ。エマとここにいてくれ。分別があるのはエマだけみたいだな」ゲイブはエマにすばやく笑ってみせ、フレディに注意を戻した。「ここにいるんだ。わかったね？」

「わたしは――」

「わかったと言ってくれ。きみは危険を冒さないんだろう？　こんなときに考えを変えるなよ」

「わかったわ」いくら母性本能が異議を唱えても、ゲイブの言うとおりなのはわかっている。「わたしに文句を言っている暇があったら、早くチャーリーを探しだして、やめさせて！」

ゲイブは、これまでに何度か怖いと思ったことがある。初めてロデオをしたとき、父が心臓発作で倒れた夜、〝あなたにやる気がないなら、牧場を売るしかない〟と母に言われた日。

自分の力不足が怖くて、ロデオの中でも闘牛はやったことがない。それと、自分の名前を〝婚約〟や〝結婚〟という言葉と一緒に聞くと脚が震える。

だが、今ほど怖いと思ったことはない。

自分のせいで牛乗りに行った少年を探しに行く。踏みつぶされ、角で突かれ、死んでしまうかもしれない！　ぼくのせいで！

ぼくを崇拝し、ぼくのようになりたがっていたから。ぼくがよけいな口出しをして、ぼくなら自分の子供を過保護にしないと言ったからだ。

〝もしぼくの子供なら、カウボーイになることを学ばせるよ〟羊乗りの失敗のあとで、そう言った。まるで何でも知っている全能の神気取りで！

ゲイブは神とは気楽ながら揺るぎない関係を保っている。ロデオを仕事にして日常的に災難を招いている輩《やから》は、たいてい神とよく会話する。

今もゲイブは祈りをつぶやきながら放牧場を大股で歩き、チャーリーの紺のパーカーとミセス・ピークの赤いセーターを探していた。

「本気じゃなかったんです」神に語りかけた。「ただ助けたかっただけで。子供たちを臆病者に育ててほしくないから。でもあの子にばかなまねをさせるつもりはなかったんです。だからあの子を守ってください。それから、ミセス・ピークのことも！」

丘の上で振り返ると、フレディとエマが塀に座ってこちらを見ている。見つけたと言えればいいのだが、放牧場には点在する木や岩が見えるだけだ。

ゲイブは足を速め、チャーリーの名を呼んでは立ち止まって、返事に聞き耳を立てた。

そのとき、牛が見えた。巨大な茶色い牛が二本のぶなの木の間を歩きながら前足で地面をかいている。

ゲイブは立ち止まった。チャーリーとミセス・ピークの姿を探したが、見えないのでほっと息をつく。

するとチャーリーの声が聞こえた。「ゲイブ！」

必死で見まわしたが、岩と木と牛しか見えない。

突然、一本の枝から脚が下がっているのが見えた。

「ここだよ！」

ふいにもう一本のぶなの木も揺れ、こげ茶色の頑丈な靴と分厚いウールの靴下が現れた。

ミセス・ピークが木に登ったのか？

牛がその脚に気づいて鼻を鳴らし、突進した。

「危ない！」ゲイブは叫んだ。

脚が枝の中へ引っこんだ瞬間、牛が木に激突して足元の地面が震えた。ゲイブはひらめきを求めて祈りながら、必死であたりを見まわし、同時に自分の無事も祈った。振り向いた牛に気づかれたからだ。

牛の注意をそらすロデオ・クラウンの友達が言っていた。〝牛と闘うときは時間の流れが遅くなる〟

ゲイブとしては降りた牛から避難するのに時間の余裕を感じたことはない。だからこそ闘牛には挑戦しなかったのだ。だが今は挑戦しなければいけない。

牛の注意を引いて、二人がいる木のそばから遠ざける必要がある。二人を逃がすには、それしかない。

ゆっくりと牛を見据えたまま上着を脱ぐ。牛が向かってきて上着を奪われたら、次は帽子だ。帽子も奪われたら――そこまでは考えないでおこう。

上着をはためかせながら木から遠ざかる。牛は興味を持ったものの、こちらへ来ようとはしない。ゲイブは振り向いてミセス・ピークの靴を見た。

「わたしのセーターを使って！」ミセス・ピークが言った。「それで気を引こうとしたから、そこにあるわ」枝の下に手が出てきて、一方を指差した。

色あせた赤いセーターが地面に落ちている。

「わかった」異議を唱えるつもりはない。ミセス・ピークは木の上でかなり安全だ。牛はまたそちらを見ている。彼女は再び脚を下ろしてぶらぶらさせた。

「ヤッホー、牛さん！　こっちよ！」

牛は鼻を鳴らして向きを変えた。ゲイブは慎重に動いてセーターをつかみ、それを振って叫んだ。

牛が立ち止まった。こちらを見ている。

ゲイブは再びセーターをはためかせ、ゆっくりと歩きだした。牛と並行して木から離れ、挑発する。

牛は動きだした。次の瞬間には、こちらへ向かって突進してきた。友達の話は本当だとわかった。

一瞬の出来事だったが、なぜか牛の蹄《ひづめ》がとばす泥の一粒一粒までが見えた。体の横でセーターを振り、巨体が目の前まで来たところでとびのいた。

さらに木から離れようと息を切らして走る。牛がこちらを追ってくれれば、二人は逃げられる。走りながらセーターを振った。「おい、どれだけ速いか見せてみろ」

〝どうか、それほど速くありませんように〟

牛は再び走りだした。ゲイブはよけたが、今度はよろめいて膝をついた。横すべりした牛が向きを変えて、また突進してくるのを見てたじろいだ。

必死で立ち上がる。

「ほら、こっちだ！」転んだときに膝をひねってしまった。ロデオで数えきれないほど痛めたほうの膝だ。痛みに歯を食いしばる。「さあ、来い！」

牛は頭を低くして向かってきて、角にセーターを引っかけ、ゲイブの手から奪い去った。

だが、とにかく二人がいる木からは遠く離れた。

チャーリーが木からとび下りるのが見えた。牛が再び向かってきたのと同時に、ミセス・ピークも木から下りた。二人がこちらを見ている。

「早く逃げろ！」ゲイブは叫んだ。

ミセス・ピークはチャーリーの手をつかんで丘の上へ走っていった。

二人が見えなくなると、ゲイブは息をついた。

そしてパニックに陥った。セーターはもうない。上着は牛が走りだす前に落としてしまった。牛は生け垣の前で向きを変え、こちらを見ている。

角を生やした九百キロの巨体を前にして何もない。

何も？　ゲイブは笑いそうになった。

帽子を脱いで、ゆっくりと上下に振る。一歩ずつ、今度は離れるのではなく牛に向かって歩いていく。

「さあ、来い。チャンスはあと一度だけだ。今度失敗したら、もう帰るぞ」

〝やられても、帰ることになる。棺桶《かんおけ》に入って〟

牛は頭を低くして鼻を鳴らし、足で地面をかいた。

そして、まっすぐに向かってきた。


「ミセス・ピークはすごかったよ。テレビで見た闘牛士みたいだった」チャーリーは興奮して語った。

フレディは二人を抱きしめ、安堵《あんど》のあまり泣きそうになっていた。「本当にありがとうございました。あなたがいなかったら、どうなっていたか――」

だが言葉にできないほどの感謝を口にする前に、ミセス・ピークがさえぎった。「わたしはひと息つく時間を稼いだだけよ。お宅のミスター・マクブライドがいなかったら、まだ木の上に座っていたわ」

ミスター・マクブライド。ゲイブ。フレディはとり乱してあたりを見まわした。「どこに――」

「ゲイブは牛と闘ってるよ、ママ！」

ゲイブと子供たちがロデオの動画を見ていたのを思い出した。エマは闘牛ピエロに夢中だった。

〝あなたもやったことある？〟そのとき尋ねてみた。

〝とんでもない。さすがのぼくも、あれに挑むほどばかじゃないよ〟

でも今日は挑んだのだ。

フレディは目を閉じて、自分の胸を抱きしめた。

「ゲイブ、ああ、どうしよう」生け垣をとび越え、名前を呼びながら牧草地を走っていきたい。

「ゲイブ！」チャーリーが大声で呼んだ。

「ゲイブ！」エマも叫ぶ。

フレディは目を開けたが、放牧場には誰もいない。

するとチャーリーが走りだした。その先にゲイブが見える。汚れてはいるが、ありがたいことに無傷で道路を歩いてくる。

フレディもそちらに向かっていったが、息子がゲイブの腕の中にとびこむのを見て立ち止まった。

「もう二度と――こんなことをするなよ！」かすれ声で言うと、ゲイブはチャーリーを下ろしたが、手は小さな体から離さなかった。

「牛に乗りたかっただけだよ。ゲイブみたいに」

「それは違う。全然違うんだ」

ゲイブはチャーリーの細い肩に腕をまわした。

「いいか、ぼくにもほかの誰にも、自分の勇敢さを示す必要なんかないんだ」それからゲイブはフレディのほうを見上げた。「悪かった」

そんな言葉は予想外だった。「悪かった？」

ゲイブはうなずいた。「チャーリーがこんなことをしたのは、ぼくなら子供を過保護にしないなんて言ったからだ。すまない。そんな権利はないのに」

「いいのよ。この子もあなたも無事だったんだから」フレディは、ゲイブに近づいて抱きしめたかった。無事に生きていることを実感したかった。

だが、涙目でただ微笑《ほほえ》んだだけだ。感傷的になって泣きださないよう祈った。全身が震えている。

「終わりよければ、すべてよし」ミセス・ピークが言った。「すごい記事が書けるわ！」両手をこすり合わせ、興奮で目を輝かせている。

だがゲイブは首を振った。「これはぼくが書く」

ミセス・ピークはがっかりした。

「ドッドに写真を撮ってもらおう」

「わたしの写真？」ミセス・ピークは驚いた。

ゲイブは笑って、空いているほうの腕を彼女の肩にまわした。「あなたがいなかったら、チャーリーの冒険はもっと悪い結果に終わっていたかもしれないんだ。来週の木曜版に写真つきの記事を載せよう。今回はミセス・ピーク、あなたがニュースだ！」

何を言っても事実は変わらない。

確かにチャーリーは無事だったが、危なかった。大怪我《おおけが》をしたり、命を落としたりしたかもしれない。全部自分のせいだとゲイブにはわかっている。

フレディは笑って否定したが、帰り道ずっと無口だった。チャーリーに構いすぎないようにしているようだ。だが、息子に触ったり髪をなでたりしたいのを無理に我慢しているのがわかる。そして、こちらを見るたびに、またすぐに目をそらす。

まるで、ぼくを見るのが耐えられないかのように。

まあ、それほど長く耐えなくていい。

本当はすぐに立ち去るべきだったが、シャワーを浴び、服を着替える必要があった。ロデオ競技場から出てきたばかりのような姿でアールのところへ行くわけにはいかない。説明したくもない。

だが、浴室から出てきたら、夕食ができていた。


「お願い、一緒に食べていって」フレディが言った。

子供たちも言った。「お願い、ゲイブ」

実を言うと、断りたくなかった。出ていこうと決めたときの勢いは、放牧場で消えてしまった。自分を突き動かしていたアドレナリンは、もうなかった。

夕食はポークチョップにレタスサラダとパンというシンプルなものだったが、今までに食べた最高の食事で、胸がいっぱいになった。

あと数分で――せいぜい一時間で、この家とも子供たちともお別れだ。この女性とも。

その一挙手一投足を見守った。フレディが目をそらしても、ゲイブは目を離せなかった。彼女の足取りや微笑を目で追った。子供たちに向けられた笑顔が、一度か二度ゲイブにも向いた。それを記憶に刻みつけた。近い将来、自分に残されているのは思い出だけになるからだ。

「お話を聞かせて、ゲイブ」食後にエマがねだった。

「もう――」行かなければいけないと言おうとしたが、言葉が続かない。子供たちが寝てからのほうが、外に立って見送られるより出ていきやすいだろうと自分に言い聞かせる。「じゃあ、短い話をしよう」

「牛のお話？」エマが尋ねた。

ゲイブはチャーリーが身震いするのを見て、エマに言った。「いや、ある貴族の話だよ」

フレディがはっとするのを横目でとらえたが、あえてそちらを見なかった。

ゲイブは子供たちと一緒に座って語り始めた。〝義兄弟《きょうだい》〟になった従兄弟《いとこ》どうしの話だ。昔二人は指を少し切ってすでにつながっている血を混ぜて義兄弟の契りを交わし、常に助け合おうと誓った。だが成長するにつれて、二人の距離は離れていった。

一人はカウボーイになり、もう一人は伯爵になるべく育てられた。

「カウボーイの話をして」エマがせがんだ。

だが、ゲイブは首を振った。「カウボーイのことなら、もう何でも知ってるだろう」

そしてランドールの話をした。義務や責任や献身について、困っている人のことを最優先に考え、やるべきことをやり通す人について話して聞かせた。

「ときにはあまり楽しくないし、必ずしもかっこよく見えるわけでもない。いつものミセス・ピークみたいにね。でも今日は、きみの命を救ってくれた」

「救ってくれたのは、ゲイブだよ。牛と闘って」

「ミセス・ピークが知らせに行けとエマに言わなかったら、きみがどこにいるかもわからなかった」

「でも、それでもやっぱり――」

「ゲイブは首を振った。「ぼくは英雄じゃない」

フレディを見て、聞こえているよう期待する。彼女は部屋のむこう側で繕い物をしている。そばに来ようともしなかったが、責めるつもりはない。

だが、話が聞こえていて、起きたことをどれほど悔やんでいるかわかってくれるよう願っている。

「ほかのことは全部忘れても、この話は覚えておいてくれ」ゲイブは立ち上がった。「もう寝る時間だ」

チャーリーが抱きついてきた。

そして、エマが言った。「行かないで、ゲイブ」

だが、ゲイブは子供たちにおやすみのキスをして言った。「行かないといけないんだ」

皆で二階へ行き、ゲイブは最後にもう一度子供たちを抱きしめた。それからフレディを残して階下へ戻り、家の中を見まわして、かばんを持ち上げた。

「ゲイブ?」

振り返ると、階段にフレディが立っていた。青ざめ、傷つき、弱々しく見える——ぼくのせいだ。

「お願い、待って」

待てない。これ以上耐えられそうもない。

フレディは階段を下りてきた。「悪かったと言ってくれたけど、悪いのは、わたしのほうよ。マークのことを考えていたの。ばかげた危ないまねをして、死んだのよ！　チャーリーも……」言葉が途切れた。エマが知らせに来た瞬間からあふれそうだった涙が、今、堰《せき》を切った。フレディは両手で顔を覆った。

ほかに選択肢はない。ゲイブは荷物を下ろしてそばに寄った。「チャーリーは無事だったし、二度とあんなことはしないよ。マークのようにもならない。あの子はちゃんと成長する。男の子は誰でも一度はばかなことをするものなんだ」ゲイブはフレディの腕をつかんだが、それでは足りない気がして抱き寄せた。「あの子は木に登っただろう、フレディ。怖かったからだ。でも無事だった。これで学んだよ」

「でも、あなただって……」

「ぼくも木に登るべきだったが、消防隊を呼ばれるような事態にしたくなかったんだ。どう見えたと思う?　とんだイギリス版カウボーイだろう！」

フレディは微笑を浮かべ、ゲイブの目を見上げた。

「あなたは最高のカウボーイよ。ありがとう」

「何に対して、ありがとうなんだい？」

「チャーリーを救ってくれたし——」フレディは一瞬ためらった。「わたしにも教訓をくれたわ」

ゲイブはけげんな顔でフレディを見た。

「冒す価値のある危険もあるって」フレディは爪先立ってささやき、ゲイブの唇にキスをした。

ただフレディを慰めようとしただけだ。本当に。

今日の体験をもっと深く共有したかった。

美女を腕に抱きながら、それ以上のことを望まなかったのは、おそらく生まれて初めてだ。

だが、なぜか慰めと共有は触れ合いと愛撫《あいぶ》とキスに変わった。そしてフレディに手をとられ、二階の寝室へ導かれたとき、ゲイブは断らなかった。

ずっと求めていた。フレディのことを考えずに眠りについた夜も目覚めた朝も、記憶にはない。

それでも尋ねずにはいられなかった。「自分が何をしているか、わかっているのかい？」あとで後悔するようなことにはなってほしくない。「今日は大変な一日だったから、気が高ぶっているんだろう」

「これ以上ないくらい、わかっているわ」フレディはゲイブの首に腕を巻きつけ、再びキスをした。

今度のキスも先刻のように穏やかだったが、その中にも切望が感じられた。ほしくてたまらないというその思いは、ゲイブも知っている。全身がフレディを求めて震えているくらいだ。

「フレディ」震える声で最後にもう一度警告した。

まだ、わずかな自制心が残っている——そう願う。

だが、ジーンズからシャツの裾が引きだされ、ほてった肌をフレディの両手がはい上がっていくにつれ、ゲイブの血管は脈打ち、自制心は消え去った。

ゲイブはむさぼるようにキスをしながら、フレディのシャツのボタンをはずそうと奮闘した。フレディはゲイブより手際よくボタンをはずしてシャツを剥ぎとり、両手を胸にはわせ、キスの雨を降らせた。

ゲイブは声をもらし、ジーンズとブーツを脱ごうとしてよろめいた。フレディの両手はゲイブをなだめながら駆り立てる。

「しいっ、わたしはどこへも行かないわ」それは本当だ。いなくなるのは、ゲイブのほうなのだから。

だが今ではない。朝になってからだ。

二人はベッドに倒れこんだ。

もう自分の欲望を満たそうと躍起になる若造ではない。フレディがほしくてたまらないが、時間をかけてなめらかな柔らかさを楽しみ、満喫した。

肘をついて頭を起こし、フレディを見下ろす。指で鼻先から唇、顎、胸の谷間までなぞり、唇もはわせた。フレディは身震いしてしがみついてきた。

「ゲイブ!」差し迫った声だ。

ゲイブは笑みを浮かべたが、引きつった笑みだった。欲求に駆られていたからだ。胸にキスをしながら下に手を伸ばし、なめらかにうるおって自分を待っているのを確かめる。フレディは身もだえした。

ゲイブは目をつぶり、唇を噛《か》んで、息をつめた。

「ゲイブ、来て!」フレディの両手が硬くなった部分に伸びて包んだ。ゲイブは息をのんだ。

「フレディ!」

「ゲイブ、早く」フレディはゲイブを家《ホーム》に導いた。

ゲイブには、そう思えた。そこは温かく安らかで愛に満ちた家——自分の居場所だ。

セックスはいつも楽しかった。泣きたくなったことなどなかったのに、今は泣きそうだ。愛と喜びと、二人がぴったり合うことに純粋に感動していた。

そして、もっとよくなることを知っていて動き始めた。最初はゆっくり、一瞬ごとを味わう。自分もフレディも待たせる。月明かりの中でフレディを見た。唇を開き、背をそらし、体を震わせている。自分を包むフレディの体が引きしまるのを感じる。その瞬間解き放たれ、ゲイブ自身も崩れ落ちた。フレディとともに。

　これほどの充足感は味わったことがなかった。

　自制心が足りない。もっと強い女性なら抵抗できただろう。ゲイブに息子の命を救ってくれた礼を言い、さよならと手を振って、彼が立ち去ったあと安堵の息をつくだろう。わたしにはできない。今は彼のぬくもりが必要だ。ゲイブがどこにいるかわからなかったあの恐ろしい時間――もし牛がゲイブを突いていたら、ひどい絶望と悲しみと喪失感にさいなまれただろう。

　二人でできたはずの体験を思って。もう先のことは期待しない。わきまえている。マークと結婚していたときは、いつも先のことを考え、あてにしていた。そして夫の死にうちのめされた。子供たちをそんな危険から守ろうと奮闘してきた。ほかの誰ともつき合わないことで、これ以上の苦痛から自分を守ろうとしてきた。

　今はそれも克服した。分別ができた。

　苦痛から自分を守ることはできない。苦痛のない人生などない。あるのは、ただ無関心を装う毎日だけだ。今ならわかる。それは苦痛より悪い。

　愛し合わないままゲイブを帰らせたら後悔する。彼が去ることはわかっている。明日の朝には行ってしまうだろう。でも少なくとも今夜はここにいる。もし思い出が悲しみをもたらすとしても、無事がわからずに感じた不安や苦悶《くもん》よりはましなはずだ。

　隣で眠っているゲイブを見つめて羽毛布団を引き上げ、肩にかける。その動きで、かすかに笑みを浮かべたゲイブに抱き寄せられた。

　目頭が熱くなる。フレディは身をすり寄せ、ゲイブの顎にキスをしてささやいた。「愛してるわ」

ゲイブには聞こえていない。それでよかったのだ。

ゲイブは子供たちが起きる前に出ていけなかった。幸い、もうフレディの寝室にはいなかったが、まだ家にいた。フレディとベッドにいる時間はあまりにもすばらしく、もう少しいて最後にもう一度キスしようと思いながら、なかなか最後にできなかった。

そのときエマが歩きまわる足音が聞こえた。フレディはベッドからとびだしてバスローブをつかんだ。

「ここにいるのを子供たちに見せられないわ！」

「見せないよ」ゲイブは約束したが、フレディが浴室へ消えたあとも、しばらく横たわったまま部屋を見まわし、空気を吸い、すべてを脳裏に焼きつけた。

それから起き上がって服を着た。枕の上に長い髪を見つけた。指に巻きつけ、口づけをする。

「もう出られる？」慌ただしく戻ってきたフレディは、バスローブできっちり身を包んでいた。頬は染まり、唇にキスの余韻を残している。

その姿を見て、ゲイブは胸を締めつけられた。

「ゲイブ！　子供たちに説明したくないの！」フレディは必死な様子で、ひどく不満そうだ。

ぼくが出ていくから？　それとも、昨夜《ゆうべ》出ていかなかったから？　ぼくを愛しているのだろうか？

わからない。だが、たとえ愛していても……。

「ゲイブ！」

「わかった、わかった」ドアから頭を突きだす。誰もいない。子供たちが動いている音は聞こえるが、まだ部屋から出てこない。ゲイブは階下へ急いだ。

かばんは玄関の前に置いてある。

あとはかばんをとり上げて出ていくだけだ。五秒以内に外へ出て、次の五秒で車に乗る。もうさよならも言えず、子供たちにも会えない。フレディにも。

ゲイブは目を閉じてこぶしを握りしめ、その場から動かなかった。

なぜだ？　朝の八時前に、愛着のある地に背を向けて去っていくのは容易じゃないからだ！

階段を下りてくる足音がした。振り返ると、チャーリーとエマが目を輝かせていた。

「ゲイブ！」二人は駆け下りてきたが、玄関の前にまだかばんが置かれているのに気づいて足をとめた。

ゲイブは肩をすくめ、帽子をとって頭にのせた。

エマが鼻をすすり、チャーリーはまばたきした。

「早朝に出ようと思ったんだが、少し遅かったな」

二人の後ろにフレディが現れた。ジーンズとセーターに着替えていたが、髪はまだ下ろしたままだ。一晩中あの髪に顔を埋《うず》めたり、手を入れたりした。

喉に何かがつまったような気分だ。

フレディは黙ってこちらを見ている。青ざめた悲しい顔は、昨夜愛し合った女性とは別人のようだ。悲嘆に暮れる女性の顔だ。そうなのか？

とどまってほしいと思われているのに、出ていくのか？　フレディはとどまってほしいのか？

とどまるということは結婚を意味する。誓いを立て、責任が生じる。長年逃げ続けてきたものだ。

ランドールのようになることを意味する。

いや、自分のやり方でやればいいんじゃないか？

「いつか、モンタナへ会いに行ってもいい？」

「チャーリー！」フレディが叱った。

だがチャーリーはこちらを見ている。「いつか、本物のカウボーイになりに行ってもいい？」

〝いつか〟この先、永遠に続く〝いつか〟に子供たちやフレディはいない――このドアを出ていけば。

ふいに、それ以上考えるのをやめて口走った。

「なぜ待たなければいけないい？」

「何を？」子供たちとフレディが同時に言った。

「待つ必要はない。今すぐ一緒に来てくれ」ゲイブはその思いつきにしがみついた。「愛してる。フレッド、ぼくと結婚して一緒にモンタナへ来てくれ」

子供たちの目はクリスマスツリーのように輝いた。

フレディは呆然《ぼうぜん》としている。

人生でいちばん恐ろしい八秒間の挑戦を終えたゲイブは、退場した。審判の判定を待てずに外へ出た。

フレディは驚き、信じられない思いで見ていた。

頭の中で希望の鐘が鳴り響いているが、それでもまだ首を振った。全部夢だったのでは？〝愛してる……結婚して〟と本当に言われたの？

ゲイブは車の横で口笛を吹いている！

走っていって腕をつかんだ。「こっちを見て」

ゲイブは振り返らず、手を振り払った。車のトランクにかばんを入れている。「悪いが見られない」

フレディにはわかった。わかったと思いたい。

これがゲイブのやり方なのだ。おびえているのに口笛を吹く。心配なのに、何でもないふりをする。

フレディはもう一度腕をつかんだ。「ゲイブ、わたしも愛しているわ」

ゲイブの動きがとまったが、まだ何も言わない。

「あなたがマークじゃないのはわかっているし、これからもときには怖い思いをさせられるだろうけど、今のあなたほど怖がらないと思うわ。こっちを見て、もう一度言って。わたしにはそれが必要なの」

ゲイブはゆっくりと振り向いた。その目には強く深い思いのたけがこめられている。

「ぼくにもきみが必要だ。きみは、誓いや責任がほしいと思わせてくれた。ぼくが一人前の男になるには、それが必要だとアールは思っている」

「あなたはもう一人前の男よ」

ゲイブは笑って長く激しいキスをした。子供たちがはやし立てる。ゲイブは二人を見て黙らせてから、フレディに向き直った。「愛してる。フレッド、ぼくと結婚して一緒にモンタナへ来てくれないか？」

フレディはゲイブの体に両腕をまわして胸に顔を埋めた。「ええ、ゲイブ。答えはイエスよ」

その頃、MB牧場では……

ランドール編

主要登場人物

クレア……………………………………牧場育ちの孤児。
ガブリエル・マクブライド……クレアのボス。牧場主。愛称ゲイブ。
エレイン…………………………………クレアの育ての母。ゲイブの母親。
マーサ……………………………………ゲイブの妹。
ランドール・スタントン………ゲイブの従兄弟。次期スタントン伯爵。
ホノリア・グレースウェル……ランドールの花嫁候補。
フランク…………………………………牧場の現場監督。
ノース、デイブ、オリー………牧場の従業員たち。
スーザン…………………………………牧場の料理人。

1

帰ってこられて嬉《うれ》しい。

ボーズマン空港を出ると、外は雪景色だった。ランドールが前回モンタナへ来たのは十二年前。あのときは真夏だったが、今は広い渓谷を囲む山々が雪をまとって幻想的な美しさを見せている。

こんなつもりではなかった。ゲイブがバックワーシー新聞を立て直しにデボンへ向かったとき、ランドールはスタントン出版所有の他の新聞社を監督しに行くつもりだった。むろんゲイブとアールには言わずに。二人には休んでいると思わせておけばいい。

まったく！　休む時間があると思っているのなら、二人はスタントン出版のことを何も知らないのだ。

だがランドールのことはわかっている。アールの目は後継者の異変を見逃さない。前の後継者を過労死で失っているからだ。そしてゲイブには本能的に従兄弟《いとこ》のことがわかる。それで二人はランドールを数週間、モンタナの牧場へ送りこむことを企てた。

ランドールは抵抗しなかった。頭が痛かったし、数週間心労から自由になるのが魅力的に思えたのだ。

〝しばらく立場を交換しよう〟ゲイブは言った。

〝牧場をやれっていうのか？　冗談だろう。ぼくはきみと違って、身の程を知っているからね〟

〝ばか言うな！　今は一年中でいちばん暇な一月だ。それに、頭を使う仕事は母さんがやるから、おまえはのんびり楽しめばいい〟ゲイブはそう言っていた。

クレアが迎えに来ているはずだが、姿が見えない。前回来たときは十二歳だったので、今会ってもわからないかもしれない。あえて言うと、当時はクレアに対して注意を払っていなかった。絶えずゲイブのあとをついてまわり、自分をにらみつけてきた邪魔者だったことくらいしか覚えていない。

忘れてしまったのだろうかと思い始めた頃、大きな帽子にジーンズとムートンジャケットの長身の若者が近づいてきた。近くで見ると若者は女性だった。

彼女は目の前で立ち止まって帽子のつばを上げ、親指をベルトに差しこんでランドールをじっと見た。

「スタントン卿《きょう》？」挑戦するように言った。

「ランドールだよ」

「クレアです。遅れてごめんなさい」

ランドールは差しだされた手を握り、クレアの握力の強さに顔をしかめそうになった。

「荷物はこれ？」クレアがかばんを指差した。

「ああ」ランドールは手を伸ばしたが、先にクレアが重いほうのかばんをつかんだ。

「こっちこっち」クレアがかばんを肩に担いで歩きだす。しかたなく小さいほうのかばんを持ってあとを追ったが、情けない男になった気分だった。

クレアは古びた四輪駆動の小型トラックに近づき、かばんを後ろに放りこんだ。ランドールがしっかり持っていなければ、軽いほうもとられていただろう。

「一時間くらいで着くはず。車出していい？」

「いいよ。みんな元気かい？　エレイン叔母さんに会うのが楽しみだ」

「残念だけど、無理ね」車は高速道路に入った。「具合がよくなったから、お父さんに会いにロンドンへ行ったの。きっと空の上ですれ違ったはず」

「ロンドン？」胸に温めていた自由な生活のイメージがうち砕かれた。「ぼくが牧場を管理しないといけないのかい？」

「ご心配なく。誰もよそ者に大事な仕事を任せようとは思っていないから。うちにはフランクっていう立派な現場監督がいるから、彼とわたしで大丈夫」

「それを聞いて安心したよ」

「寒くない？　ムートンのコートが後ろにあるよ」

「ありがとう。でも大丈夫だ」少々腹が立った。

「知ってるだろうけど、イギリスにも冬はあるから」

「モンタナの冬とは違うでしょう」

「ぼくが発《た》つとき、ゲイブは寒い寒いって愚痴をこぼしていたよ」

「ゲイブはどうしてる？」

「天気以外は楽しんでるよ。きっとデボンの人たちの目を覚まして、彼の流儀を教えてくるだろう」

クレアは何も言わず、視線を道路に据えている。その点はありがたい。高速道路にほかの車がほとんどいなくてよかった。クレアはまるで全線自分専用であるかのように車を走らせているからだ。

峠を越え、東のシールズバレーに入っていく。空気が澄んでいて、遠く離れているのはわかっていても、そびえ立つ山脈の峰々に触れそうな気がする。

イギリスも日常の重責もはるか彼方《かなた》だ。それが気

ランドールはクレアのあからさまな敵意に困惑した。だが驚きはしなかった。子供の頃、クレアはいつもにらんできたが、ある意味、今もにらんでいる。

クレアは生後一週間で牧場に来た孤児だ。牧場と養父母と、とりわけゲイブを愛していた。

クレアがどう成長したか横目で確認しようとしたが、帽子を脱いでいても、それは難しかった。髪は濃い暗赤色で、後ろにひっつめにしていなければ魅力的だろう。肌は赤毛の人に多い色白で、目は鮮やかな青だ。女性らしさを徹底的に排除しようとしていなければ、美人だと言えたかもしれない。

「スタントン卿、フライトは快適だった？」

「ぼくはスタントン卿じゃないよ。それは祖父の呼び名だ。ぼくのことはランドールと呼んでくれ」

「こっちのことは、あまり覚えていない？」

「そうだね、十二年も前だけど、きれいな景色は覚えているよ。もちろん、夏だったけどね」

持ちいい。ランドールは満足げにため息をついた。

クレアはそれを聞いて非難の目を向けた。従兄弟どうし似すぎているのを始めとし、ランドールのすべてが腹立たしい。二人は同じように手足が長く、背が高い。ランドールはゲイブより物腰が優雅なところが違うだけだ。髪の色もまったく同じ黒で細面のハンサムな顔も切ないほどゲイブに似ている。ただゲイブではないだけで、それが最大の罪だ。

今日はゲイブが帰ってくる日のはずだったのに。大声でただいまと叫んで微笑《ほほえ》み、ずっと愛していたのはクレアだったと気づいてくれるのを願っていた。

それなのに、この高慢な貴族の世話を押しつけられている。簡単にゲイブの代わりが務まると思っているようだ。牧場を管理？　何様のつもり？

今、自分の機嫌がよくないことはわかっている。もっと温かく迎え入れるべきだった。この人がゲイブじゃないのは、この人のせいではないのだから。

「それで、ゲイブはどうしてイギリスに残ったの？　電話で話していたけど、さっぱりわからなかった」

「自分で仕掛けた罠《わな》にはまったんだよ」

「どういう意味？」

「ぼくを心配して、祖父に言ってくれたんだ。働きすぎだから、休みをとらせるべきだって。そうしたら、ぼくの代わりにデボンへ行けって祖父に挑発されて、あとに引けなくなったんだ。ほら、黙っていられないやつだろう。今頃、衝撃を受けているよ」

クレアは歯ぎしりした。「ひどい。ゲイブも含めて、誰も落ち着いて考えてみなかったの？　こっちでゲイブが必要だって」

「ゲイブが落ち着いて考えたことなんかあるか？　前回こっちへ来たとき、二人ではめをはずして保安官のお世話になったのは、一度じゃなかった。いつもゲイブの思いつきで窮地に立たされたんだ」

みじめな夏の記憶がよみがえる。クレアは十二歳で、物心ついたときからゲイブを崇拝していた。

ゲイブは救世主でアイドルで神だった。子供の頃は常にゲイブのあとを追いかけていた。話しかけられると嬉しくて、一緒にいる時間を作ってもらえたら最高に幸せだった。そして、いつも来年こそは大人になったと気づいてもらえるだろうと夢見ていた。

そんなとき、イギリスから彼の従兄弟が来て、二人は急速に親しくなっていった。

二人はいつも一緒にいて、十二歳の女の子を仲間はずれにした。最悪なのは、二人が〝義兄弟《きょうだい》〟になったことだ。イギリス人らしく無知なランドールがアメリカ先住民の伝統だと思っている方法で。

ある記憶は特にはっきりしている。ゲイブが言うのを聞いたのだ。〝あの邪魔者のクレアに話すなよ。どうせハリウッドの幻想だって言うに決まってる〟

その晩は涙に暮れた。〝邪魔者〟だけでも傷ついたが、もっと悪いのは〝クレアに話すなよ〟だった。

ランドールのほうがゲイブと親密になってしまった。

今、再びランドールが来て、わたしからゲイブを遠ざけ、わたしを仲間はずれにして秘密を共有している。あのときも今も、ランドールは敵だ。

日が暮れて急に闇に沈んだ山岳地帯を通り過ぎ、まもなく前方に大平原が広がった。クレアは道路から目を離さずに言った。「ゲイブから聞いたんだけど、牧場に何か特別な贈り物を持ってきたって？」

ランドールはためらった。今ここで話そうとは思っていなかったのに。「ゲイブが自分のヘレフォード種を自慢していたから、ぼくもレックスの自慢話をしたんだ。品評会で受賞したヘレフォード種だよ。それで、その――」上品にひと呼吸置いた。

「牛の精液を持ってきたってこと？」

「そうだよ」ランドールはいら立った。「あえてはっきり言いたいのなら、そうだよ。牛の精液だ」

「なんで、そう言わないの？」

「それは会ったばかりの女性の前で口に出すのはためらわれるからだよ。礼儀上、出せない話題もある。まったく、どうしてゲイブは言わなかったんだ？」

「たぶんこの会話を想像して笑ってたんでしょう」

「ゲイブらしいな」

「とにかく、礼儀なんか心配する必要はないと思う。ここはもうMB牧場なんだから」

ちょうど〝MB牧場〟と書かれた大きな門をくぐるところだった。あと五キロほどで家だ。ようやく家が見えてくると、ランドールはほっとした。脚を伸ばして、温かいものが飲みたい。

二階建ての広い家がちらつく雪の下で待っていた。中央の大きな部屋には、床のあちこちに色鮮やかな敷物が敷かれている。壁にも織物がかけられ、石造りの暖炉の炎が肘掛椅子の深紅の革に反射している。

「いいなあ」ランドールは素朴で暖かい部屋を見まわして喜んだ。「ここで人生最高の夏を過ごしたときから、ほとんど変わっていないよ。あのときと同じ部屋を使っていいのかい？」

「ゲイブの部屋を使えって、ゲイブが言ってた」

クレアが荷物を持とうとしたので、ランドールはすばやく二つともつかんで挑戦的なまなざしを向けた。クレアが負けずに見返してきたので、ランドールはぞくぞくするような青い目を間近で眺められた。それから、彼女のあとについて広い階段を上がった。

案内された部屋に一人残ったランドールは、しばし感慨に浸った。前回来たときはゲイブとここで夜遅くまで談笑したり、懐中電灯で禁断の書を読んだり、こっそりウィスキーを飲んだりした。今は当時あった二台のベッドの代わりに、大男が大の字になって寝られる大きなベッドが一台置かれている。

ゲイブに電話しようと思ったが、イギリスは早朝だと気づいてやめた。長いフライトと時差のせいで、体内時計がおかしくなって、あくびが出る。

　ゲイブの浴室でシャワーを浴びたら気分がよくなり、チェストの中からジーンズとチェックのシャツを見つけて、それを着た。自由に着ていいとゲイブに言われたので、服はあまり持ってこなかった。

　もう一度あくびをして、ベッドに寝そべる。ここに来られて嬉しい。ホノリアから逃げられた。

　ふいにそんなことを考えた自分に驚く。つい最近まで、ホノリアと半ば結婚するつもりになっていた。愛してはいないが、伯爵の妻としては申し分ないし、そろそろ結婚を考えなければいけない年だ。

　ホノリアもそう考えて、アールのパーティでまとわりついてきた。皆に〝お似合いのカップルだ〟と言われ、突然罠にはまった気分になった。

　何が変わったのかわからないが、前触れなくゲイブがやってきた影響としか思えない。ゲイブはいつもそうだ。何の前触れもなく新鮮な空気のように現れる。無責任で突拍子もなく目先のことしか考えない。しばらくの間そんな男になるのも楽しそうだ。

　いつの間にか時差ぼけに抗《あらが》うのをやめていた。

　十分後、クレアがドアをノックした。「夕食ができたんだけれど」返事がないので中をのぞき、そこに見た光景に息をのんだ。

　ゲイブの服を着てベッドに横たわった男性は、シャワーを浴びたあとで髪が乱れ、ますますゲイブにそっくりだ。身構える間もなくその光景に動揺し、突然視界がぼやけた。

　そっと近づいてみる。ゲイブかもしれない。ほんの少しの間、夢を見てもいいでしょう。苦しいほど愛している。離れているのがつらい。音をたてずに椅子に座り、ランドールを見た。ほろ苦い思いに胸を締めつけられる。それは喜びでも悲しみでもなく、その二つが混じり合った耐えがたい感情だった。

　クレアは知らなかったが、彼はすでに目覚め、まつげ越しに見えた彼女の表情に困惑していた。

完全に目を開ける前に身動きして声をもらし、クレアに急いで立ち上がって表情を戻す時間を与えた。

「夕食ができたと知らせに来たんだけど、起こすべきかどうかわからなくて」そっけなく言った。

「ああ、ありがとう」

「じゃ、階下《した》で待ってるから」クレアは立ち去った。

ランドールは顔をしかめた。クレアの長所が何であろうと、そこに社交性は含まれない。

だが、ここではそんなものにたいした意味はない。重要なのは、たった今楽しんだ愉快な眺めだ。大きなムートンジャケットを着ていないと、クレアはスリムでスタイルがいい。ランドールはさっそく考えを改めた。なぜ男と間違えたりしたのだろうか？

ゲイブは〝おてんばな妹〟と呼んでいるし、本人も明らかに男のようにふるまおうと決めているようだが、残念な話だ。ランドールの見たところ、女性らしい要素もたくさん持っている。


しばらくして階下へ行くと、クレアはキッチンでいいにおいのする鍋をかきまわしていた。ほどいた髪が顔のまわりで揺れ、獰猛《どうもう》さを和らげている。

ランドールはレックスの遺伝子が入った小さな密閉容器を差しだした。クレアは平然と受けとり、どこか安全な保管場所にしまいに行った。暖かいキッチンを見まわすと、中央の十人座れる大きなテーブルに、二人分の支度が整っている。

「ほかのみんなはもう食べたから」クレアが言った。

「ほかのみんな？」

「ノース、デイブ、オリー、今はそれだけ。夏にはもっと大勢いるけどね」

待っている間、ランドールは懐かしい室内を眺めまわした。クレアはそんな彼に非難の目を向けた。

「スタントン・アビーほど豪華じゃないでしょう」

ランドールはけげんな表情でクレアを見た。「それはそうだよ。全然違う」

まったく！　クレアは不機嫌に考えた。このお高くとまったイギリス人は高慢すぎて皮肉も通じない。

クレアはシチューを皿によそった。

ランドールは、食べながらふいに決断して、穏やかに尋ねた。「何が気に障ったのか聞かせてもらえないかな？　険悪な雰囲気だから」

「ゲイブは地球の反対側なんかに行ってないで、牧場の仕事をちゃんとやるべきだと思ってるだけ」

「でも、今は暇な時期だと言っていたよ」

「暇な時期なんかない。やることは山ほどあるの」

「じゃあ、ぼくをしこむべきだよ。のみこみは早いよ。正直で几帳面《きちようめん》だし――そんなに食べない」

嬉しいことに、クレアは思わず吹きだした。ランドールは笑いで輝いた顔に魅了された。その後、まるでシャッターを下ろしたように笑みは消えたが、ランドールは楽しげに見つめ続けた。

「何を見てるの？」クレアが問いただした。

「そのきれいな赤毛は誰に似たのかなと思って」

「知らない。捨て子だから。知ってると思ってた」

「知ってるよ。ゲイブが七歳のとき、箱に入ったきみを裏口で見つけたんだろう」

「そう。エイブ・スティーブンズという人が父親だっていう書き置きも一緒に入ってたみたい。ここで働いていた人で、ずいぶん前にやめたんだって」

ランドールは笑みを浮かべた。「エレイン叔母さんが言ってたよ。ゲイブは自分に贈られた珍しい子犬みたいに、きみをかわいがっていたって」

叔母は当局に連絡をとって、母親が見つかるまで世話をすることにしたが、母親は見つからなかった。

「名前もゲイブが決めたの」クレアが言った。「それに、パパとママがわたしを置いておいていいって言うまで、しつこく頼んだんだって」

二十四年経《た》っても、クレアはまだここにいる。ゲイブを慕ってやまないのも当然だろう。

「だから、わたしの素性は誰にもわからない。泥棒や人殺しの血を引いてるかもしれない」貴族とつき合える身分ではないと言ってみろと挑発してきた。

だが、クレアは相手を間違えた。ランドールはこういう挑発を受けた経験があり、対処の方法も知っている。「国王や女王や皇帝の可能性もある。ぼくより高貴な血筋かもしれないよ。それに貴族といっても、最初からそうだったわけじゃないんだ」

「どういう意味？」

「スタントン家の先祖には、いかがわしい人物もいたんだ。賭博師、泥棒、殺し屋といった裏社会の人間だよ。彼らはいろいろなあくどい方法で金を儲《もう》けて、その金で称号と屋敷を買って貴族になりすましたんだ。もちろん本当はまだ平民だったけど、数年のうちにそれを覚えている人がみんな死んでしまえば、晴れて高貴な血筋の貴族の誕生というわけさ」

クレアは思わずまた笑った。シチューのお代わりをよそいながら、ランドールを観察したが、もうこのイギリス人をどう判断すればいいかわからなかった。こんな話し方をする人には慣れていない。ゲイブのユーモアは陽気で直截《ちょくせつ》的で騒々しい。さらに言えば、養母のエレインも含めて牧場の皆がそうだ。

だがランドールは研ぎ澄まされた皮肉を静かに語る。間違いなく〝英国流〟ユーモアだ。気づくと自分がそれを楽しんでいるのが腹立たしい。

ランドールはクレアにもう一度笑ってほしかった。笑うと内側に光が差し、知りたいことが見えてくる。どうしてすぐに消してしまうのだろう？

「これ、おいしいね。きみが作ったのかい？」

「ただのシチューでしょう」

「今までに食べた中で最高のシチューだよ」

褒め言葉に感謝する代わりに、クレアは立ち上がり、薪《まき》を補充した。

「この二、三日、雪が降ったりやんだりだったけれど、今夜は大雪になりそう」

クレアはシチューの皿を片づけ、大きなチェリーパイがのった皿をランドールの前に置いた。とめる間もなく、その上にアイスクリームをのせる。

「おい！　ぼくを太らせようとしてるのか？」

「ゲイブはすごい勢いで食べるけど、太らない」

「ぼくはゲイブじゃないよ」静かに言った。

「そうね」クレアはアイスクリームをどけた。

「山ほどある仕事の話を聞かせてくれないか？」

「冬の主な仕事は餌やり。雪が積もって夏みたいに草を食べられないから、群れを日の届く近場に置いておいて、毎日そこへ干し草をやりに行くの」

「ぼくの牛もそうしているよ」

「自分で？」

「飼育係を雇っている。悪いかい？」

「いいえ、雪の中へ出ていくより、家で暖かくしていたいんじゃないかと思って」

「いや、一緒に行くよ」ランドールはすぐに言った。

クレアは急に罪悪感を覚えた。「そんな必要ないわ。わたしがいらつかせたせいで――」

「そんなことはない。少なくとも、やりたくない仕事をやるはめになるほど、いらついてはいないよ。でも、挑発は続けてくれていい」

クレアは、それにこたえるほどばかではなかった。

「明日は二回目行くけれど、一回目は朝食前ね」

「ぼくは二回目に行く。仕事依存症じゃないから」

「冬は早く寝て、日の出とともに起きるの」

ランドールはあくびをした。「わかった」

「今フランクはゲイブの代理で商談に行っているけど、ほかのみんなには明日会えると思う」クレアは口ごもった。「すぐにはうちとけないかもしれない」

「にらまれないようにするよ。ご忠告ありがとう」

二人は一緒に二階へ上がった。

廊下でランドールが言った。「部屋までつき添ってくれなくていいよ。場所は覚えているから」

「じゃ、おやすみ」クレアは自室のドアを開けたが、何か思い出したように立ち止まった。「クローゼットに毛布が入ってるから。ここは寒いでしょう？」

ランドールはクレアの肩越しに室内を見た。ベッドの横に小さなテーブルがある。クレアは彼の視線を追って、慌てておやすみを言ってドアを閉めた。

ランドールは今見た光景について考えた。ベッドの横に、最高の笑顔のゲイブの写真が見えた。

そうか！　クレアはゲイブに恋をしているから、代わりに来たぼくに腹が立つのだ。

ぼくは頭にくるどころか、自分をつかまえようとしない女性と一緒にいるのは気が楽だ。レディ・ホノリアやほかの令嬢たちの完璧なマナーのあとでは、クレアのあからさまな不満にほっとしている。

ランドールは笑みを浮かべてベッドに入り、あっという間に眠りに落ちた。

2

ランドールは寝不足だった。毛布をとりに何度も起きなければいけなかったからだ。モンタナで冷えこむと、本当に寒いのだとわかった。ありったけの毛布を出しても、まだ暖かくなかった。

東の空に一条の光が差すのを見て起き上がり、毛布にくるまって窓辺で日の出を見た。すばらしかった。濃い灰色の空が真珠色に変わり、静かな冬景色の上に広がっていくのを驚異の念とともに見守った。

スタントン・アビーの地所も広いが、ＭＢ牧場の広大さとは比べ物にならない。建物が一つ、また一つと形になっていくさまは、霧の中から幽霊が出てくるようだ。どこからか馬のいななきが聞こえた。

ついに大地が姿を現した。白く輝いている。クレアの言ったとおり、ひと晩中雪が降り積もった。

こういう吹きさらしの土地では、雪が危険な敵になりうることは知っている。だが、今朝は雪より心配すべきことがある。牧場の作業員に会うのだ。その重要さもわかっている。ゲイブから概要は聞いた。

〝現場監督のフランクは、牧場内にある自分の家で奥さんと暮らしている。口数は少ないができた人だ。今の時期、作業員は三人だけで小屋に住んでいる〟

階下では三人が待っていた。寒い戸外から入ってきたばかりのように、足踏みしながら両手に息を吹きかけている。ランドールが階段を下りていくと、油断のない辛辣な目がいっせいに向けられた。動揺しやすい人間なら、うろたえてしまっただろう。

いちばん目立つのが金髪で頑丈な三十代の男だ。人目を引くハンサムだが疑い深い顔をしている。ゲイブの説明によれば、これが主任のデイブだ。隣に立つ長い白ひげと豊かな白髪の男がオリーだろう。

〝ぼくの知る限り、ずっと前から先住民の長老みたいな風貌だ〟とゲイブが言っていたので間違いない。

髪は白いが頬は血色がよく、目も輝いている。

三人目は少し離れて立っている。やや若く、おそらく三十歳くらい。長身で黒目黒髪の細面だ。二人が前に進み出ても、彼は動かない。

「こちらはデイブ」クレアの紹介で男はしぶしぶ笑みを浮かべた。握手する手の力強さは痛いくらいだ。

オリーの笑顔は友好的だが、握力はやはり強すぎ、ランドールは握手のあとで、指を動かしたくなった。

「そして、ノース」クレアが三人目を紹介した。

ノースはすべるように前に出て感じのいい笑顔で手を差しだした。固い握手を交わしたが、力を誇示してはこなかった。ランドールは三人の中で唯一敵意を見せなかったノースが本能的に気に入った。

クレアが呼んだ。「こっち来て、食べて！」男たちはキッチンに向かった。

コンロの前で大柄な先住民の中年女性がおかゆ《ポリッジ》をかきまわしている。

〝彼女はスーザンだ〟ゲイブが言っていた。〝去年の夏、作業員の食事作りの手伝いに雇ったんだが、冬が来て連中のほとんどがいなくなっても、彼女はほかに行くところがないから、うちに残ったんだ〟

そのとき、ランドールは言った。〝まだ捨て子や迷子を引きとっているんだな〟さりげない優しさは、昔からゲイブのいちばんの魅力だ。

クレアが紹介しようとしたが、ランドールは機先を制し、とっておきの笑顔で女性に手を差し伸べた。

「やあ、ランドールです。スーザンだね。ゲイブから聞いてますよ。モンタナでいちばんうまいグースベリーパイを作るんだってね」

スーザンは嬉《うれ》しそうな顔をしたが何も言わず、ランドールの器にほかの人の二倍近いポリッジをよそうことで喜びを表現した。

「胃を大きくしておかないといけないね」クレアが言った。やはりこれがスーザン流の歓迎法らしい。

ランドールは、デイブがクレアの隣の席を狙っているのに気づいた。クレアの動きを目で追っている。

無理もない。クレアの顔はコンロの熱で紅潮し、髪が顔のまわりで揺れている。ランドールは魅了されて笑みを浮かべていたが、気づいたクレアに眉をひそめられて初めて我に返り、食事に集中した。

デイブは早食いだった。

「朝食は逃げないわよ、デイブ」クレアが笑った。

「早く食べ終われば、早く仕事を始められるだろう。さっきの餌やりのせいで、まだ体が冷えきってる」

デイブはおまえのせいだと言わんばかりに、ランドールをにらんだ。

「前回ここへ来たときは夏だったんだ。冬の牧場を見られるのが楽しみだよ」ランドールは和やかな会話のつもりで言ったが、口に出したとたん失言だったことに気づいた。デイブが軽蔑をあらわにした。

「ここの雪は娯楽用じゃない。冬の暮らしを過酷にしているんだ。それがわかっていないようだな」

「イギリスでも雪は降るよ」挑発には乗らずに答えた。「発《た》つ前に、ゲイブがアールの玄関前を雪かきしている写真を撮ったくらいだ」

「伯爵《アール》？」皆がいっせいに言った。

「祖父さ。アールと呼んでいるんだ、伯爵だから」

また失言だったと皆の表情が語っている。だが、どんな話ならいいのか？　そんな話があるのか？

「おれの祖父はくそじじいだが、そう呼びはしないぜ。少なくとも面と向かってはな」デイブが言った。

「呼んだほうがいいよ。いい人になるかもしれない」ランドールは即座に言った。ノースが鼻で笑った。オリーはにやりとし、デイブは顔をしかめた。

「伯爵は使用人に雪かきさせるんだと思っていたよ」ノースが言った。

「普段はそうだけど、のろまな孫が二人いるから、役に立たせてやろうと祖父は言ってたよ」雰囲気を明るくしたくてつけ加えた。「写真を持ってくる」

ランドールは二階へ引き上げ、壁に寄りかかって長いため息をついた。思ったより厳しい状況だ。まあ少なくとも、いい経験にはなる。

写真を見つけて階段を下りていくと、笑い声のあとにクレアの声が聞こえた。皆をたしなめている。

「やめなよ、デイブ。そんなに悪い人じゃないよ」

ランドールはデイブのばか笑いに顔をしかめ、恥知らずにもその場にとどまって立ち聞きを続けた。

「悪い人じゃない？　あいつはこの冬最高の気晴らしだよ。あの手に触ったか？　たこ一つない」

「貴族だもん。たこなんかないよ」クレアが言った。

「じゃあ、ここでは場違いだな」デイブが言った。

「もたないだろう。明日の朝一の便で帰るほうに五十ドル」オリーが言った。

「五十ドルも持ってないだろう」ノースが言った。

「問題ないさ。負けないから」

「あの人にチャンスをあげようよ」クレアが言う。

「そうだ、チャンスをやろう。ネイラーに乗るチャンスをやるんだ」デイブがわめいた。

「冗談だろう」ノースが口を挟んだ。穏やかな声が思いのほか毅然《きぜん》としている。「クレア、彼が馬に乗れるかどうかわかるまで、乗せちゃだめだ」

「貴族はみんな乗れるでしょう。でも、そうね。どうして従兄弟《いとこ》が首の骨を折ったか、ゲイブに説明しなきゃいけないのは嫌だからね」

デイブが大笑いした。

「お手柔らかに頼むよ」ランドールはつぶやいた。

そのまましばらく物思いにふけり、階段を下まで下りる頃には、ある決意をしていた。これが彼らのやり方なら――しかたない、受けて立つまでだ!


食卓に戻って、自分が現れたとたん会話がとまったことに気づかないふりをする。無関心を装って写真を置いた。デイブ以外の皆が興味深げに広げた。

「このサンタクロースは誰だい?」ノースが頬の赤い上機嫌な人物を指差した。

「祖父のセドリック卿《きょう》、スタントン伯爵だよ」

「伯爵には見えないな」オリーが言った。

「その必要はないんだ」ランドールは精いっぱい尊大な口調を心がけた。「大事なのは血筋で、領民もそれを知っているってことだからね」

これで皆もわかるだろう。相手をいらつかせるような話し方を期待されたら、そうしてやるまでだ。

クレアが眉をひそめて見ている。なぜ突然へたな芝居でしか聞かないような話し方を始めたのか、とでも言いたげだ。ウインクして冗談だと知らせようとしたところでノースに注意を引かれ、再び振り返ると、クレアはベーコンエッグをとりにキッチンへ行ってしまっていた。

「よく眠れた？」食卓に戻ってきたクレアが言った。

「ぐっすりだよ！　暑すぎたから毛布を二枚どけたら、ちょうどよかった」皆の視線を意識して、さりげなく言った。「イートン校で忍耐を学んだから」

「ここでは忍耐が必要だぜ」デイブが言った。「馬には乗れるか？」

「デイブ！　言ったでしょう」クレアが反対した。

「ぼくは軍隊にいたんだ。近衛《このえ》騎兵隊で女王を護衛していた」ランドールは退屈そうに言った。

デイブが大笑いしかけたが、クレアににらまれて黙った。コーヒーを持ってきたスーザンが最初にランドールのカップに注《つ》いだところで危機は去った。

ようやく皆が席を立った。ランドールは二階へ上がり、ノースとオリーは小屋へ戻った。デイブは残ってクレアに話しかけている。

「貴族だからって、スーザンまでちやほやしてる」

「それは違うよ。あの人がすごく丁寧に話しかけたからだと思う。スーザンのことを家具の一部みたいに扱う人もいるからね」クレアは主犯格のデイブに意味ありげな視線を向けた。デイブはぶつぶつ言いながら早々に引き上げた。スーザンを喜ばせようとしたランドールに好印象を持ったことは認めざるをえない。

ゲイブみたい。クレアはすぐに思った。いや、むしろ、ゲイブがそうしろと勧めたのかもしれない。

スーザンがテーブルを片づけ始め、ランドールの空になった皿を満足そうに眺めた。「いい男だね」

「そりゃあゲイブの従兄弟だもん」クレアは言った。

「ゲイブよりハンサムだよ」スーザンが言った。

クレアは腹が立った。「そんなことないよ」

スーザンは笑いながら皿の山を持って退散した。

クレアはあたりを見まわし、仲間には秘密にしているゲイブの写真をシャツの内側からとりだした。スーザンの忠誠心が相手を乗り換えたので、写真の笑顔には新たな辛辣さが加わったように見える。

そこへランドールが写真をとりに下りてきて、目にした光景に足を止めた。クレアがひどく哀れを誘う表情でゲイブの写真を見ている。ランドールはあまりに無防備で悲しげな顔に胸を打たれた。

かわいそうなクレア。ぼくの世話を押しつけられてとんだ災難だっただろう。来るべきではなかった。

ランドールは察しがいいほうではない。特に女心のよき理解者でないことは過去の恋人たちが証言するだろう。だがクレアの苦悩には、なぜか気づいた。

今まで、こんなふうに誰かに共感したことはなかった。クレアは男所帯の中で孤独なのだ。エレイン叔母は優しい人だが、頑なな人生観の持ち主であることを考えると、秘密をうちあけるのは難しい。マーサも同じようなものだし、今は家を離れている。孤立したクレアは報われないとわかっている女心と向き合いながら、男になろうとしていた。

荒っぽく攻撃的だが、本当は孤独で悲しいのだ。

クレアが動いたので、ランドールはすばやく階段の上へ引き上げた。自分だけの秘密の悲しみに踏みこまれたとなれば、クレアにとっては致命的だろう。

服を着て部屋を出ようとしたとき、思いついて電話をとり上げた。イギリスは夕方だから、ゲイブも電話に出られるだろう。

「会社の場所がわかったかどうか、確かめたほうがいいな」ランドールはつぶやいて笑みを浮かべた。

少し驚いたことに、ゲイブは会社にいただけでなく、不機嫌に答えた。「今度は何だよ?」

ランドールは電話を見つめた。いつもの楽天的な従兄弟ではない。すでに重圧がこたえているようだ。

「ゲイブ、どんな状況だ?　大丈夫か?」

相手がランドールだと知って、ゲイブの声はがらりと変わった。「もちろん大丈夫だ!」返事が早すぎる。「どうだと思ったんだよ？」

「少し精神的な支援が必要かなと思っただけだよ」ランドールは慎重に答えた。

「大丈夫だ。問題ないよ」ゲイブは陽気に言った。ランドールは歯ぎしりした。ゲイブは持ち前の魅力で、初日から地元の人たちを手なずけたのか。

ゲイブは続けた。「心配ない。子供にもできる仕事だよ」

それは、ぼくに対する皮肉ではないか。

「そっちはどうだ？」ゲイブが尋ねた。

「絶好調だよ」ゲイブの陽気さをまねて答える。

絶好調だよ。きみじゃないせいでクレアに憎まれ、口を開けば皆に笑われ、ぼくの死を望まないのがスーザンだけなのを別にすればね。

「もう電話してくるなよ。じゃあな」ゲイブのそのひと言を最後に電話を切ってから、ランドールは考えた。しらじらしい嘘《うそ》をついたのが、ゲイブにわかっただろうか？

そういえば、ゲイブの話はどれくらい本当なのだろう？　たぶんむこうも嘘をついたに違いない。

そう考えて急に気が楽になった。厳しい状況かもしれないが、少なくともつらいのは自分だけではない。笑みを浮かべて上着をとり、ドアへ向かった。

ドアを開けると、クレアが立っていた。「服をちゃんと着たかどうか、見に来たの」

「ゲイブのいちばん厚いシャツだよ」腕を広げてみせたが、クレアは部屋に入ってきた。

「その下には何を着てる？」

「何だって？」

クレアはランドールのシャツのボタンをはずし始めた。一瞬とほうもない夢が現実になるのかと思ったが、クレアのきびきびした態度が幻想を払いのけた。彼女は下着を指でつまんで厚みを調べた。

「一枚しか着てないじゃない」クレアが非難した。

「カシミアの長袖だよ。世界一暖かいウールだ」

「その上にもう二枚着て。肺炎になりたいの？　靴下もカシミア？」

「最高級だよ」

「三足はいて。それくらい必要だから」

「着替えの世話まではしてくれないだろうね？　乳母を連れてくるのを忘れたんだ」

「そうね」クレアはためらい、つけ加えた。「デイブに気をつけて。怒らせないように」

「ぼくは軍隊でしごかれた大人だよ。連中が相手でも乗りきれるさ。きみが相手なら話は別だが」

「それも英国流ユーモア？」

「いや、これはブラックユーモアだ。危機に瀕《ひん》しているときに使う」

クレアはこれには答えなかった。「急いで。もう出かけるから」そして慌ただしく出ていった。

「了解！」ランドールはつぶやき、服を脱ぎ始めた。

脱ぎながら歯ぎしりした。ゲイブにもクレアにもいら立ちを感じるが、いちばん腹が立つのは自分自身に対してだ。ボタンをはずすクレアの指の感触が下半身に火をつけた。消せるものなら消したい。

だが消えないので、頭から追い払おうとした。女性にボタンをはずされたときの無条件反射だ。冷静に見れば何でもない。だが、熱い快感が確かにわき上がった。長袖のらくだシャツを着ているというのに。たぶんクレアも着ている。らくだシャツを三枚。

だが、それを脱いだ姿はどうだろう？

気をとり直して、ほかのことを考えようとしたが、クレアの女らしい姿が頭から離れない。

外が凍えるような寒さでよかった。寒さが必要だ。

ランドールは下着を重ね着して階下へ向かった。

与えられた馬はジャクソンという元気な馬だったが、近衛騎兵隊ではもっと気の荒い馬を乗りこなしていたので、ジャクソンにはすぐに慣れた。

見渡す限り雪原が広がり、その先に山脈がそびえ立っている。太陽が輝いているが寒さは厳しい。もっと重ね着するよう忠告してくれたクレアに心の中で感謝し、いたずらっぽい視線を向けてきた彼女に親指を立ててみせた。デイブがそれを見とがめた。

四頭の馬が、干し草を満載した巨大なそりを引く装備をして位置に着いた。デイブの合図で陽光に輝く静かな雪原を走りだした。

ランドールはすぐに楽しくなった。スタントン家は何世紀も前から地主で、ランドールは生粋の田舎育ちだ。会社で数字をにらんでいた年月が、朝の空気の中で剥がれ落ちていくようだった。

餌やりは、熊手で巨大な干し草の山を崩していく過酷な作業だったが、長い眠りから目覚めたように全身を駆けめぐる血液が、生きている実感を味わう楽しさを思い出させてくれた。

牛たちは人間が来た理由を知っていて、我先にと群がってくる。ランドールは自分の牛を思い出した。所有者だという意味では自分の牛だが、実際には別の人間が世話をしている。この瞬間までそれを権利の剥奪と感じたことはないが、今そうだとわかった。

ばかげた感傷だ！　自分に言い聞かせようとしたが、その思いは頭を離れなかった。

帰り道、ジャクソンはボスになろうと最後にもうひと頑張りした。ランドールは手綱をゆるめて軽く制御しながら速駆けを楽しんだ。するとすぐそばに蹄《ひづめ》の音が聞こえた。クレアが追いつき、競おうとしている。ランドールは笑みを浮かべて馬を駆った。

横目で見ると、彼女は目を輝かせ自信を持って優雅に馬を操っている。まったく動じない姿が見事だ。

ホノリアのことを考えた。よくしつけられた馬にしか乗らないと言い張り、手の爪が折れたからと言って途中で帰ろうとした。田舎での遠乗りを楽しんでいたランドールはうんざりさせられた。

突然、クレアの馬が雪の中の見えない障害物に驚いて棒立ちになった。クレアは必死で制御しようとしたが、不意を突かれて落馬し、背中をうった。

「クレア!」ランドールは叫んで引き返した。

「大丈夫。馬をお願い」クレアが大声で答えた。

ランドールは、クレアが馬から手を離して立ち上がれるように手綱をつかんだ。大丈夫ではない。クレアは痛みを隠すような動き方をしている。だが、ここで同情を見せたら、彼女を怒らせるだろう。

クレアは再び馬に乗り、軽く叩《たた》いて悪く思っていないことを示した。

ほかの皆が追いつき、デイブがクレアの隣に陣取った。その後ずっとデイブは一人で声高にあれこれしゃべり続けていたが、ランドールの注意は、鞍《くら》の上で少ししょげているクレアに向いていた。

デイブを押しのけ、自分に頼れとクレアに言いたかったが、しないほうがいいのはわかっていた。

3

その晩ランドールは細心の注意を払ってベッドに入った。普段使わない筋肉を使ったので体中が痛い。

ついに楽な姿勢を探すのをあきらめ、ベッドから出た。どこかに塗布薬があるはずだ。二階へ来る前に尋ねるべきだったが、皆を満足させたくなかった。

ガウンをはおって廊下に出ながら、どこを探せばいいか考えた。だがクレアの部屋の前を通った瞬間、薬のにおいに気づいた。痛そうに息をのむ音が聞こえ、クレアが落馬して背中をうったのを思い出した。薬を塗ろうとして手が届かず困っているに違いない。

ドアをノックした。「クレア」

ドアが少しだけ開いた。バスタオルを巻いたクレアが立っている。

「塗り薬を探していたら、においがしたんだ」

「今、塗り終わったところ」

「本当に？　背中全体があざになっているはずだよ。手伝おうか？　同病相憐《あわ》れむってことで」クレアがためらっているので、つけ加えた。「きみが黙っていてくれるなら、ぼくも誰にも言わないよ」

それで微笑を勝ちとった。「わかった」クレアはバスタオルを握ったまま部屋に入れてくれた。

ベッド脇のゲイブの写真は、なくなっていた。クレアが背中を向けて座ったので、ランドールはそっとバスタオルをはずし、背中を見て息をのんだ。

「見たこともないくらい大きなあざになってるよ。横になって。ちゃんと塗ってあげるから」クレアがためらっているのを見て、さらに言った。「こんなときに遠慮なんかするな！　明日働けなくなるぞ」

「今だって働けそうもないわ」クレアはため息をついてベッドに横になった。

「ランドールはタオルを腰まで下げ、クレアが抵抗して、そこでやめてと言うのを待ったが、口もきけないほど疲れているようなので、薬を塗り始めた。

白くてなめらかできれいな肌だ。ずっとぶっきらぼうな態度を見てきたので、クレアの体があまりにも柔らかく女性的なことに驚いた。

こんなことを買って出たのが賢明だったのかわからなくなった。あざがあっても美しい。すんなりと優雅な背中は細いウエストですぼまり、女性らしい曲線を描いたヒップに向かって広がっている。

ランドールは痛みを感じさせないように気をつけて両手を動かした。さらにはクレアを意識しすぎないように努めたが、それは不可能だった。

「これで楽になるよ。薬がなかったら、どうなっただろうな」ランドールはつぶやいた。

「馬みたいなにおいにならなかったことだけは確か

ね」クレアはあくびしながら言った。

「うん、確かにこのにおいは残念だ」

クレアがもし馬なら、赤いたてがみの誇り高く美しい競走馬だ。束ねていない髪は肩の上に広がっている。ランドールはその髪をどけて首の後ろをもんだ。満足げなうめき声が心に響き、笑みが浮かぶ。

「気持ちいいかい？」

「うーん」クレアは片手で髪を一方に寄せ、肘の上に頭をのせた。その動きでタオルがはだけ、美しい胸が片方あらわになったが、本人は気づいていない。

ランドールはそそられる眺めから無理やり目をそらした。クレアの胸は、華奢《きゃしゃ》な体のわりに大きい。実際ちょうど手のひらに収まるくらいの大きさだ。

考えをほかに向けようとしたが、目をそらすほど簡単にはいかなかった。思いは、今見えているクレアの体からなかなか離れず、タオルの下まで忍びこんでいく。恥ずべきだと考え、大きく息を吸って全身に駆けめぐる興奮を抑えようとした。だがいちばん活発に反応している部分は思いどおりにならない。

「悪くない一日だった」話して気をまぎらわそうとした。「少し大変だったが、それは予想していた。今度はもっとうまくやるよ。習うより慣れろだ」何を言っても、轟音《ごうおん》の中で言葉を聞きとろうとしているような違和感がある。〝クレアに平手打ちされるようなことをしでかさないうちに部屋から出ろ！〟

「明日の予定は？」背中をなで下ろしてきた両手をウエストで無理やりとめた。「クレア、クレア？」

寝息をたてている。ランドールは凍りついた。無邪気に始めたことだが、全身が興奮している。クレアは女の武器をいっさい使わないが、本人にそのつもりがなくても、これほどセクシーな女性はいない。

だが、同時に無防備でもある。特に今は。

〝おまえが眠らせたんだ。早く出ろ〟

ためらっているうちにクレアが長いため息をついて

かすかに動いたので、手が不本意にも下へずれた。

不本意？　冗談だろう？

クレアは再び落ち着いて満足げな笑みを浮かべた。

ゲイブだ！　ゲイブと一緒にいる夢を見ているに違いない。今目覚めて、ランドールだとわかれば、裏切られたような気持ちになるだろう。

ランドールは息遣いも荒く立ち上がり、クレアから離れた。興奮のあまり体が震えている。厄介なことになる前に、事態を収拾しなければならない。

だが、まずやるべきことがある。クレアを起こさないよう慎重にバスタオルで体を覆い、寒くないよう、その上にシーツと毛布をかけた。

廊下に出て大きく息をつく。そのときになって、ベッド脇のテーブルに塗り薬を置き忘れたことに気づいた。悪態をついたが、今さらどうしようもない。もう一度クレアの部屋に戻ることは断じてできない。

ランドールは自分の冷たいベッドに戻り、体中の痛みと欲求不満で眠れぬ夜を過ごした。


翌朝、目覚めたのは遅い時間だった。ようやく浅い眠りについたのが深夜だったのだ。スーザンの説明によると、クレアが起こさないよう命じたらしい。ほかの皆はすでに仕事に出かけていた。

食卓に残っているソーセージとベーコンだけで十分なのに、スーザンはボリューム満点の食事を一から作ると言い張り、それを断る勇気はなかった。

食事のあとでゲイブに電話をかけた。昨日は冗談ですませてしまったので、まじめに話す必要がある。

だが電話に出た若い女性が言った。「ミスター・マクブライドは広告部長と会議中で、邪魔されたくないそうです」

「でも、相手がぼくなら話は別だろう。ランドールからだと伝えてくれ。広告について妙案がある」

かちっと音がして低い話し声が聞こえ、秘書が言った。「ミスター・マクブライドはお電話には感謝しますが、今は出られないそうです」

何がミスター・マクブライドだ。ゲイブだろう？

「ではミスター・マクブライドに、ふざけるのはやめて、電話に出ろと伝えてくれ」

再び低い話し声が聞こえた。「ミスター・マクブライドは、あとでかけ直すと言っています」

「ああ、そうしろと言ってくれ」猛烈に腹が立った。しばらく受話器をにらんで考えた。いったい何のつもりだ？　あいつにはぼくの助言が必要で、電話に出ればすぐにそれがもらえるというのに。

家の中でパソコンを見つけて電源を入れた。予想どおり、ゲイブは最新のソフトウェアを入れている。

「そういうのに詳しい？」

振り返るとクレアが立っていた。表情は読めない。

「まああわかるよ」

「エレインが経理担当だけど、留守の間はわたしがやる約束なの」クレアは言外の意味をにおわせた。

「経理ソフトに関してはエキスパートだよ」

幸い、知っているプログラムだった。クレアに入力待ちの請求書を見せてもらうと、すぐにエレイン叔母の手順のこつをつかんだ。

作業員が集まり始めた。ランドールが仕事に出てこなかったことをおもしろがっている。

「重労働は一日で十分か？」デイブが陽気に言った。

ランドールは挑発に乗らずに肩をすくめた。「なかなか寝つけなかったんだ」

クレアは目を合わせるのを避けていたが、このひと言で彼女の全身が反応した。昨夜《ゆうべ》の記憶が体だけでなく心にも残っていることが、まるで触っているように確かに、隣に立つクレアから感じられる。

昨夜何があったか、クレアは言葉で聞いたかのようにわかっている。自分のせいでランドールがひと晩中苦しんだことを知っている。それはエロティックな波動のようにクレアから放たれ、ランドールをとらえた。たとえクレアの頬が一瞬染まるのを見逃したとしても、その気配がすべてを物語っている。

「もう音《ね》をあげたんだろう」デイブが笑った。

「デイブ、やめて」クレアが静かに言った。

「何だよ――」

「やめてと言ってるでしょう！」

強い口調が火炎放射器の炎のようにとびだした。皆が初めて見るクレアの激しさに驚いて黙りこみ、離れていった。クレアとランドールだけになった。

「スーザンの料理を手伝ってくる」クレアはつぶやいて、キッチンへ急いだ。

意気地なし！　クレアは自分を激しく非難した。だがあの思いがけない体験のあとで、二人きりになりたくなかった。今朝は顔を合わせたくなかった。昨夜はひどく動揺させられる夢にさいなまれたからだ。夢の中ではずっと彼の手が体に触れていた。誰にもあんなふうに触れられたことはない。そして恥知らずにも、その愛撫《あいぶ》に我が身を差しだしていた。

ランドールは眠れなくて運がよかった。目覚めていれば思考を制御できるからだ。無力な状態で欲望に圧倒されたら、恥ずかしくて平常心には戻れない。

寝かしておくようにスーザンに言ったのは、顔を合わせられなかったからだ。顔を見れば、ランドールが兄のような気持ちで申し出た手助けが、別のものに作り変えられてしまったことに気づいただろう。

彼がパソコンの前に座っているのを見たときは、ほっとした。何もなかったように普通にふるまえた。確かに互いを意識し合っているが、そのせいで慎重に築いた防護壁が壊れるのだけは許さない。

それに、ゲイブがいる。愛しているが、ゲイブのイメージにこんなふうに身を焼かれたことはない。ゲイブに情熱を求められたこともない。それなのに、なぜゲイブを裏切ったような気がするのだろう？　誰それから数日間、クレアはランドールと二人きりにならないように気をつけた。幸いノースが喜んで面倒を見ている。口が立つと自負しているデイブは、あからさまにランドールを嫌い、辛辣な言葉を吐く。ランドールはますますイギリス人らしくなることで、それに対抗している。デイブに何を言われても腹を立てず、笑顔でつぶやく。〝いや、別に――〟これでノースとオリーは吹きだし、デイブはさらに興奮する。

あるときランドールはゲイブから投げ縄を教わったと何気なく話した。デイブはすぐに試合を持ちかけ、クレアがとめる間もなくランドールは同意した。

「デイブはこのあたりでいちばんの使い手だよ。勝てるわけないよ」クレアは慌てて言った。

ランドールはいつもの妙な表情でつぶやいた。

「勝負のやり方は一つじゃない」

初め、クレアはただの強がりだと思った。ランドールの投げ縄の腕前は話にならなかった。どうして、これを披露する気になったのだろう？

デイブの口は意地悪くゆがんだ。「近衛《このえ》騎兵隊のようなわけにはいかないだろう」

「練習するしかないな。もう一度やってみよう」ランドールは素直に言った。

高く投げた縄は、ちょうどデイブの肩にはまった。

「おい！」

「わあ、ごめん。すぐにはずすよ」ランドールは慌てた様子で縄を引いた。

「よけいきつくしてるじゃないか」デイブが叫んだ。

「わあ、本当だ。じっとしていてくれれば――」

「放せよ、ばかやろう！」

またもや皆から笑いが起きたが、今回笑い物になっているのはデイブだった。

やっと自由になったデイブはランドールをにらん

だ。「わざとやったんだろう。おれをばかにして」

「きみの本質をそれ以上変えるつもりはないよ」

「おまえ――」

「二人とも、やめて」クレアはかろうじて笑いをこらえた。「中に入って、何か食べよう」

運よく、ちょうどそのときフランクが町での用事から戻ったので、紹介が始まり、危機は去った。だが忘れたわけではない。デイブは危険な敵になりうる。警戒が必要だとランドールは思った。

クレアは、いろいろなタイプの男性がいるのだと気づき始めていた。ここにいるのは、むこう見ずで率直、粗野でたくましい男ばかりだったが、冷静な皮肉で敵をかわし、静かで忍耐強いが決して屈しない、温厚な見せかけの下に鋼の精神力を持つランドールのようなタイプの男性もいることがわかった。

彼は紳士だ。これまで、その言葉の意味は自分の中で明確ではなかったが、あの夜、半裸の自分を目の前にしても、その機会を利用しなかったランドールは紳士だ。その夜のことを意味ありげにほのめかしたり、困惑させようとしたりもしない。皆に知られれば、嘲笑されそうな心遣いだ。

だが皆に知られることはない。二人だけの秘密だ。ランドールと秘密を共有してしまったことに気づいて、クレアは不安になった。望まない親密な関係への第一歩だ。それについては固く心に決めている。だが、その半面、ランドールの紳士的な自制は無関心をごまかしているだけではないのかと思い始めている。そう考えると、腹が立つ。よくも何もなかったようにふるまえるものね！

気づくとランドールを見ている。見ないようにしようとしても目が言うことを聞かない。優雅で大きな体、ジーンズに覆われた腿の筋肉、太い首、分厚い肩、何気ない動きに感じられる力強さをとらえる。

その晩ランドールがスーザンの皿洗いを手伝って

いるのを見つけて、彼の別の面がわかった。ことさら男らしさを吹聴《ふいちょう》する必要はない。内側からにじみ出る自信が確かな男らしさを物語っている。笑いたい者は笑えばいい。彼は肩をすくめるだけだろう。

「もう寝て。疲れてるでしょう」クレアはスーザンをシンクからそっと遠ざけ、代わりにそこに立った。スーザンは笑みを隠しておとなしく引き上げた。詳しく説明されなくても事情は心得ている。

まだ洗い物はたくさん残っている。洗った皿をランドールに渡す際にしばしば指が触れた。洗いかごに置けばいいのに、そんなことは考えもしなかった。

「きみも疲れているだろう」ランドールが優しく言った。「ここをとりしきって家事もやりながら、毎日外仕事もやっているんだから。明日は日課を変えて、ぼくにこのあたりを案内してくれないか？」

「ノースに頼んでよ。ノースに休みをあげるから」

「ゲイブなら、きみに頼めと言うと思うな」

しかたない。クレアは喜んでいる顔を見られないように、シンクに前かがみになった。ランドールと二人きりで一日過ごすしかない。

翌日、二人はトラックでマーモットへ出かけた。マーモットは目抜き通り以外にはほとんど何もない小さな街だ。薬局、郵便局、食料品店、食肉倉庫、金物店、溶接工場、農機具販売店、バーが数軒、カフェが一軒ある。イギリスの小さな村に慣れているランドールは、すぐにくつろいだ気分になった。

いい天気になった。雪は積もっているが、太陽が顔を出し、どこもかしこも明るく輝いている。

クレアは店をまわり、必要なものを買いながらランドールを紹介した。どの店でも、顔を見て、皆少し驚いた。買ったものをすべてトラックに積んでからランドールが言った。「コーヒーが飲みたいな」

二人は小さな店でコーヒーとパイを注文した。席に座ったランドールは、クレアとまともに顔を合わせていなかったことに気づいた。二人きりになったのは、あの夜以来だ。避けられていたのだろうか？　クレアは、どれくらい覚えているのだろう？　切望のあまり、何か許されないことをしただろうか？

クレアが顔を上げ、出合った視線をそらした。頬が染まるのを見て、ランドールは確信した。何をしたとしても、許されないことではなかったようだ。

ジョーという中年男性が様子をうかがいに来た。これで三度目なので、ランドールは顔を上げて、よく見せてやった。「これでいいかな？」愛想よく言うと、ジョーが笑った。

「彼をダンスに連れていくといい」ジョーがクレアに言った。「みんな驚くぞ」

「ダンスって？」ランドールが尋ねた。

「毎年二月にやるフォークダンスだよ」

「何キロも遠方から集まるんだ。きっと、みんな顔を見に来るよ」

「ぼくは地元の見世物みたいだな」ランドールは苦笑いした。「みんなをがっかりさせるわけにはいかないから、二人でダンスに行ったほうがいいね」

「二人で？」

「一人では行けないよ。きみが手を握って勇気をくれないと」

「言うことの半分は本気じゃないでしょう。もうわかっているんだから」

ランドールは答える代わりに眉を片方上げた。ふいにクレアが吹きだした。その笑いで顔が一変した。目が輝き、頬は外の寒風で薔薇《ばら》色に染まったままのクレアは、一瞬若さの権化に見えた。ランドールはめまいがした。ゲイブはこの魅力的な美女をものにできたのに、ほしくなかったのか？　気は確かか？

「何がおかしいんだい？」

「今、眉を片方上げたでしょう。前に来たとき、ゲイブがそれをうらやましがったのを覚えてる？　ゲイブは両方一緒にしか上げられなかったから」

「そうだったね。勝負したんだった」

「ゲイブが鏡の前で練習しているのを見たけど、どうしてもできなくて、ものすごく怒ってた」

クレアはまた笑った。ランドールも一緒に笑った。

「十八のときには、大事なことに思えたんだよ」同じことで笑えるのが純粋に嬉《うれ》しかった。

「もう一度、十八歳に戻りたい？」

ランドールはしばらく考えてから首を振った。

「いや、なぜかはわからないけどね。あの頃は何も考えないで、十八歳なりに十分幸せだった」

「今だって幸せなんじゃないの？」思わず尋ねた。

あたり障りのない答えでもよかったのに、ランドールは気づくと真剣に考えて正直に答えていた。

「まあね。誰だって、あんなにのんきな昔には戻れないけど、戻る必要はないんだ。違う人間に成長して、別のことが大事になり始めるからね」

「違う人間になるって、本気で思ってないよね」

「過去を振り返ると、とても自分とは思えないんだ。そんなことはないかい？」

「あるよ」クレアは少し反抗的に答えた。「でも、わたしは変わりやすいほうじゃないと思う」

ランドールは危険に気づいて、すぐに引き下がった。ゲイブのやつ、どうしてすぐに出てくるんだ？

「明るいうちに帰ろう」ランドールは言った。

クレアは初日に通った山道を走った。あの日は薄暗かったが、今は空の青と大地の白と黒が鮮やかだ。

「ここでとまって」ランドールは峠で言った。

二人は車から降りて、壮大な風景を眺めた。

「あっちに牧場が見えるよ」クレアが言った。

暖かい車内に比べると外は寒く、クレアが身震いした。その瞬間、ランドールは空と山がまわり始めたような気がして目を閉じ、深呼吸した。

クレアが両手で支えてくれた。「山のせいだよ」

「うん」ランドールは目を開けた。

「ランドール、大丈夫?」クレアの指が頬に触れた。

ランドールはその手をとってしばらく見つめ、口元へ持っていってそっと口づけをした。

そんなつもりではなかった。まだめまいがしていて、何をしているかよくわからないまま、そうなっていた。柔らかい手の感触が情熱に火をつける。

腕の中で震えるクレアとしばらくの間、雪の峰に立っていた。何でもできるはずだ。目の前で柔らかい曲線を描く唇に、さらに駆り立てられる。次の瞬間にはぼくの唇と重なって、誘惑するだろう。

「ランドール……」クレアがささやいた。

「うん」くぐもった声でつぶやく。

「こんな風の中にいるのは、よくない。危ないよ」

ランドールも身震いして、しかたなく言った。

「そうだね。帰ろう。ここは危険だ」

4

時間はどこへ消えたのだろう? 牧場に着いた翌日には皆と外仕事に行き、体中が痛くなった。それから牧場の暮らしに慣れ、たやすくはないが仕事をこなせるようになり、あっという間に一カ月経《た》った。

毎日が楽しくなってきた。イギリスでは、アールの果てしない要求に支配され、どんなに長時間働いても、祖父を満足させられる気がしなかった。

だが、ここでは誰にも何も期待されていない。いや、むしろ最低だと思われているので、皆と同じくらいうまく干し草をかいたり、長い時間寒さに耐えたりできるところを見せるのが楽しい。モンタナでは伯爵の後継ぎではなく、大勢の中の一員として分相応の地位を得ている。誇りを持てる高い地位だ。友達もできた。いつ以来だろう？

本能的に尊敬していたフランクとは仲良くなれた。オリーからは、トランプのいかさまのやり方を教わった。その技を使うつもりはないが、技を伝授されたことは光栄に思っている。

いちばんの友達はノースだ。ノースは興味を持ってイギリスやランドールが訪れたことのあるほかの国々のことを尋ねてきては、夢中で話を聞く。

「きみはどこの出身？」ランドールは一度尋ねた。

「北のほうさ」

「だからノース？　じゃあ、本名じゃないのか？」

「今は本名だよ」

別のときにはノースが言った。「おれたち、似てるよな。人にどう思われるか気にしないところが」

「ぼくは、気にしてないのかな？」

「気にしてたら、あんなふざけた話し方はしない」

「確かに」

「今は使わないんだな。もう忘れたんだろう」

「きみに使ってもしかたがない。きみはそんな手には引っかからないからね」

ノースは笑った。

ランドールはこの土地のことがわかってきた。まだ雪の下だが、自分の土地のように愛着を感じる。

よく日の出を眺める。朝の月の下で世界がピンクや紫に輝く。夕方一人で夕日を見に行くこともある。赤や黄色の光に染まった雪原の美しさには息をのむ。

ときにはクレアが来て、一緒に黙って夕日を眺めることもある。一度クレアが言った。「イギリスでも、こんなにきれいなの？」

「ああ。でも、もっと穏やかなパステルカラーだ」

「恋しい？」

真珠色に光る小麦畑や、子供の頃魚釣りをした小川のせせらぎ、頭《こうべ》を垂れた水辺の柳が頭に浮かぶ。

「ああ、恋しいよ」

　このときだけはクレアの反応も表情も見なかった。あるとき、沈む夕日の最後の光が消え、大地に完全な静寂が訪れた瞬間、日ごとにつのるクレアへの思いを語る言葉が見つかりそうになった。だが、クレアが空を見上げて、先に口を開いた。

「ゲイブは今、何してると思う？」

　形になりかけていた言葉は語られないまま消えた。

　長い間机に向かってばかりいた体は、冬の過酷な労働のおかげでたくましくなった。肉体に活力がみなぎると、久しぶりの感覚が戻ってきた。その中でいちばん厄介なのが、強くなるクレアへの思いだ。

　過去に女性を求めたことはあるが、手に入らない人に対してこれほど熱烈な欲望を感じることはめったになかった。まれに拒絶されてても、そういう相手はすぐに忘れた。だがクレアは違う。重要な存在だ。重要な存在だから、手に入らないのが悩ましい。そして手に入らないから、ますます重要な存在になる。

　いまだかつてこれほど魅了された女性はいない。大胆な勇気とときどき見せる弱さに惹《ひ》かれる。英国流ユーモアがおもしろくないふりをする様子にも、思わず喉の奥で笑ってしまう声にも魅了される。だがめまいがするほど嬉《うれ》しいのは、二人の間に何かが起きそうな予感があるからだ。それが何で、いつ起きるかはわからないが、重大な出来事になるだろう。

　ある晩、ランドールは階下の物音で目が覚めた。服を着て階段を半分下りた。そこから居間が見える。ソファーの脇にある卓上ランプだけが点灯している。

　本棚の前では、ノースが一心に背表紙を読んでいて、こちらの足音に気づかない。ノースはようやく探していた本を手にとり、ソファーに座った。ランドールが近づいていくと、ノースは顔を上げた。

「ミセス・マクブライドが自由に読んでいいって言

ったんだ。ほかには誰も読まないからって」

ランドールはウィスキーの瓶とグラスを二つ持ってきた。「ディケンズの『大いなる遺産』か」

「去年の夏にここへ来てから、ディケンズを読み始めたんだ。片っ端からね」

ランドールは驚いた。イートン校やオックスフォード大学に在学中、楽しみのためにはもちろん、勉強のためでも、ディケンズ作品を制覇しようとしている人には会ったことがない。ノースのそばにグラスを一つ置いて、革の肘掛椅子に腰を下ろした。暖炉の火力は落ちているが、まだ心地よく暖かい。

ノースは本をつついて言った。「思うに、この男は話の進め方を知ってるね。このミス・ハヴィシャムは、うちのネル叔母さんみたいだよ。叔母さんはある男が好きになって、結婚式の準備もすんでいたのに、そいつが叔母さんの従姉妹《いとこ》と寝たんだ」

「叔母さんは二十年間ウエディングドレスを着たままかい？」

「いや、でもそれからは男と見れば罵ってるよ。男が現れたときのためにショットガンも用意してる」

ランドールは興味をそそられた。「ディケンズを全部読み終えるまでに、どれくらいかかる？」

「たぶん来年の夏までかかるな。そうしたら出ていく。長居は好きじゃないんだ」

二人はうちとけた沈黙の中でウィスキーを飲んだ。ランドールは肘掛椅子の背にもたれて天井を眺めた。

「明日は本当にネイラーに乗るのか？」しばらくするとノースが言った。

「たぶんね」

再び長い沈黙があった。

「ばかだよ。あいつはチャンスさえあれば、人を振り落とそうとするんだ。おれなら乗らないな」

「いや、乗るよ」ランドールはきっぱりと言った。

ノースはしばらく考えた。「そうだな。だが、おれはあいつに慣れてる。あいつは左に落とそうとするから、右に体重をかけなきゃいけないんだ」

「そうしたら、右に落とそうとしないのかい?」

「しない。あいつはばかだから。それから最初の二秒で振り落とそうとする。人が腰を落ち着ける前にね。それができないと、猛烈に怒りまくるんだ」

「でも、猛烈に怒らせるのはどうかな? 今だって怖いのに。ほかに何かアドバイスはないかい?」

ノースの感じのいい細面がずるそうな表情に変わった。「取引するか? ほしいものがあるんだ」

「ぼくに調達できるものなら、何でもいいよ」

「ほかのみんなには言うなよ。どうせみんなにはわからないし、変なやつだと思われたくないんだ」

ランドールはじれったくなった。「何なんだ?」

若いカウボーイはたこのある手で額をかいて、ランドールのほうに体を寄せた。

「ジェーン・オースティンの本をくれないか?」


翌朝ランドールは、自分のクレジットカードを使ってオンライン書店でジェーン・オースティン全集を注文した。届いたときのデイブとオリーの反応を思い浮かべてにやりとした。最善でも〝女々しいイギリス人〟と呼ぶだろう。だが、ノースの秘密は守るつもりだ。昨夜は、それに見合うだけの情報を得た。ジェーン・オースティンはずいぶん気前がよかった。

注文を終えたところで、クレアが入ってきた。

「ネイラーが出てるけど、ばかなまねを――」

「まったく、ばかだよな」

「自分のしようとしていることをわかってないよ。こんなことはやめさせるから」

ランドールはすばやく立ち上がり、ドアへ向かうクレアの腕をつかんだ。「それはやめてもらおう」

威厳のある英国訛《なま》りで言った。「自分で決めたんだ。

スタントン家の人間は挑戦から逃げたりしない」

「でも、首の骨を折るよ」

「それなら名誉ある敗退だ！」

「そんな話し方はやめてよ。貴族野郎！」

「それがぼくの最悪の呼び方か？　頑張れよ」

「まったく！　あなたの気に障るようなことが言えないものかしら？」

ランドールの目が興味深げに輝いた。「ぼくを傷つけたいという意味かい？」

「違う……わたしのことを何だと思って――」

ランドールはそっとクレアの頬に触れた。「ぼくの胸を引き裂きたいなら、簡単だよ」

ランドールは返事を待たずに立ち去った。その背中を見送りながら、クレアは急に息苦しくなった。

ずっと彼を傷つけようとしてきた。ゲイブではないからという理由で罰してきた。

だが、今はゲイブのことは頭から離れている。聞こえるのは、ランドールのゆっくりした口調だけだ――何と言っていた？　彼の胸を引き裂きたいならとは、どういう意味？　ランドールの胸なんて、誰が構うの？　わたしの心はゲイブに捧《ささ》げている。

だが、クレアは自分の頬に触れずにはいられなかった。ランドールに触れられて、燃えるように熱い。

それから急いでランドールのあとを追った。

皆が囲いの中で待っていた。デイブとオリーは上機嫌で柵に座り、フランクは柵にもたれ、ノースがネイラーの手綱を握っている。巨大なけだものはじっと静かに立っているが、ランドールはだまされなかった。これはものすごく御しがたい馬だ。

「教えたことを忘れるなよ」ノースがランドールだけに聞こえるように小声でささやいた。

ランドールはうなずき、深呼吸してとび乗った。

「放せ」

ノースは手綱を放してすばやく後ろに下がった。

次の瞬間、ランドールは地球に放り投げられたような気がした。音をたてて鞍《くら》に着地し、右に傾くことを思い出した。膝で馬の背を挟もうとしたが、ネイラーが激しくはね上がり、再び宙に浮いた。

二度目に鞍に下りてから、次はそれほど高く放り上げられないように膝の締めつけを強くした。ネイラーは何度もはね上がり、そのたびに腰が少し浮いたが、落馬はしなかった。そしてノースの予言どおり、ネイラーは猛烈に怒りまくった。

そこでランドールはミスを犯した。少し勝ち誇った気分になって集中力を失い、突然宙を舞った。次の瞬間、地面に激突し、息がとまりそうになった。激しくあえぎながら、無理やり起き上がった。皆に息がとまりそうなのを悟られたくない。

めまいがしたが、何とか立ち上がった。ノースが再びおとなしくなったネイラーの手綱を握っている。ネイラーは鼻息が荒い以外は一見落ち着いているようだが、その目はもうひと勝負やりたくてしかたがないかのように危険な光を放っている。

「おまえの負けだ！」デイブが柵から下りて笑った。

「冗談じゃない！　もう一度乗るぞ」

「おい、おまえには無理だ――」

「邪魔するな！」

ランドールの気迫がデイブを下がらせた。再び鞍にとび乗ると、ノースは笑みを浮かべ、ネイラーの蹄《ひづめ》が動きだす瞬間に手綱を放した。

互いに容赦しない決死の闘いの様相を呈してきた。腰を下ろすたびにネイラーははね上がり、骨が折れないのが不思議なほど激しく衝突する。ランドールは歯を食いしばってしがみついた。しだいにネイラーのリズムに慣れ、しまいにはしがみつくのに適した位置に本能的に体重をかけられるようになった。

寒さにもかかわらず顔に流れ落ちる汗が目に入る。ネイラーが体をねじった拍子にクレアが見えた。両手で口を押さえ、目を見開いている。ネイラーがまた向きを変えたので、すぐに見えなくなった。負けられない。クレアの前で降参するわけにはいかない。

膠着《こうちゃく》状態に陥った。馬は人間を振り落とせず、人間もあきらめない。ランドールは必死になり始めた。今はこの闘いに勝つことが何より重要に思える。

ネイラーの激しい動きで、またクレアが視界に入った。この試練が幻覚を見せているのだろうか？　クレアが声援を送っているように見えたが、確かめる間もなく、再び視界から消えた。

闘いは延々と続き、終わりがないのではないかと思い始めたとき、ネイラーが最後のたくらみを思いついた。動くのをやめたのだ。徐々にではなく、あまりに突然とまったので、ランドールはわけがわからなかった。何が起きたのだろう？　世界が逆転し、反対方向にまわり始めたようだ。ようやく頭がはっきりして、自分が勝ったのだとわかった。

ノースとオリーが歓声をあげて踊りだし、デイブは目をむいた。クレアは両手に顔を埋《うず》めていたが、ランドールが座ったままあえいでいると、顔を上げた。クレアの目は輝いていた。かつてこんなふうに見つめられた男がいただろうか？

へたりこまずにネイラーから降りるのに、残された力を総動員しなければならなかった。足をつけた瞬間、また地面が揺れたが、ノースが支えてくれた。ランドールは手綱をデイブに渡した。

「ぼくの代わりにこいつを連れていってくれ」物憂げに頼んで歩きだした。平然と歩きたかったが、下半身がしびれていて、立っているのがやっとだった。

背後から足音が近づき、クレアが横に並んだ。ランドールの腕の下に肩を入れて支えてくれて、嬉しそうに言った。「やりとげるとは思わなかった」

家に入ってドアを閉めたとたん、ランドールはへたりこむまねをした。クレアは笑いながら彼を支えて座らせ、シャツと下着を脱がせると、体のあざを見て声をあげ、水を入れた洗面器を持ってきた。ランドールは顔にしたたるのが血だと気づいた。

「ひどい落ち方だったから」クレアはスポンジでランドールの顔を拭った。「早く医者に行かないと」

「嫌だよ。朝食を食べて、外仕事に行く」

「そんなことしなくていいよ。一度でネイラーを乗りこなせた人がいなかったのを知ってる？　ゲイブだって、最初はだめだったんだから。まあ、もっと若いときだったけどね」クレアは急いでつけ加えた。

「そうか」クレアの花のような香りに酔いしれる。

「町にいいお医者さんがいるから、そこへ行こう」

「だめだよ。みんなと一緒に、普段どおりに仕事をしないといけないんだ。なぜかはわかるだろう」

「でも肋骨《ろっこつ》骨折か、もっと深刻かもしれないよ」

「それはないと思うな」ランドールは慎重に胸郭に触った。「折れてはいないみたいだ。どう思う？」

　クレアはスポンジを置いて、触診を始めた。牧場で骨折の手当てを何度もしてきたので、彼の言うとおりだとすぐにわかったが、手を引っこめられない。

　想像どおり少し胸毛があり、牧場作業員の誰にも負けないほど胸筋がたくましく、肌は温かい。

　重労働のあとで、まだ呼吸が荒い。クレアは指で胸郭の動きを感じていた。そのまま探求を続けたいという欲望に駆られ、そんな自分に驚いた。

「問題は……ないみたいだね」ようやく言った。

「肋骨にはね」ランドールが言った。

　彼の声があまりに小さかったので、クレアはちゃんと聞きとれたか自信がなかった。顔を上げ、彼のまなざしを見て、ふいに心臓が早鐘をうち始めた。

　しぶしぶ手を離した。頭が混乱してわけがわからない。再び頭の傷の手当てを始めたが動転していた。

「貴族だって、出てくる血の色は同じだろう？」ランドールが冗談を言った。

クレアは微笑《ほほえ》んだ。「わたし嫌なやつだったね」

「初めは少し偏見を持っていただけだろう？」

「いや、知らない人に慣れていなかっただけ」

「知らない人ってのは、いつまで？」

「最近のあなたは、もう知らない人じゃなかった」

少し心を開いたクレアを見て、ランドールはキスしたくてたまらなかった。思いきって前に乗りだすだけだ。鋭く息をのむ。鼓動が速まる。女性にキスすることで頭がいっぱいになるのは久しぶりだ。実際、これほど慎重に進まなければいけなかったのがいつ以来か思い出せない。故国の女性たちはランドールの気を引こうと躍起になっていたからだ。

「クレア――」

クレアの無防備な笑みに決意をくじかれた。クレアはあまりにも傷つきやすい。数週間で立ち去るのがわかっているなら、キスはできない。

「何？」

「何でもない」しかたなく言った。「二階まで手を貸してくれるかい？」

「あざに薬を塗ってほしい？」

「ほとんどが自分で塗ったほうがいい場所だから」

顔をしかめて言った。明るい笑い声に胸が高鳴った。

その夜、祝賀会が開かれた。フランクは妻と成人した娘を連れてきた。スーザンは料理の腕をふるい、作業員たち――少なくともノースとオリーは、ランドールに喝采を送った。クレアはゲイブのとっておきのワインを提供した。

日中ランドールはクレアについて、ある決意をした。つのる思いが制御できなくなりそうなので、傷つきやすいクレアのために、そろそろこの思いをとめなければいけない。手遅れにならないうちに。

男がそんなことを言いだした時点で、すでに手遅れなのだと警告してくれる人はいなかったが、ワンピースを着て下りてくるクレアを見て、決意を貫くのが思ったより難しいことがわかった。

それは素朴な花柄木綿のワンピースで、ロンドンのおしゃれな女友達が見たら、笑いとばしただろう。だが、ランドールは笑うどころではなかった。今までに出会った中でいちばんセクシーな女性の姿に息をのんでいたからだ。脚が長いのは知っていたが、新たに細い足首と形のいいふくらはぎを発見した。ヒップが動くたびにワンピースが誘うように揺れる。

二人の女性が加わった祝賀会は、即席ダンスパーティになった。誰かが音楽をかけ、ランドールはフランクの妻と娘と踊った。あとはもちろんクレアと踊るのが当然の義務だ。踊らなければ失礼だろう。

決意を思い出し、陽気な曲になるまで待った。それから、くるくるまわるクレアの手をとった。体が軽くぶつかるたびに、電気ショックのように感じた。

ふいに音楽が甘美なワルツに変わり、クレアを腕に抱かずにはいられなくなった。ほっそりした柔らかさを腕の中に感じたとき、この瞬間をずっと待っていたのだと思った。どんな決意も役には立たない。腕の中のクレアは妖精のように軽やかで女らしく、ランドールはその天性の優雅さに魅了された。服の下の体を感じたくてたまらない。胸はあのときちらりと見たとおり、豊かで美しいのだろうか？

クレアを引き寄せすぎたようだ。あるいはクレアのほうから体を押しつけているのか？　目を見て微笑むと、笑みを返してきた。まるでキスをされたような気分だ。甘美な唇が開いて、じらされ……。

音楽がとまった。クレアは夢から覚めたような表情でため息をついた。ランドールは皆の注意を引く前にクレアを放したが、キッチンへ行ったクレアを追っていった。クレアは半ば呆然《ぼうぜん》と皿を重ねていた。ランドールは彼女を抱きしめ、夢中で唇を重ねた。

クレアは、体の欲求に心が抵抗するかのように一瞬ためらったが、すぐにもたれてきた。

舌を差し入れると、熱心に受け入れられた。ぴったり寄り添った体の形が、はっきりわかる。だが、それでは足りない。クレアのすべてがほしい。

こんなことをするまいと誓ってから十時間三十五分二十秒しか経っていない。あれは前世での誓いだったのかもしれない。

居間から呼ぶ声が聞こえ、誰かがキッチンへ来ようとしているのがわかった。

「くそ」声が震える。「クレア……」

「しいっ、放して」クレアが懇願した。

「あとで――」

クレアが答える間もなく、キッチンは突然人でいっぱいになった。

皆がクレアを囲んで連れ去り、ランドールは一人とり残された。こんなことに、あとどれくらい耐えられるだろう？

5

パーティが終わって一人になると、クレアは頭を冷やすために、コートを着て裏口から外へ出た。

混乱している。ゲイブ以上に大切な人はいないという長年の信念が揺らいでいた。まるで強大な力に人生を揺さぶられて、形が変わってしまったようだ。

新しい形にはまったくなじみがないが、ひどく魅惑的だ。ゲイブを愛していると気づき、ゲイブに愛してもらえるのも時間の問題だと思い始めて以来、経験したことのない強い芳香を放っている。

結局、ゲイブに愛されることはなかった。これからもないだろう。ゲイブの兄弟愛は少しずつ自分が望んでいる種類の愛情に変わっていると思おうとしてきた。彼がほかの女性とつき合うたびに、いずれは戻ってくると自分に言い聞かせていた。

だがランドールの腕の中で本物の情熱を体験した瞬間、幻想が吹きとび、目の前にあるものが何なのか、自分が何を望んでいるのか、わからなくなった。だが彼に〝あとで〟と言われて〝うん〟と答えた。

家の中で二人きりでいたら、次に何が起きるかわかっている。双方が望んでいるのだから当然だ。

夜もふけ、ランドールは自室へ引き上げ、クレアの足音が上がってくるのを待っている。

「やつは自分が賢いと思ってるんだろうな」

クレアは驚いた。デイブが立っている。

「ご立派な英国貴族が、現地の娘と暇つぶしだ。連中の言い方をすれば、そうだろう？」

「やめて！　彼のことを何も知らないくせに」

「冗談だろう。あいつのことは、みんな初めからわかっていたじゃないか」

「意気地なしだと思っていたじゃない。でも一度でネイラーに乗れたんだから、みんなより上手だよ」

「どんなばかでも、馬には乗れるさ」

「ランドールはばかじゃない」クレアは言った。「あいつには治めるべき領地があって貴族の女と結婚しなきゃならない。おまえは貴族か、クレア？」

振り向いたクレアの悲痛な目を見て、デイブは雪の中で一歩下がった。クレアが男のことで、こんな顔をするなんて、誰が予想しただろう？

「おまえが傷つくのを見たくないんだ。それにおまえが夢中だったのはゲイブ――」

「やめて！」クレアは声をあげた。それを聞いて二階の窓辺にいたランドールが窓を開けた。戸外から、クレアの声が聞こえる。「ゲイブの話はしないで」

「何だよ。おれの気持ちはわかっているだろう。やっとおれの番が来たんだ。もう十分待ったからな」

二階の窓辺にいるランドールは二人がもみ合う音を聞い

に緊張した。窓から見下ろすと、裏口の前で二つの人影が争っている。クレアが言った。「放して!」

次の瞬間、ランドールは部屋をとびだし、階段を駆け下りて、大切な人を助けに向かった。

やっとキッチンに着いたときに、平手打ちの音とデイブの悲鳴が聞こえた。それから頬を押さえたデイブがキッチンに入ってきた。その姿を見てから、ランドールは居間のほうへ引っこんだ。暗がりにいた自分の姿がデイブに見られていないことを願った。

ランドールは、居間の暗がりに立ったまま、クレアが助けを必要としている窮地の乙女だと思った自分のばかさ加減に苦笑した。さぞ強烈な右フックをお見舞いしたに違いない! たいした女性だ!

クレアもキッチンへ入ってきたらしく、怒った声がはっきり聞こえるようになった。「早く出てって」

「ごめん。おれは、ただ考えただけ――」

「あんたは考えてなんかいない。早とちりしただけ。はっきり言っておくけど、ランドールに傷つけられる心配はないよ。お互い暇つぶしをしてるだけだから。彼がゲイブにそっくりなのは間違いないしね」

「それはつまり――」

「そう、今までもこれからも、わたしが思っているのはゲイブだから、ばかな考えは早く捨てることね。それから、このことを誰かに話したら、ひっぱたいてやるから。わかったら、さっさと出てって」

デイブが慌てて小屋へ逃げ帰ると、クレアは震えながら涙をこらえて裏口のドアを閉めた。

ランドールについてデイブに言われたことが胸にこたえ、デイブの追及をかわすために最初に思いついたことを確信もないまま口に出してしまった。

ゲイブをずっと愛してきたが、ランドールの唇の感触を思い出すと、体の中が熱くなる。ゲイブにはキスされたこともないし、ランドールのように情熱的なまなざしで見つめられたこともない。

ああ、今はゲイブのことは考えられない。とても遠くに思える。距離だけでなく、まるでぼんやりと覚えている夢にすぎない気がする。今大事なのはランドールだ。二階でわたしを待っている……。

暗いキッチンで激情に震えていたクレアは、隣の居間から物音が聞こえたような気がして電気をつけてみたが、そこには誰もいなかった。

ランドールは聖人ではない。クレアがまだゲイブを思っていると知って、怒りと苦痛にさいなまれた。もてあそばれていた。クレアのために必死で決意したというのに！　その決意もたいして役には立たなかったが。立ち聞きしなければ、クレアをベッドに連れこんで、疲れ果てるまで愛し合っていただろう。そう考えると、まだ胸が痛む。

翌日クレアは、昨夜《ゆうべ》ランドールが部屋に来なかったことについて何も言わなかった。ランドールのほうからも触れなかった。デイブとの話を聞いたとは、とても言えなかった。きっとクレアは自分が現れなくてほっとしただろう。本当に腹が立つのは、お呼びでないのに邪魔をしたゲイブに対してだ。

ランドールは寝室から従兄弟《いとこ》に電話した。今回ゲイブは簡単に電話に出たが、長々と語ったのはフレディ・クロスマンと子供たちに関する話だった。クロスマン一家は好きだが、あの三人について語るべき話がそんなにあるとは思わなかった。自分がふた言目にはフレディの名前を口に出していたことに、ゲイブは気づいていただろうか？

ランドールは考えながら電話を切った。

階下へ行くと、クレアがパソコンと格闘していた。

「ゲイブに電話したよ」問題を解決してから言った。

「そう。まだあなたを破産させてない？」クレアは明るく尋ねた。

「破産させていたとしても、言わないように気をつけていたみたいだ」ある考えが浮かんだ。「正直、どうでもいいんだよ。はるか彼方《かなた》のことに思える。あっちに戻るかと思うと変な気分だ」

「ゲイブはいつ帰ってくるか、言ってた？」

「いや、その話はしなかった」ふいに、その話題を続けるのが嫌になった。

「ゲイブもそんなに長い間留守にはできないよ。もうすぐ春が来て、本当の仕事が始まるからね」

「今やってるのは、本当の仕事じゃないのかい？」

「これが仕事だと思ってるの？　出産が始まったら二十四時間休みなしよ。母牛が自力で産めないときは分娩《ぶんべん》を手伝う。疲れるけど最高よ、子牛が産声をあげる瞬間に居合わせるのは」クレアははっとした。

「そうか、その頃には、もういないのよね」

「ああ」ランドールはそっけなく言って、次に何を言えばいいかわからないので、その場を立ち去った。

その後の数日間も同じことが繰り返された。二人は安全なことだけを話し、どちらかが言葉につまりそうになると、会話を唐突にうちきった。クレアは、あの晩なぜ部屋に来なかったのか尋ねず、ランドールもその話題を持ちださなかった。二人の間では何も解決しないまま、出発の日が近づいた。

不思議なことに、二人きりでないと話しやすかった。それを発見したのは、ある晩クレアが遅れてやってきて、ノースに牧場の話をしているときだった。

「ゲイブがよそでは暮らせないと言っていた理由が、今ならわかるよ」ランドールは言った。「ぼくも自分の土地については、そう感じてる」

「自分の？　きみはただの後継ぎだと思ってたよ」ノースが言った。

「そうだよ。でも祖父の農場を一つ借りているんだ。年中新聞社を追いかけていて、ほとんど見てないけど、これを最後に畜産に戻ろうといつも思ってる」

「そうすればいいじゃない」クレアが二人のグラス

にウィスキーを注ぎ、暖炉のそばの床に座った。

「祖父をがっかりさせるわけにはいかないんだ。祖父にとっては自分の出版帝国がとても大事だからね。そんなわけで、ぼくはその件を保留にして、来年こそはと心に誓い続けているんだ」

ランドールはグラスを見ながらため息をついた。

「今は理想の女性を見つけたのに、チャンスを逃して、過ちに気づいた男の気分だよ」

言葉が二人の間をさまよった。ノースは二人の様子をうかがったが、クレアは炎を見ている。

「人はそういう間違いを犯しやすいよね」クレアが言った。

「そしてその報いを一生受け続けるんだ。自分の本当の望みを知るのは難しくて、わかったときには手遅れだったりする。そして思うんだ。もっと早く、何とかすれば――」

「でも、きっと無理なんだよ」クレアがさえぎった。

「実際に決める権利は、人間にはないんじゃない？誰かが糸を引いて、大笑いしてるような気がする」

「おい、クレア」ノースが言った。「哲学者だな」

「そんなふうに呼ばれたのは初めてよ」

「哲学は何の問題も解決してくれない。解決できるのは人間の気持ちだけだ」

ノースはいい頃合だと見て、その場を立ち去った。だが二人きりになると、クレアが気まずそうに言った。「そろそろ寝るね」

「そうだね。おやすみ、クレア」

「おやすみ、ランドール」

最近の二人は、こういう調子だ。

ダンスパーティの夜、ランドールはふさわしい服装であるよう願いながら階段を下りた。

そこにはノースがいた。茶色い紙で慎重に覆ったジェーン・オースティンを読みふけっている。人の気配に驚いたが、ランドールだとわかって安心したようだ。ランドールは笑みを浮かべた。

ノースはフランネル地のチェックのシャツを見て言った。「それでいいよ」

「ゲイブのシャツなんだ」

「知ってる。去年の誕生日にクレアが贈ったんだ」

「え、しまった！」だが、二階へ着替えに戻る前に階段に現れたクレアを見て、二人は呆然《ぼうぜん》とした。

体のラインを強調するオリーブグリーンのシルクのドレスを着ている。ノースは口笛を吹いた。

「クレア、新しいドレスを買うとなったら、本当に買うんだな！」ノースは叫んだ。

「新しくないよ。一年以上前から持ってる」

ノースは眉をひそめた。「二週間前にカタログで注文しているのを見たような気が――」

「ほっぺたに、シェービング・クリームがついてるよ」クレアは途中でさえぎった。

ランドールに褒めてもらえそうなドレスを見つけようと、どれほどじっくりカタログを調べたか、配達が間に合うように、どれだけ追加料金を払ったか、サイズが合わなかったらどうしようと、どれほど悩んだか、ランドールに推測させるわけにはいかない。

だが配達は間に合い、サイズもぴったりで、ランドールは体が震えるような笑みを向けてくれた。

「きれいだよ、クレア。本当にきれいだ」

「あなたの知り合いのおしゃれなレディみたい？」尋ねずにはいられなかった。

「全然違うよ。ありがたいことに」彼は答えた。

二月下旬のダンスパーティは、春を迎える地元の一大イベントだ。スーザンを含めて全員参加するので、牧場には車が一台も残らない。

フランクは家族同伴でデイブを乗せていく。ノースは非常用に置いてある古いセダンにスーザンとオリーを乗せる。ランドールとクレアはトラックだ。

「ノースがクッションの下に隠しているのは、何の本？」車の中でクレアが尋ねた。

「秘密のままにしておいてやれよ」

「ポルノ小説を読んでるわけじゃないよね？」

　これを聞いて、ランドールは爆笑した。

「何？　ランドール、あれは何なの？」

「言えないよ。約束したから」ランドールがまた大笑いした次の瞬間、車がふいに制御を失った。

　トラックは凍った路上でスピンした。ランドールは必死でハンドルと格闘した。運よく車は木にぶつかってとまり、その衝撃でクレアの体がランドールに押しつけられた。

「クレア、大丈夫かい？」ランドールはクレアを抱きしめた。「死ぬかと思った」

「うーん、大丈夫」離れるべきだとわかっているのに、彼の腕の中はあまりにも心地よく、クレアはランドールの肩に頭を預けた。

「クレア？」

「うん？」

「ダンスパーティに本当に行きたいかい？」

「ううん、行きたくない」夢見心地で答える。

「ぼくもだ」

　二人はしばらく黙って座ったまま、恐怖が治まるまでの時間を楽しんだ。

「戻ろうか？」ランドールが小声で言うと、クレアは答える代わりに顔を上げてうなずいた。

　二人は黙って引き返した。帰り着いたとき、家も静まり返り、暖炉の火を落としてあるので寒かった。明かりをつけないまま、ランドールが薪《まき》をくべると炎が上がり、クレアの顔に揺れる影を投げかけた。

　ランドールはクレアを抱き寄せた。

「クレア」声がかすれる。「クレア、ぼくは――」

「しいっ」クレアは唇でランドールの口をふさいだ。

　二人は夢中でキスをしたが、それはこれから始まる本編の前の短い序曲にすぎなかった。キスだけにとどまれないことはわかっている。重ねた唇の感触はお互いの全身に触れたいという渇望を駆り立てる。

二人はクレアの部屋を選んだ。ランドールが初めて半裸のクレアを見て、いまだに治まらない狂おしい切望をつのらせた部屋だ。あのときの欲望は純粋に肉体的なものだった。ただ柔らかいふくらみや谷間に触れ、制覇したかった。

だが、いつの間にか望みは増していった。あの頑なで反抗的な心を勝ちとることが重要になったのはいつからだろう? これで勝ちとれるだろうか?

明日の朝にはわかる。だが、まだ先の話だ。

慎重に選んだきれいなドレスが床に落ちた。クレアはかろうじて気づいた。すべて自分が望んだことだ。全身が渇望に震えている。今すぐ彼がほしい。この数週間つのるばかりだった切望の痛みを鎮めるには、ランドールと結ばれたことを体で感じるしかない。彼の全身に両手と唇と胸と腿で触れたい。

ランドールはいつの間にかシャツを脱いでいた。柔らかい胸毛が、さらに興奮をあおる。

ランドールの両手が胸を包み、親指が何度もゆっくりと丸みの上を往復する。得も言われぬ感覚に、長く震える息をついた。先端が期待に頭をもたげ、親指の動きから快感が広がっていく。

ランドールの体は張りつめている。腹部は硬く平らで、腿は鋼のように頑丈だ。胸の鼓動が速まる。

彼が初めての男だが、クレアは無知な少女ではない。欲望に巻きこまれ、とりつかれ、原形をとどめないほど変えられてしまうのがどんな感じか、ランドールへの思いの強さが教えてくれた。

「クレア、ぼくがほしいかい?」

「うん、あなたがほしい——」声がかすれる。

全身が騒々しく反応して、その言葉を伝えているので、声に出して言えたのかどうか、クレアにはよくわからなかった。彼がほしい。今こそ彼がほしい。

両腕がひとりでに彼の首に巻きつき、クレアは全身全霊で望んでいる行為に彼を駆り立てようと、夢中でキスしていた。「ランドール」

クレアの声の新たな兆候が、ランドールに決意を促したようだ。ランドールが残りの服を脱ぎ始めたので、クレアもそれにならった。二人が服の束縛から自由になると、ランドールはクレアをベッドに横たえた。最初の焦りは消え、今は時間をかけて目や両手で楽しむことで満足しているようだ。

胸の谷間に顔を埋《うず》め、先端までキスをつなげて、じらし始めた。その感覚に、クレアは正気を失うのではないかと思った。あえぎ、声をもらしながら、彼の髪に指を差し入れ、懇願し、要求する。

ランドールは、クレアの両脚の間に膝を割りこませることで、それにこたえた。クレアは息をのんだ。

ゆっくりと制御された力で彼が入ってきた。体の奥で彼を感じながら、クレアは思った。最初からこうなることが決まっていた。これでいい。クレアはのけぞり、さらに求めた。彼は勝利を収めたが、クレアも望みを果たした。二人はこうなるために生まれてきたことをしているのだから。クレアは腕と脚でランドールをしっかりとらえた。

彼は情熱にうるんだ目でクレアを見た。枕の上に髪が広がり、快感にあえいでいる。ときおりもれる歓喜の声が、さらに興奮をあおる。「クレア」

ランドールの動きは、より深く激しくなった。今や全力でクレアと一つになることに集中していた。クレアも一心不乱にこたえている。二人は互いに完璧に同調しながら、ともに頂点を探した。それが訪れた瞬間、長く強烈な歓喜の波が二人を絶頂に押し上げて砕け散った。クレアは声をあげてランドールにしがみつき、耳元で自分の名前が繰り返しささやかれるのを聞いていた。

波が去ったあと、ランドールはさらに強くクレアを抱きしめた。このすばらしい時間が終わってほしくない。クレアはほかの誰にも与えなかったものを捧《ささ》げてくれた。初恋の相手はゲイブだったかもしれないが、やつにはクレアの価値がわからなかった。だから価値を見抜いた自分のほうに振り向き、畏れ多いほどの美と情熱を惜しげもなく与えてくれた。後悔はないのだろうかと考えたが、クレアはすぐに頰杖《ほおづえ》をついてランドールを見下ろした。

暗くて表情は読めないが静かな笑い声が聞こえた。

「何がおかしいんだい？」嬉《うれ》しくなって尋ねた。

「何でもない。ただ、幸せだなと思っただけ」

ランドールはクレアを抱き寄せた。

「幸せでいてくれ。できることなら、ずっと――」

途中で黙った。静かな寝息に聞きほれる。クレアは、満足すれば眠りに落ちる動物の子供のように素直で自然体だ。ランドールも幸せだった。

ふいに記憶がよみがえった。クレアは言っていた。

〝実際に決める権利は、人間にはない……誰かが糸を引いて、大笑いしてるような気がする〟

ランドールは言った。〝哲学は何の問題も解決してくれない。解決できるのは人間の気持ちだけだ〟

今自分の胸をいっぱいにしている保護本能の入り混じった愛と情熱は、問題を解決できるだろうか？それとも名もなき神が大笑いしているのだろうか？

早朝、クレアは物音で目が覚めた。ベッドから出てドアを開ける。電話の音だ。ガウンをはおり、ランドールを残して、子機のある彼の部屋へ急いだ。

「ランドールをお願い！」英国式のお高くとまった話し方の女性だ。

「まだ寝ています。こちらは早朝なので」

「あらそう。ホノリア・グレースウェルよ。わたくしのことは、ランドールから聞いているでしょう」

「いいえ、聞いていません」

「まあいいわ。ランドールに急ぎの用事なの。彼が僻地《へきち》にいるときに限って災難が起きるんだから」

「災難？」

「フレデリカ・クロスマンとは親戚になりたくないわ。スタントン家には保つべき地位があるのよ」

「その人がいると、地位が保てないんですか？」

「ゲイブ・マクブライドとの結婚が許されてしまったら、そうなるわ。ランドールにとめてほしいの」

「今、何て？　ゲイブとの結婚？」

「今日発表するのよ。結婚式は三週間後ですって」

クレアは座りこんだ。ゲイブが結婚する。

クレアは気をとり直したが、口をきくには努力が必要だった。「そのフレデリカは、どんな人？」

「二人の子持ちの未亡人よ。育ちはよくないわね」

「でも、どうしてその人がゲイブと結婚すると、あなたと親戚になるんですか？」

「彼がランドールの従兄弟で、ランドールとわたしは……あなたに関係ないでしょう？　要はスタントン家の人間は、どこの馬の骨ともわからないような人と結婚してはいけないということよ」

「でもゲイブはスタントン家の人ではありません」

「確かにそうね。彼の結婚相手はどうでもいいかもしれないわ。特に、その人をテネシーだかワイオミングだかに連れて帰るなら――」

「モンタナです」クレアはぴしゃりと言った。

「どこでもいいわ。でもランドールの相手は問題よ。いずれは伯爵夫人になるんだから――」

「でもランドールの話では」クレアは口を挟まずにいられなかった。「スタントン家はわずか四百年前に成り上がりの平民が称号を買って始まった――」

「ランドールはよくそういう冗談を言うのよ。スタントン伯爵夫人はふさわしい血筋の人じゃないとね。でも、あなたにわかるとは思わない――」

「いえ、わかりますよ」クレアはわざと鼻声を強調した。この高慢な女性に田舎娘だと思われているなら、喜んで田舎娘になってやろう。「うちらは牛の交配のときに、ふさわしい血筋って言うんです。牡《お》牛《うし》を買うときは血統書を調べます。うちにも一頭巨大なのがいますよ。そいつはどでかい――」

「もういいから、ランドールに電話してと伝えて」

「その必要はないですよ。今来ましたから」

目を覚ましたランドールが、クレアを探してそばへ来ていた。ひどいヤンキー訛《なま》りに戸惑っている。

「電話だよ」クレアは受話器を渡して部屋を出た。

寝ぼけまなこで厩《うまや》に来たばかりのノースは、とびこんできたクレアが馬に鞍《くら》をつけ、すごい勢いで走り去るのを見て、驚いた。

クレアは家が見えなくなるまで馬を走らせた。木立の中で馬をつなぎ、激情をぶつける対象を探した。十五メートルほど先に一本の大木がある。石をいくつか拾って標的を狙い、全部当たって満足した。

それから丸太に座って両手に顔を埋めた。男のように石を投げるのではなく、ほかの女性たちのように泣くべきだろう。だが、ずっと女らしくない態度を身につけてきてしまった。自分が何者で、どこへ帰ればいいのかわからない。

ゲイブもランドールも結婚してしまう。ホノリアはランドールと婚約しているようだ。彼女は貴族で、両親が誰かわからない女より伯爵夫人にふさわしい。

昨夜のことで、ランドールを責めるわけにはいかない。こちらから望んで腕にとびこんだのだから。

愛がすべてだと思えるすばらしい時間だった。一生の宝物だ。だが前途には、ランドールのいない空虚な年月が待っている。

ゲイブもいない未来だ。どちらがよりつらいか、わかりさえすれば、気が楽になるんじゃない？

いえ、気持ちを楽にしてくれるものなど何もない。

6

　ホノリアから話を聞いたランドールは、歓声をあげてさらに彼女を怒らせ、延々と文句を言われた。

「ちょっと待って」ランドールはとめるチャンスをとらえた。「ゲイブは大人なんだ。自分にふさわしい女性が誰かはわかっているよ」

「身分も財産もないのよ。帰ってきて、とめてよ」

「準備ができたら帰るよ。ゲイブをとめるのは、あきらめたほうがいい。まだ死にたくないからね」

「まったく！　あなたもよくばかなことをするけど、彼はそれをさらに悪くするのね」

「あるいは、あいつがぼくのいいところを引きだしてくれているのかもしれない」


「言っている意味がわからないわ」

「わからないだろうね。きみはあまりぼくを認めていないし、これからはもっと不満に思うだろう」

「いったい何が言いたいの？」

「言ってみれば、自分の本質を再発見したんだ。着飾って社交辞令を言い合う、きみの好きな社交生活には、もう戻りたくない。今からぼくは、納屋のにおいをさせながら泥にまみれて牛を育て、それを存分に楽しむ日々を送ろうと思う」

「さっき電話に出た人みたいなことを言うのね。そっちに行ってから、どうなってしまったの？」

「ぼくはカウボーイになったんだ。それを楽しんでる。国に帰っても、カウボーイを続けるつもりだ」

「わたしは、そんなのごめんだわ」

「そう言うと思ったよ。さよなら、ホノリア。手遅れになる前にわかって、よかったよ」

　ホノリアに電話を叩《たた》きつけられたあと、ランドールはすぐにゲイブに電話した。

「おい！　ついにつかまって焼印を押されたな」

「どうして知ってるんだ？　自分で言うのを楽しみにしていたのに」ゲイブが叫んだ。

「今ホノリアから聞いた。結婚予告に異議を申し立ててほしかったみたいだ」

ゲイブは爆笑したが、急にまじめになった。「クレアも知ってるのか？」

「さあ、どうかな」受話器を渡して出ていったときのとり乱した表情を思い出す。「知ってると思う」

「あいつ、以前はぼくに熱を上げていたんだ。きっともう忘れてるよな」ゲイブは気まずそうに言った。

「ああ」そう確信できればいいのだが。

「大丈夫かどうか、見てやってくれるか？」

「わかった」実際以上に自信ありげに答えた。

外に出るとノースがいた。「クレアを見たか？」

「馬に乗っていったよ」

「どんな様子だった？」

「泣きたいけど、泣けないって感じだった」

ランドールはノースから聞いた方角へ馬を走らせ、丸太に座ったクレアを見つけた。胸が痛んだが、あからさまな同情はクレアをよけいに傷つけるだろう。

「あのヤンキー訛《なま》りは、何だ？」隣に座って尋ねた。

「田舎娘だと思われていたから、そのとおりになってやっただけ。彼女、気を悪くしてた？」

「いや、ゲイブと、あいつをとめないぼくに腹を立てていただけだよ。ゲイブのやりたいことをとめられるやつなんかいないのに」ランドールが肩を抱き寄せると、クレアは彼の肩に頭をのせた。ランドールは思いきってその髪にそっとキスをした。

チャンスがあったのにクレアをものにしなかったなんて、ゲイブはばかだ。フレディのことは好きだが、クレアに比べるとつまらない。クレアは情熱的でセクシーで、とてつもなく魅力的だ。

「そうね」クレアはため息をついた。「ゲイブをとめたり、何かをさせたりできた人はいない」

「そうでなければ、何年も前にあいつと結婚していただろう？」クレアが振り向いた。「ゲイブに対するきみの気持ちには、気づいていたよ、クレア」

「とんだ笑い物ね」クレアは憮然《ぶぜん》とした。

「自分を卑下するのはやめろよ。きみは最高だし、きみのよさがわからないあいつはばかだと思うよ」

クレアは肩をすくめた。「フレディは、わたしにないものを持っているのね。どんな人？」

ランドールは思い出そうとした。「きれいで、優しくて……」

「おしとやかで女らしくて魅力的？」

「まあ、そうだね」

「わたしには、ないものばかり。ゲイブが望むような人になろうとしたの。投げ縄も乗馬もゲイブと同じくらいうまくなったけど、わたしのことは妹としか見てくれなかった。いいえ、弟かもしれない」

「ゲイブがほかの人を愛しているのが、そんなに問題かい？　昨夜《ゆうべ》のぼくたちのことはどうなんだ？　ぼくはゲイブの代わりだったのか？」

「もちろん違う。でも、あなたもわたしを愛してはいないでしょう」

「ぼくの気持ちを勝手に判断するなよ。クレア、いいかい？」ランドールはクレアの肩をつかんで揺さぶった。「きみはずっと追い求めてきた男が振り向かなかったというだけで、自分は誰からも愛されないと思いこんでいるんだ。でも顔を上げてほかの男を見てみたか？　ほかの男にチャンスをやったか？　この牧場だけが世界じゃないし、ゲイブだけが男じゃない。あいつが自分でそう思ってるだけだ」

クレアはうるんだ目で確信がなさそうに微笑《ほほえ》んだ。

ランドールは胸を打たれ、クレアの頬をなでた。

「きみは、ぼくが愛してないと決めつけていたけど、勘違いかもしれないと思ったことはないのか？」

　クレアは首を振った。「ないわ。ホノリアのことを初めに話してほしかった。ああなる前に――」

「愛し合う前に？」

「何であろうと、昨夜したことよ」

「昨夜交わしたのは愛だよ。わかってるだろう？」

　クレアは挑戦的な目でにらんだ。「あなたの婚約者は、そのことを知ってるの？」

「ぼくの、何だって？」

「あのホノリアって人。あなたと婚約しているみたいなことを言ってた」

「彼女は何年も前から勝手にそう言ってるんだ。ぼくが言わないことに腹も立てていた。お互い好きでもない。彼女がほしいのは、称号だけだよ」

「理解できない」クレアが言った。

　そうだろうとランドールも思った。クレアの飾らない正直さは、人生のほとんどを上流階級の温室に閉じこめられて過ごしてきた身には、新鮮な空気のように感じられる。

「これならわかってくれるかな？」ランドールは慌てて尋ねた。「愛してる。結婚してくれ」

　クレアの中で何かが躍り上がったが、次の瞬間、別の何かが尻ごみした。

「ランドール、わたしと寝たからって、結婚しなくてもいいのよ」クレアは気まずそうに言った。

「またそんなことを考えているのか。クレア、ときどき首を絞めたくなるよ」

「それはいいね。それでわたしと結婚したいんだ」

「そうだよ。愛してるんだ。言ってくれ。ゲイブじゃなく、ぼくを愛してると」ふいに嫉妬がわき上がった。「言ってくれ！　昨夜見ていたのは、あいつじゃなくて、ぼくの顔だったと言ってくれ」

「同じ顔なのに、どうすればわかるっていうの？」

ひどい言葉が、とめる間もなくとびだした。

後悔したが、言わずにはいられなかった。クレアの人生で、楽に手に入ったものなどない。今まで自分の気持ちを分析しなければいけなかったことはなく、そのせいで混乱している。

「ごめん」傷ついたランドールの顔を見て胸が痛む。

「本当にごめんなさい。愛してるけど、ただ――」

「まだゲイブを愛してるんだね」

「わからない。ずっと彼を愛してきた。結婚するって聞いて、死にたくなった。でも、あなたが結婚するって思ったら、やっぱり死にたくなった。結婚はできない。こんなにわけがわからない気持ちのままで、ちゃんとした奥さんになれるわけがないもの」

「クレア、いいかい、ゲイブは奥さんを連れて帰ってくるんだぞ。毎日二人が一緒にいるのを見ながら、牧場にいられるわけがないだろう」

「出ていく。そんなみじめな立場で居座るつもりはないから。腕はいいから、失業の心配はないし」

「そうか。これから一生自分の家も家族も持たずにモンタナ中をさまよって生きていくのか。そのほうが、ぼくと暮らすより明らかにいいもんな」

クレアの目に怒りの炎が上がった。「わたしなら大丈夫よ。どんなことにも耐えられる。それに慈善行為で結婚してもらうなんて、ごめんだから」

「そんなつもりは――」

「モンタナ中をさまよう人生も悪くない。レディ・ランドール・スタントンのふりなんかしないで、本当の自分でいられるから」クレアはランドールの蒼《そう》白《はく》な顔を見てつけ加えた。「わたしには無理。上流社会のマナーを何も知らないんだから」

「ばかばかしい！　すぐに覚えられるし、そんなことはたいした問題じゃない。大事なのは、誰かを愛して、その人とともに生きることだ。その人と同じ価値観を持っていることだ。ぼくたちみたいに」

「同じ価値観？　ここに六週間いたから、本来の自分を見失っているのかもしれないけど、イギリスに帰ったらすぐとり戻すでしょう。早く帰ったほうがいい。楽しかったけど、わたしたちは違いすぎる」

「何も違わない。何千キロも離れて生まれ育ったけど、ぼくらは同じなんだ。それがわからないか？」

クレアは無言で首を振った。

失意のランドールは、もう何も言えず、二人の間に沈黙が戻った。ランドールは怒っているのだろうかとクレアは思ったが、怒りはもう過ぎ去っていた。ランドールはクレアの将来について考えていた。根無し草のようにどこにも属さず渡り歩くか、彼女を愛する男が大西洋のむこう側に無益に縛りつけるか。

牧場に戻るとランドールはまたゲイブに電話した。

「何だよ、ランドール、ほかにやることはないのか？　今度は何だ？　ぼくの牛が死んだか？」

「牛は元気だよ。元気がないのは、ぼくだ。クレアのせいだよ。彼女を愛している」

「なんてこった！」

「きみのことを忘れさせてみせると思っていた。難しくないはずだった。でも、できなかった」

「つまり、スタントン家の領地と称号を差しだしたのに、断られたってことか？」

「そうだよ。クレアは拒否した。ぼくのこともね」

「まあ、あいつはいつもいばらの茂みみたいにとげとげしているからな」

「それは違うよ！」ランドールは激怒した。「そう装っているだけだ。クレアをちゃんと見れば、わかるはずだよ。本当は優しくて傷つきやすいのに、プライドがあって、それを人に知られたくない――」

「ちょっと落ち着け。これは相当重症だな。ちょっと待ってろ。今、考えてるから」ゲイブの頭の中に義兄弟《きょうだい》の契りを交わす少年たちの姿が浮かんだ。

〝地球の果てからでも駆けつけて、助け合おう！〟

どっちが言ったんだっけ？　どっちでもいい。

家の中を動きまわっているフレディをちらりと見て、従兄弟《いとこ》にどれほど大きな借りがあるか思い出した。従兄弟がここに送りこんでくれたおかげで、理想の女性に出会えた。むなしくなる一方だった人生から救われた。今なら、それがわかる。

今度は自分がランドールを救う番だ。

「ちょっと待ってろ」ゲイブは急いで言った。受話器を置いて、フレディのそばに行った。「モンタナへ行くのを予定より少し早めないか？」

「早めるっていつに？」

「今だよ」

ボーズマン空港でゲイブを待ちながら、ランドールは考えていた。どうして出発を一日延ばすことに同意してしまったのだろう？　予定では次の便でイギリスへ帰るはずだったが、幸せな二人の到着を待たずに消えるのは失礼ではないかとゲイブに言われたのだ。ゲイブに操られているような気がする。

到着した一行を見て、ゲイブは少し変わったと思った。あつかましさが消え、充実感と満足感をかもしだしている。彼のかたわらには、幸福感に満ちあふれたフレディがいた。そして子供たち、チャーリーとエマだ！　二人はゲイブに完全に心酔している。

だが、ランドールは幸せな家族を見て奇妙な胸の痛みを感じた。こういう幸せは、自分の手には入らない気がした。

全員で何とかセダンに乗りこんだ。ゲイブは、景色にすっかり魅せられたフレディの肩を抱いている。あちこちで雪が溶け始め、春の気配と新たな生命の兆しが感じられる。

ランドールは子供たちの興奮した声や、ゲイブとフレディの満ち足りたささやきを聞きながら考えた。

彼らは新たな生活が始まる。

だが、自分はそうではない。

クレアは声を聞いて、すぐに外へ出た。ゲイブが未来の妻を連れて帰ってくる。この瞬間を何年も恐れていた。

ゲイブは車から降りると中に手を差し伸べ、優しいまなざしをフレディに向けた。クレアはそれを見て、苦痛がこみ上げてくるのを待った。

何も起きない。

苦痛が襲ってきたのは、ゲイブとランドールが並んで立っているのを見たときだった。今なら、そっくりなのは外見だけだとわかる。スーザンの言うとおりだった。ランドールのほうがはるかにハンサムだ。それに彼の目にはそそられる輝きがあるし、手には世界中のすべてを忘れさせる力がある。

ゲイブが両腕を広げて挨拶に近づいてきた。クレアはハグを返し、兄との再会を喜んだ。

夕食は盛大なパーティになった。クレアはフレディに家の中を案内し、彼女が大好きだと気づいた。

それでもやはり、早く出ていかなければならない。この家でゲイブと一緒に暮らすことはできない。常にランドールを思い出してしまうから。

クレアは早めに自室へ引き上げた。自分がいなくても誰も寂しがらないはずだ。見えなくなるまで追ってきたランドールの視線には気づかなかった。

翌朝、ランドールは荷造りをすませ、出かける準備を整えた。だが、最後にもう一つやるべきことがある。書斎へ行って、電話をとり上げた。

「ランドール」アールの声がとどろいた。「ゲイブから聞いたぞ。帰ってくるんだってな」

「うん、今日帰るよ」

「それはよかった。ゲイブがデボンでいい仕事をしたから、次に買収する新聞の件で思いついた――」

「聞いてほしい」ランドールは断固としてさえぎった。「国には帰るが、会社には戻らない。ぼくに合うのは、出版社じゃなくて土地なんだ。会社をやめて借りている農場へ戻るよ。人任せにしない実践的農場主になって、国中で最良の農場にしてみせる」

アールは鼻を鳴らした。「屋敷についても考えてるんだろうな。そっちも〝実践的〟にやるのか？」

「屋敷はおじい様のものでしょう」

「いや、仕事をやる以上はちゃんとするべきだ。おまえは会社と契約を交わしている。あと半年はいてもらうぞ。おまえを解放する条件は屋敷の維持を引き継ぐことだ。すべておまえに任せる。田舎暮らしは好きになれなかったが、おまえは好きだろう？」

「ずっと好きだったよ」

アールが許してくれたことを喜んでいいはずだった。自分の居場所である心のふるさとへ帰れる。だが、一つだけ間違っている。自分自身にも、望んでいる暮らし方にもぴったりの理想の妻を見つけたのに、自分が彼女にふさわしくなかった。

クレアが慌ただしく入ってきた。「もう行く？」

「そうするよ。理由はわかるだろう。最初からうまくいかないと決まっているものがあるんだろうな。どんなに望んでも、障害が多すぎて――」

「そうね」クレアは努めて明るく答えた。ランドールのために、やるべきことをやっていると確信している。それなのに……。「空港まで見送りに行けないけど、いい？　仕事がいっぱいあって」

「ああ、ノースが送ってくれる。クレア――」

「わたしなら大丈夫。本当に大丈夫だから。さようなら」それから皮肉っぽくつけ加えた。「閣下」

「閣下はやめてくれ。二人の間に称号は関係ない」

「でも、忘れるべきじゃなかった。あなたにはあなたの、わたしにはわたしの人生があるって」

「そうだね」ランドールは重々しく言った。がっかりしていた。ゲイブの帰ってきた目的が何であったとしても、それはうまくいかなかった。ゲイブに対するクレアの愛は、乗り越えられない壁だった。

　ノースがトラックにランドールの荷物を積んでいると、ゲイブとフレディが出てきた。別れはつらく、クレアが最初に家に入ってしまった。

「行こう。遅れる」ノースは車を発進させた。

「これで終わりか」ゲイブはため息をついた。「勘違いだったようだな」

「どうしてわかるの？」フレディが憤然として言った。「本当の問題に向き合ってないじゃない」

「どうしろというんだ？」

「彼女にきくのよ」

「何て？　まだぼくを愛しているかって？　無理だよ。うぬぼれ野郎みたいじゃないか」

「手遅れになる前に、何とかできるのなら、あなたがどう見えようと構わないじゃない。わたしに意気地なしだと思われたくないでしょう？」

「あたりまえだ！」ゲイブは玄関に向かったが、そこで振り返った。「念のため、そばにいてくれ」

　クレアはキッチンにいた。

「なあ、これで満足か？」

　振り向いたクレアは、わざとらしい笑みを浮かべた。「もちろん。帰ってきてくれて嬉《うれ》しい」

「ぼくが結婚するのは……構わないのか？」

「どうして構うの？　兄貴みたいなものなんだから、わたしが文句を言うのはおかしいでしょう」クレアは顔をそむけた。

　ゲイブは顔が見えるところへ移動した。「どのみち、構う相手はぼくじゃないからな」

　クレアはゲイブをにらんだ。「どういう意味？」

「ランドールが好きなんだろう？」

「まさか、そんなわけないでしょう」

「おまえはやっぱり嘘《うそ》がつけないな。どうしておまおまえが自分の人生を台無しにするのを見ていなければいけないんだ？」

「彼の人生を台無しにするからよ。もし……」

「あいつと結婚すれば？」ゲイブはクレアの肩に腕をまわした。クレアはそれを振り払おうとした。

「彼と結婚するつもりはないよ！」

「どうして？　愛しているんじゃないのか？」

クレアは降伏した。ゲイブの言うとおりだ。ゲイブに嘘をつけたためしがない。「もちろん愛しているけど、うまくいくわけない。彼がうまくいくと思ったのは、ここにいたからで、イギリスに戻ったら、きっと元の彼に戻るんだから」

「頼むから、あいつの思うとおりにさせてやってくれないか？　あいつがおまえを妻にしたいと決心したのに、それを間違ってると言うなんて、おまえは何様のつもりだ？」

「でも――」


「あいつはおまえを愛しているのに、おまえがまだぼくにこだわっていると思っているんだ」

「ゲイブに？」クレアは考えもしなかったかのように驚いた。「ゲイブを愛したことはないわ。まあ、まだ子供で見る目がなかった頃には、ちょっと熱を上げたこともあったかもしれないけど」

「それは、どうも」ゲイブは苦笑した。

ドアのむこうから押し殺した笑い声が聞こえる。フレディは大いにおもしろがっているようだ。

「でもランドールは本物で――っていうか、誰も比べ物にならなくて――」

「わかった。詳しく言わなくていい。おまえの言いたいことはわかる。それなら、どうしてあいつと一緒に飛行機に乗らないんだ？」

「彼はわたしを本当に愛しているわけじゃないからよ。かわいそうに思ってるだけ」

「また始まった。人の考えを勝手に決めつけてる。

おまえほど扱いにくいがきはいないよ！　ぼくはランドールに借りがあるから、それを返すつもりだ。おまえと一緒に帰国するのがあいつの望みなら、それをかなえてやる」

「勝手に決めないでよ」クレアは怒った。

「好きにしろ！　プライドにこだわって、あいつをあきらめればいいさ。あいつはおまえを熱愛しているが、そんなことは気にするな。人生を無駄にして、頑固だった天罰を受けるがいい――」

次の瞬間、ゲイブは頬に平手打ちを食らってよろめいたが、すぐに立ち直り、クレアの尻を叩いた。

「お話し中悪いけど」フレディがドア口から言った。「けんかで時間を無駄にする？　それともランドールを追いかける？」

二人はフレディを見た。

「間に合う？」クレアが尋ねた。

「任せろ」ゲイブが言った。「急げ！」

二人はセダンに乗りこみ、数秒で出発した。

「心配するな。途中で追いつくさ」

ゲイブは山岳地帯の凍った道をできるだけ速く走ったが、トラックの姿は見えなかった。クレアは間に合わないのではないかと気をもんだ。

ようやく空港が見え、駐車場に入ると、ノースがトラックに乗りこむところだった。ゲイブが急ブレーキをかけて車をとめ、クレアは急いでターミナルに駆けこんだ。はるか前方に出発ラウンジに入ろうとしているランドールが見える。

「ランドール！」クレアの声が響き渡り、ありがたいことにランドールが振り返った。

「クレア！」ランドールは走りだした。なぜ来たのか、尋ねる必要はない。クレアはあふれんばかりの愛で顔を輝かせ、両腕を広げて待っている。

ランドールはかばんを放りだしてクレアを抱きしめ、むさぼるようなキスをした。

「置いていかないで、ランドール。愛してる」

「ゲイブのことは、どうなんだ？」

「愛してるのは、あなただけ。二人が一緒にいるのを見た瞬間にわかった。ゲイブは夢で、ずっと前に終わってた。あなたが行ってしまって、もう二度と会えないと思ったら、耐えられなかった。まだ手遅れじゃないと言って」

「手遅れになんかならないよ。来てくれるのを一生待つつもりだったんだ。ぼくたちは二人で一つなんだよ。ぼくにはわかっていた。もう放さないよ」

ランドールが乗る便の最終案内が聞こえた。

「ランドール！」クレアは震え上がった。

「放っておけ。もうきみから目を離さないよ。きみのパスポートがとれるまで牧場にいよう。とれたら一緒にイギリスへ行って、祖父に会ってくれ」ランドールはかがんで、もう一度キスをした。「それから結婚して、いつまでも幸せに暮らすんだ」

エピローグ

「よし、みんなじっとして」オリーは巨大なクリスマスツリーの前に並んだ人々にカメラを向けた。

「チャーリー、帽子を脱いで」

チャーリーはぼやきながらカウボーイハットを脱いだが、ゲイブも脱いだのを見て、機嫌を直した。

「それでいい。ミス・エマ、じっとして。プレゼントはもうすぐ開けられるから」オリーは再びピントを合わせた。「ゲイブ、奥さんの耳をかじるな」

「笑わせようとしているだけだ」ゲイブは何食わぬ顔で言い返した。

「わたしとオリーをもめさせようとしているでしょう」フレディは笑いながらとがめた。

「まあ、何かしら騒動を起こさなければ、ゲイブじゃないからね」ランドールが寛容に言った。

「自分は行儀いいみたいじゃない」クレアが夫の脇を小突いた。「五分前にゲイブの頭の後ろで、ふざけて手を振っていたのは誰？」

「ぼくじゃないよ！」ランドールは笑って断言した。

ゲイブは厳しい視線を向けた。「おまえは行儀のいい従兄弟《いとこ》でいるべきだ」

「いるよ」ランドールはまじめくさって答えた。

「いないね」

「いるよ」

問題の決着をレスリングの試合で果たしそうな勢いだったので、フレディが介入した。「二人とも、お行儀よくしてちょうだい」

「子供たちの手本にならないとね」クレアが言った。

チャーリーとエマだけでなく、新顔が増えた。

〝今年の収穫〟とオリーが呼ぶ子供たちだ。

「フィリップ・ランドール・セドリック・マクブライドとデイビッド・ガブリエル・セドリック・マクブライドは、十一月上旬にゲイブとフレディの間に生まれた双子で、ジェームズ・ガブリエル・セドリック・スタントンとウィリアム・ランドール・セドリック・スタントンは、その一週間後にランドールとクレアの間に生まれた双子だ。

〝四人だぞ。誰が予想できた？〟アールは事あるごとに言っては、まるで自分一人でこの偉業をなしとげたかのように自慢げに胸を張る。

今アールのまわりには、ランドールとクレア、ゲイブとフレディ、チャーリーとエマ、エレインとマーサが並び、膝の上には四人のひ孫がいる。

「それでいい。さあ、笑って」オリーが言った。

皆は微笑《ほほえ》んだ。

オリーは目を細めて、またカメラを下ろした。

「アール、じっとして」

「何だか――湿ってきたようだ」アールは四人のひ孫を愛《いと》しげながら困ったように見下ろした。

「あらまあ」フレディがフィリップとデイビッドに手を伸ばした。

「わあ大変」クレアはジェームズとウィリアムに手を伸ばした。

「まったく、この一家はいつまで経《た》っても写真は撮れないね」オリーが言った。

だが、最終的には撮れた。おむつを替えてから、再び全員が集まって微笑んだ。四人の子孫を抱いたアールだけが微笑ではなく、誇りと喜びで満面の笑みを浮かべていた。

それからプレゼントが開けられ、七面鳥が分けられ、牛に餌が与えられたあと、アールとゲイブとランドールを残して、皆がベッドに引き上げた。

「あまり遅くならないでね」フレディは階段の一段目に立ってゲイブにキスをした。

「任せとけ」

「愛してる。今年は人生最高の年だったわ」

「ぼくもだよ」それは本当だ。

キッチンでは、クレアがランドールの首に抱きついていた。「今日は最高の一日だった。クリスマスに帰ってこられて本当に嬉《うれ》しい」

「ぼくもだよ。これだけは絶対に逃したくなかったんだ」ランドールは妻に熱烈なキスをして、しぶしぶ離れた。「ゲイブとぼくで、アールに一杯つき合ってから行くよ。起きて待っててくれるかい?」

無理な要求なのはわかっている。最近クレアを起こしておく役目は、もっぱらジェームズとウィリアムが果たしている。

「ずっと待ってる」クレアは約束した。

ランドールは居間へ行き、ゲイブからウィスキーのグラスを受けとって、暖炉の前の肘掛椅子に座った。ゲイブはアールにもグラスを渡してむかい側に座り、手足を伸ばしてため息をついた。

「疲れたか？」アールが笑みを浮かべて言った。最近のアールはいつも笑っている。

「ちょっとね。双子が夜通し寝てくれるようになったら、楽になるだろう」

「そのとおり」ランドールはグラスを掲げた。

「今は確かに手いっぱいだろうな。両手いっぱいか」アールが満足そうに笑った。「今夜フィリップが笑ったのを見たか？　あれは確かに笑顔だった。デイビッドもだ。あの子は声を出して笑ったぞ。ジェームズは目に輝きがある。まったく賢い子だ。いつか立派な伯爵になるぞ。それからウィリアムは、わしがどっちに動いても目で追ってくる。あの子たちは間違いなく世界一賢い最高のひ孫だ。おまえたちはわしに感謝すべきだ。わしがいなかったら、おまえはまだ新聞社で仕事に追われていただろう。仕事ばかりで遊び無しだった。そしておまえは、まだ怠け者の牛乗りだっただろう、ガブリエル。遊びばかりで仕事無しだった。そこでおまえたち、何か言うことはないかね？」

　アールは二人を見比べた。ゲイブのウィスキーは手をつけずにコーヒーテーブルにのっている。ゲイブは目を閉じ、小さないびきをかいていた。ランドールのほうを見ると、こちらも同様だ。

　アールはウィスキー片手に暖炉の炎を見つめ、二人の孫を眺めた。この一年で何もかもが変わった。

アールは笑顔で二人に向かってグラスを掲げた。

「最高のろくでなしにして、最強の義兄弟《きょうだい》である二人の孫に」それから笑みを満面に広げて、もう一度グラスを上げた。「フィリップ、デイビッド、ジェームズ、ウィリアム、そしてもちろん、チャーリーとエマに」この二人を忘れてはいけない。「おまえたちは、父親に負けない次世代の義兄弟姉妹《きょうだい》になるんだろうな」

ハーレクイン®

サマー・シズラー　2004年7月刊（Z-15）
ウエディング・ストーリー　2018年5月刊（W-21）

スター作家傑作選
～シンデレラの魅惑の恋人～
2025年1月20日発行

著　　者	ダイアナ・パーマー　他
訳　　者	小山マヤ子（こやま　まやこ）　他
発 行 人	鈴木幸辰
発 行 所	株式会社ハーパーコリンズ・ジャパン 東京都千代田区大手町 1-5-1 電話 04-2951-2000（注文） 0570-008091（読者サービス係）
印刷・製本	大日本印刷株式会社 東京都新宿区市谷加賀町 1-1-1
装 丁 者	小倉彩子
表紙写真	© Nastyabobrovskaya, Chernetskaya, Tomert, VIDEOMUNDUM | Dreamstime.com

ISBN978-4-596-72002-3 C0297

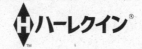

1月29日発売　ハーレクイン・シリーズ 2月5日刊

ハーレクイン・ロマンス　愛の激しさを知る

アリストパネスは誰も愛さない　ジャッキー・アシェンデン／中野　恵 訳　R-394
〈億万長者と運命の花嫁Ⅱ〉

雪の夜のダイヤモンドベビー　リン・グレアム／久保奈緒実 訳　R-394
〈エーゲ海の富豪兄弟Ⅱ〉

靴のないシンデレラ　ジェニー・ルーカス／萩原ちさと 訳　R-394
《伝説の名作選》

ギリシア富豪は仮面の花婿　シャロン・ケンドリック／山口西夏 訳　R-394
《伝説の名作選》

ハーレクイン・イマージュ　ピュアな思いに満たされる

遅れてきた愛の天使　ＪＣ・ハロウェイ／加納亜依 訳　I-283

都会の迷い子　リンゼイ・アームストロング／宮崎　彩 訳　I-283
《至福の名作選》

ハーレクイン・マスターピース　世界に愛された作家たち ～永久不滅の銘作コレクション～

水仙の家　キャロル・モーティマー／加藤しをり 訳　MP-11
《キャロル・モーティマー・コレクション》

ハーレクイン・ヒストリカル・スペシャル　華やかなりし時代へ誘う

夢の公爵と最初で最後の舞踏会　ソフィア・ウィリアムズ／琴葉かいら 訳　PHS-34

伯爵と別人の花嫁　エリザベス・ロールズ／永幡みちこ 訳　PHS-34

ハーレクイン・プレゼンツ作家シリーズ別冊　魅惑のテーマが光る極上セレクション

新コレクション、開幕！

赤毛のアデレイド　ベティ・ニールズ／小林節子 訳　PB-40
《ハーレクイン・ロマンス・タイムマシン》

※予告なく発売日・刊行タイトルが変更になる場合がございます。ご了承ください。